U0674604

刘庆邦 著

北京出版集团公司
北京十月文艺出版社

这里的泥巴起来得可真快，
看着地还是原来的地，
路还是原来的路，
可房国春的双脚一踏进去，
觉得往下一陷，
就陷落进去。

稀泥自下而上漫上来，
并包上来，
先漫过鞋底，
再漫过脚面，
继而把他的整个脚都包住了。

黄泥地
目录
Contents

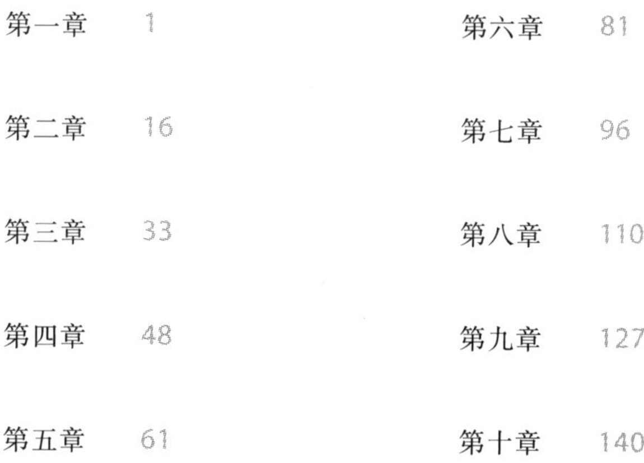

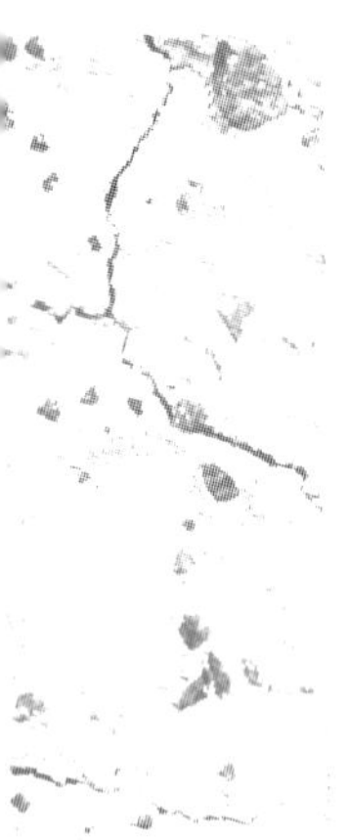

第一章

雨后，几个小孩子在一家大门口的门楼儿下面玩泥巴。太阳没有出来，天还是阴的，温湿的气息里弥散的是苦楝花的香味。一只斑鸠在桐树上独唱。麻雀们集中在一棵石榴树上，嘁嘁喳喳，像是在开会讨论问题。布谷鸟忙得在空中掠来掠去，很少停留，它的前一声"布谷"在东边的麦田尚未落地，后一声"布谷"又在西边的麦田上空播响了。门楼儿两侧各有一方青石门墩儿，小孩子们挖来泥巴，就在石头门墩儿上玩。他们分成两拨儿，男孩子一拨儿，女孩子一拨儿，分别以一个门墩儿为玩泥巴的平台。泥巴是软的，他们得找一个硬的地方，把软东西放在硬东西上搓揉，软东西才会舒筋展骨，把里面的黏性和弹性发挥出来。石头门墩儿当然是硬的，在上面揉泥巴正合适。玩泥巴还得找一个有平面的地方，在平面上摔摔打打，才能把泥巴塑出五花八门的形状来。石头门墩儿上方有光光的平面，泥巴块子在上面三摔两摔就光溜了，接着就可以拿泥巴造型，造鸡得鸡，造狗得狗。

每个小孩子的家里差不多都有桌子、椅子，桌椅也是硬物件，上面也都有平面，他们为什么不在桌子上或椅子上玩泥巴呢？那是因为各家的大人都不许小孩子在桌子上和椅子上玩泥巴，大人认为泥巴是烂东西，脏东西，而桌椅是和台面联系在一起的，泥巴把“台面”弄脏就不好了。大人们不但不许小孩子在桌椅上玩泥巴，还不许他们在屋里玩，要玩，只能到门外去玩。大门口外面的石头门墩儿，是贪玩的孩子们不可多得的选择。

好天好地时，这里的孩子们没什么可玩的。他们转着圈子在院子里找，蹲下来往地上瞅，地上到处都干干巴巴，他们想抠一块土坷垃都抠不下来。他们有时会看到一只苍蝇，对苍蝇露出欣赏的表情。但苍蝇不跟他们玩，他们刚一伸手，苍蝇就飞跑了。天上飞过的小鸟儿也不跟他们玩，他们喊着让小鸟儿下来，下来，跟他们一起玩。小鸟儿跟没听见一样，只管飞走了。大人们有没有可能在地上泼一些水，和一些泥巴给自家的小孩子玩呢？没有可能，完全没有可能。他们用水筲从水井里打来水，用水和面，烧饭，洗碗，喂猪，都是可以的，没听说过谁家用清水和泥巴给小孩子玩的。有那还不会走路的小孩子，自己撒了尿，自己用小手抓成尿泥，往自己嘴里送，弄得满脸花。那是把尿泥当成了食品，还不算真正意义上的玩泥巴。

一下雨就好了。别看脚下的地硬得像铁块子，雨水一泡，一浸，硬地就变成了软地，随手一挖就是一块泥巴。据说北边的黄河多次开口子，一开口子就黄水漫漫，冲下来不少泥沙。但泛滥的黄河水被一条沙河截流，没有淹到他们这里来，所以这里的土地几乎不含什么沙子，还是原汁原味的黏土地。设想一下，如果土里掺了不少沙子，一抓一把散沙，玩泥巴是玩不成的。黏土地的好处是胶性强，黏结度好，挖起来就是好泥巴，团巴团巴，搓巴搓巴，捏什么，像什么。

男孩子玩泥巴时，常做的一种游戏叫摔哇呜。摔哇呜的办法，是把一块泥巴捏成小盆形，把盆边捏得厚厚的，盆底捏得薄薄的，然后托底拿起小盆，底朝上，口朝下，奋力向石头门墩儿上摔去。由于速度的作用，和兜在小盆里的空气被压缩的作用，小盆摔在门墩儿的瞬间，盆底会翻卷开来，爆出一个洞。爆洞的同时，发出类似哇的声响，摔哇呜宣告成功，哇呜也因此而得名。男孩子的游戏，总愿意把完整的东西弄出洞来，整出声来，带有一定的破坏性。但不是每一个男孩子每一次都能把哇呜摔响，他们之间是要进行比赛的。比赛的规则是，谁把哇呜摔响，要对谁进行奖励；摔不响的呢，要给予处罚。奖品不是别的，只是一块泥巴。这块泥巴要从受罚者的手上出，罚品也是一块泥巴。不是获胜者的哇呜底部破了一个洞嘛，那么，摔不响哇呜的失败者，就得从自己所拥有的泥巴原料上取下一块，拍成圆的薄片，把人家的哇呜炸开的洞口给补上。每次补洞所需要的原料并不多，但怕的是每次都摔不响，每次都得挖自己的原料给人家补洞。如此一来，自己的原料就越来越少，少到甚至连一个哇呜都做不成，只能看着别人的哇呜越做越大，越摔越响。

女孩子玩泥巴与男孩子不同，女孩子似乎天生就有家庭观念，她们做游戏也带有建设性。她们拿泥巴垒房子，捏猪圈，盖鸡窝，塑小鸡、小狗、小猫、小兔。她们塑一只大狗，后面必跟着一只小狗。她们塑一只母鸡，母鸡屁股后面必添上几个鸡蛋。她们塑一个剃光头的男人，紧接着就会塑一个留剪发头的女人，安排男人和女人结婚，生娃娃。

这天在石头门墩儿上玩泥巴的是三个女孩子，她们互相观摩，互相启发，每个女孩子都创造出了不少玩意儿。作为玩意儿的主人，她们之间会拿玩意儿互赠，你赠我一根黄瓜，我赠你一个鸡蛋。得了黄瓜和鸡蛋，她们假装张着嘴往嘴里送，并装作吃得很香的样子。

把泥巴玩来玩去，不管是男孩子还是女孩子，他们手上、脸上、鞋子上、衣服上都沾了不少泥巴，差不多成了一个个泥巴人儿。泥巴人儿就泥巴人儿吧，他们从来不嫌泥巴脏，见泥巴都很亲切。听大人说，他们原本就是泥巴人儿，是大人从地里把他们捡回来的，或是用红线绳把他们从庙会上拴回来的。"泥巴人儿"没有别的玩具，没有皮球，没有布娃娃，没有电动汽车，没有变形金刚，他们不玩泥巴玩什么呢！这里的孩子都盼着下雨，喜欢下雨。一下雨地上就起泥巴，他们就有了可以玩耍的东西。下雨之后的日子，可以说等于这里孩子们的节日。

稍大一点的男孩子，玩泥巴还有另外一种玩法。他们找来一根柔韧性好、弹性强的荆条，剥去荆条的皮，把荆条捋得光溜溜的。把泥巴团成圆球，穿在荆条的梢头，攥得紧贴在荆条上，然后通过使劲甩荆条，把穿在荆条梢头的泥巴圆球甩出去。这种玩法叫甩流球，能把流球甩得像流星一样，甩到很远的地方。比较说吧，如果站在一个宽阔的水塘边，用手往水塘里投泥巴球，哪怕男孩子使出全身的力气，能把泥巴球投到水塘中央就算不错。而采用甩流球的办法呢，轻而易举，就可以将泥巴球甩到对岸去。在荆条梢头穿一节泥巴条也可以甩，名堂换成甩老豆虫。老豆虫成天吃得圆滚滚的，不长翅膀，只会在庄稼地里爬，不会在天上飞。但泥巴做成的老豆虫就不一样了，被甩上天空之后，它像扎上了翅膀一样，飞得嗖嗖的，比燕子飞得都快。恰好有一只老斑鸠在桐树枝头咕咕叫，男孩子把子弹一样的老豆虫瞄准老斑鸠，却对老斑鸠说：老斑鸠，你叫得很好听，我喂你一根老豆虫吃吧。说着，把“老豆虫”朝斑鸠甩去。“老豆虫”噼里啪啦穿过桐树叶，差点儿击中了老斑鸠。老斑鸠一看形势不妙，惊得一半叫声咽在喉咙里，赶紧飞走了。

房守现从家里出来，站在大门口，看了一会儿小孩子玩泥巴。玩泥巴的小孩子里，有他的孙子，还有他的孙女儿，孙子叫小泉，孙女儿叫小雨。房守现小时候也玩过泥巴，既摔过哇鸣，也甩过流球。一次甩一个流球算什么，小时候，他最多曾一次甩出过五个流球。流球成串在天上飞，像放连珠炮一样，很是过瘾。可惜他发明的“放连珠炮”的技术没有被现在的小孩子继承下来，甩流球的男孩子一次只甩一个流球。他想把那个甩流球的男孩子叫到跟前，把“放连珠炮”的技术传授给那个男孩子。但他的脚动了动，嘴没有动，很快就把传授技术的想法放弃了。人在不同的年龄段，所喜欢所玩的东西是不一样的。他已经是当爷爷的人，再去教小孩子玩泥巴，是不是有点可笑了。就算是不怕被别人笑话，弯下腰身，教小孩子玩泥巴，教的倘是自家的孙子还说得过去。而正甩流球的男孩子是别人家的孙子，传授技术的事就免了吧。

孙子小泉正跟另外两个男孩子在石头门墩儿上比赛摔哇呜。小泉摔哇呜的力气不够大，技术也不是很好，他摔一次，再摔一次——拿起来一块泥，摔下去泥一块，哇呜连屁都放不出一个。如果每人都能把哇呜摔响，等于打了平手，谁都不用拿自己的泥巴为别人作补偿。如果每人的哇呜都摔不响呢，同样等于打了平手，大家重新再摔就是了。目前的情况是，其他两个男孩子都能把哇呜摔响，小泉的哇呜却屡摔不响。小泉倒遵守规则，每次都不拒绝拿自己的泥巴给别人的哇呜补洞。别人的哇呜在做加法，小泉的哇呜是在做减法。别人的哇呜越加越大，越摔越响。小泉的哇呜越减越小，恐怕连原来体积的二分之一都不到。体积越小，哇呜越难以成型，分量也不够，更难以摔响。

房守现把小泉摔哇呜的事看了一会儿，脸子渐渐拉长，脸色也阴沉起来。天已经不下雨了，他的脸色倒阴沉得似乎有一场雨要下。房守现没有动手玩泥巴，但不知不觉间，他的内心已参与进去。他当然是站在孙子小泉一边，仿佛小泉是代表他在参赛。他希望小泉能赢，也是希望自己能赢。在想象中，他把哇呜摔手雷般摔得震天响，似乎把天顶都炸开了一个大洞，把所有泥巴拿来补洞都不够用。然而小泉眼下的表现让他失望，也使他的内心有些失衡。有一句俗话，泛起的沉渣一般涌向了房守现的脑际。他欲把俗话压下去，不料俗话自有俗话的力量，他越是压制，俗话反而变得越清晰。俗话说：从小看大，三岁知老。俗话的意思无需解释，每一个成年人都懂得它的逻辑。若按照这个逻辑推演下去，小泉从小摔哇呜摔不响，长大后干什么事情也会无声无息。小泉从小玩泥巴给人家当陪衬，说不定长大后也不能当主角，只能给人家当陪衬。小泉从小就甘于给人家补窟窿，恐怕成人后也躲不掉为他人补窟窿的命运，直到把自己赔干赔净为止。小泉可是他的大孙子，他的亲骨肉啊！面对这样一个从小就不见强势苗头的孙子，从小就让人为他的前景发愁的孙子，房守现还有什么希望呢？他该如何是好呢？

联想到最近村里发生的一些事，联想到他目前的处境，房守现心口闷疼了一下，一种类似焦虑的情绪攫紧了他，使他有些想发脾气。他对孙子说：小泉，你看你都快变成泥巴猴儿了，别玩儿了，回去吧！

小泉揪下一块泥巴，正用手掌在石头门墩儿上拍片，把泥巴片拍薄才能给人家补洞。其实对方并不是真的拿薄片补洞，小泉把薄片交给人家，人家把薄片跟原有的泥巴掺在一起，揉成一个整体，做成新的哇呜，再摔。但拍成薄片是一个程序，这个程序必须走，你只有把泥巴拍成薄片，得胜者才会接收。这个规定性的程序，对失败者来说带有一定的惩罚性。不知小泉听到爷爷的话没有，他没有答应，也没有回头看爷爷，只管拍泥巴片。泥巴玩来玩去，水分失去了一些，变得有些硬，拍成薄片比较费劲。但小泉拍得相当认真，看样子不把硬泥巴拍成薄片决不罢休。

爷爷提高了声音：小泉，我的话你听见没有？

这次小泉不回答不行了，他的回答是：不，就玩儿！

你的泥巴都快赔光了，你玩儿个屁！

玩泥巴的男孩子和女孩子都暂停玩泥巴，张着粘了泥巴点子的小脸，看着小泉的爷爷。有个小女孩把“玩儿个屁”的话重复了一遍，大概觉得好笑，就笑了。好笑的话小孩子们都愿意学，都愿意重复，一时间，小孩子们都在说“玩儿个屁”，你挤我一下，我捣你一下，几乎笑成一团。

倘若在往日，倘若房守现心情好，不管小孩子们重复他什么话，他都不会计较。小孩子嘛，跟小鸡小狗差不多，脑仁子还没长全，自己放个屁当是屁眼子冒烟，嘴里会把冒烟说上半天。他不但不计较，说不定还会和小孩子们一块儿笑。可今天就不同了，一切随心情的变化而变化，他不愿意听见小孩子们重复他的话。小屁孩儿们接过他的话说来说去，笑来笑去，他觉得不只是在笑话小泉，连他这个当爷爷的也一块儿笑话上了，这简直是对他的冒犯，不是什么好兆头！他猛地跺了一下脚，把小孩子们的笑声都震住了。他穿的是深勒胶靴，跺脚跺得有些重，不光门口的地面有些发颤，连盖在门楼子上面的瓦片似乎都有些发抖。小孩子们顿时有些傻眼，不知道小泉的爷爷下一步要干什么。

小泉，听话！我说了不让你玩儿，你就不能再玩。爷爷说话向来说一不二。

小泉说：就玩儿。

小兔崽子，你还敢跟我犟嘴，反了你了。不听话我揍你！

小泉在地上跪着，房守现一步跨过去，一把揪住小泉的一只胳膊，把小泉揪得站立起来。小泉使劲往后坠着身子，弯着腿，还要往地上跪。他的一只手推着爷爷抓他胳膊的手，挣扎着要把爷爷推开，从爷爷手里挣脱出来。爷爷既然揪住了他，当然不会再放松他。他有他的意志，爷爷有爷爷的意志。他的意志是继续玩泥巴的意志，爷爷的意志是大人的意志，大人的意志要比他的意志复杂得多，至少要和村里的事情相联系，此时他的意志必须服从爷爷的意志。从力量的对比上，祖孙两个也相差悬殊。如果五十多岁的爷爷有千斤力量的话，才四五岁的孙子恐怕连一百斤的力量都不具备。其结果是，“一千斤”连揪带拉，拉得“一百斤”脚不沾地，把“一百斤”拉进院子里去了。

小泉哭了，一边哭一边嚷：我不回家，我就要摔哇呜！

爷爷说：你再摔哇呜，我就摔你！

一只名叫里根的黄狗从屋里跑出来，左边一跳，右边一跳，不知是站在爷爷的立场，还是站在孙子的立场。也许它谁的立场都不站，表现出的是模棱两可的摇摆状态。

小泉挣不脱爷爷的手掌，就求救似的喊妈妈，妈妈！是妈妈让他去玩泥巴的。

妈妈和爸爸都不在这个院子里住，只有爷爷和奶奶住在这个院子里。妈妈没有听见小泉的求救，奶奶却从堂屋里出来了。奶奶对爷爷说：孩子玩得好好的，你把他拉回来干什么！

房守现不会解释把孙子拉回来的真正原因，只说：你看他这一身的泥巴，脏死了！说着把小泉揪进屋内，松手一搡，把小泉搡倒在堂屋当门的地上。

小泉哭着从地上爬起来，伸着头还要往外跑，还要去玩泥巴。

房守现叉开腿，张着双臂，拦着门口，不准小泉跑出去。他说：不许出去，再出去我真的揍你，把你的屁股揍烂，烂得跟烂西红柿一样。

奶奶赶紧护住小泉，并把小泉抱了起来，说来，让奶奶抱抱，让奶奶看看，谁敢让俺孙子受委屈，奶奶不依他。奶奶用手掌给小泉擦眼泪，把脸上的泥巴点子也擦到了，把孙子擦得满脸花，像个小花狐狸。奶奶说：你看你这一身泥巴，把奶奶的衣服都弄脏了。好了，别哭了，奶奶给你拿块儿糖吃。她拉开三屉桌下面的一个抽屉，从里面摸出一块儿硬糖，剥去糖纸，把糖块儿塞进小泉嘴里。小泉的泪珠子还在掉，但他的嘴被发甜的糖块儿占住了，哭不成了。糖块儿在小泉的牙齿间咯嗒咯嗒响。

妻子对房守现说：你自己气不顺，不要往孩子身上撒。孩子这么大一点儿，连拉屎都不知道脱裤子，他知道什么！

房守现不承认自己气不顺，出于自尊，也是为了维护妻子的自尊，他也没有对妻子讲孙子摔哇呜时老是给人家补窟窿的事。这个地方的人都不愿意说到窟窿这两个字，更不愿意把窟窿往自己家人头上套。谁都知道，塌窟窿是欠人家债，补窟窿是还人家钱。谁家都不愿塌窟窿，也不愿补窟窿。他对妻子说：你不知道，泥巴在地里是黄泥巴，在村里就变成了黑泥巴。黑泥巴肥，里边是有毒的。泥巴巴在腿上脚上，一干，里边的毒气就会渗透到人的肉皮里去，人身上就会起泡，流黄水。要是身上流了黄水，十天半个月都治不好。

妻子说：那么多小孩都在那儿玩泥巴，人家都不怕泥巴有毒，怎么就毒着你孙子了！怕毒就有毒，不怕毒就没毒。泥巴不沾身，用手一抹拉就掉了。说着，开始用手抹拉小泉胳膊上的泥巴。妻子还是认为房守现最近肚子里窝的有气，说屁怕窝，气也怕窝，气窝得时间长了，出来就不是好气。大人肚子里有气，最好自己解决，不能把气出在小孩子身上，出在小猫小狗身上，也不能出在锅碗瓢盆身上。有的男人一生气就摔猫踢狗，扔盘子砸碗，那是最不应该的，也是最没出息的。

房守现要妻子不要瞎说，说他肚子里什么气都没窝，屁放得噔噔的，他的气顺畅得很。他差点拍了胸脯，说：我要房有房，要地有地，要儿子有儿子，要闺女有闺女，要孙子有孙子，要孙女儿有孙女儿，我还会给人看病，三天两头能挣点儿如便钱花，全房户营一百多户人家，你掰着脚指头数数，我过得比谁家都不差。

妻子说：你要是能天天这样想就好了，人都是嘴上说得明白，一到事儿上就糊涂；仰起头来明白，一低头就糊涂。我看你就是个柏木桶，不提提你，你就不醒。自从你见人家房守本的儿子房光民接替他爹当了支书，你就开始窝心，开始跟自己较劲，一天到晚没有好脸子，半夜做梦还骂人。

这个女人，真是话多。房守现不得不承认，这个女人真的点到他的病根上了，真的一针扎到他肚子里的穴位上了。别以为女人家只知道陪男人睡觉，只知道怀孩子，生孩子，只会做饭，刷锅，原来女人的眼睛也是睁着的，耳孔也是张着的。听说当了三十多年支书的房守本要卸任，房守现着实高兴了一阵子。几十年来，房守本一直看不起他，一直压迫着他，他过的是人在屋檐下、不得不低头的日子。现在好了，房守本终于干到头了，他也熬到了出头之日，终于可以长出一口气了。可是他还没来得及喝一顿酒庆贺一下，还没来得及把老相好织女约到庄稼地里偷一次情，紧接着他又听说，房守本虽说不干支书了，他的大儿子房光民却接过老家伙的接力棒接着干上了。这叫什么事？大麦熟了有小麦，收了黄豆有绿豆，还不是一回事嘛！怎么，难道支书有种，有根，支书的种播在房守本家的大床上了，支书的根扎在房守本家的老坟地里了！难道村里别的人都是缩头鳖，肉头户，就不能接过支书干一干！刚听到房光民当支书的消息，房守现还不大相信，刮了东风刮西风，下了大雨下大雪，什么事都得轮着来吧，干吗房户营的支书都出在房守本家里，干吗老子干完了儿子还要接着干？这不合适，不合适，太不合适！可是，房守现不相信也不行，塞上耳朵也不行，驻村干部老尹通过安在房守本家高杨树上的高音喇叭向全村人宣布：经过房户营村全体党员推选，经过乡党委研究批准，由房光民同志担任房户营村新一届党支部书记。现在请新任支书房光民同志讲话。房守现一听脑袋轰的一声就大了，接着又小了，小得好像找都找不到了。在他听来，房守本家用的是同一个药锅，熬的是同样的汤，喝的是同样的药。他不愿听房光民借用大喇叭的翻嘴唇子阔嘴说些什么，但大喇叭的声音太大了，他不想听都不行。他听出来了，房光民讲话跟房守本是一个口气，一种腔调，讲话东一斧子，西一锯子，声音都很大，连口头语“这个这个啥呢”，都像是一个模子里倒出来的。完了，房守现受完房守本的制，接着还得受房光民的制，其实受的还是房守本的制，他这一辈子算是完了，再也没有出头之日了。他受一辈子制倒也没什么，他的儿子呢？他的孙子呢？子子孙孙是没有穷尽的，难道他的祖祖辈辈都要过受人压制的日子！房守现想不通，房守现不甘心，房守现心有不平，很不舒服。但房守现犯的是和所有男人同样的毛病，不愿在女人面前服输，更不愿在自己老婆面前服软。他心里虽然承认老婆的话说到了他的痛处，但他嘴上还是硬的，并不承认。他说：房守本的儿子当支书怎么了，现在当支书没什么好处，屁的好处都没有。现在不是过去，过去有人民公社，现在没有人民公社；过去有生产队，现在没有生产队；过去队里有仓库，现在村里没有仓库；过去生产队里有土地，现在土地都分到了各家各户；过去仓库里的粮食当支书的想挖就挖，生产队里的钱当支书的想花就花，现在他挖屎都没地方挖，花屁都没人给他放。

妻子不太赞同房守现的看法，她说：你说没啥好处，我看还是有好处。吃当支书这碗饭有没有好处，房守本心里最清楚，要是没有好处，他不会把饭碗传给儿子。啥好事都是传儿子，不传闺女，从房守本把支书传给儿子这一点，就能证明当支书是一碗好饭，饭里有蛋还有肉。这几天房户营村里地里乱冒泡儿，不知有多少人心里两条腿的板凳放不平呢，不知有多少人眼气人家房光民呢，不知有多少人想当那个支书呢！别管怎么说，只要人家当了支书，就是房户营村的人头，全村的人就得听人家的，就得服人家管。

房守现最不爱听的就是这个，他说：狗屁，我凭什么服他管，我一不欠粮，二不欠租，他能拿我怎么样？

这时小泉把一块糖吃完了，伸手指着抽屉，还要再吃一块。奶奶说：糖不能多吃，吃一块就行了。你吃了糖的牙，虫子就该吃你的牙了，把你的牙吃成豁牙子，说话嘴不把门。

房守现的意见是：给他吃，让虫子把他的一嘴牙都吃光，让他长大了找不着老婆！

妻子瞪了房守现一眼狠的，意思是：又来了，又来了！妻子给小泉又拿了一块糖，和颜悦色地对小泉说：小泉是奶奶的好孙子，小泉最听话了，吃了这一块就不吃了，小泉能做到吗？小泉看着糖，使劲点头。奶奶教小泉：你说能做到。小泉说：能做到。奶奶说：这就对了，小泉真乖。奶奶这才把糖给了小泉，同时看了房守现一眼，意思是说：不管跟大人说话，还是跟小孩子说话，都是气换气。你对别人有好气，别人才会对你有好气。房守现看出妻子眼里的意思，他撇了一下嘴，表示不服。

大门外的村街上来了一个游乡卖豆腐的，卖豆腐的不喊卖豆腐，喊成打豆腐，把打字拖着长秧子，喊得很长，后面的豆腐却喊得很短促。好比打字是一根瓜秧子，豆腐只是瓜秧子上结的一个小瓜。卖豆腐的在房守现家大门外停下了，往门里探着头，把房守现叫成房先生，问房先生要不要打一块豆腐。房守现说不打，手背朝外挑了一下，把卖豆腐的打发走了。又来了一个游乡卖鸡娃子的，卖鸡娃子的把叫卖声录了音，用一个电动小喇叭反复播放：卖小鸡娃儿，谁买小鸡娃儿，都是母鸡娃儿，没有公鸡娃儿。

房守现听出来了，小喇叭里播放的是一个女声，从声音听，这个女人已经不再年轻，肯定是下过蛋的鸡。房守现对这个女人的说辞也不愿认同，什么只有母鸡娃儿，没有公鸡娃儿，这个世界只有女人，没有男人，能行吗！他骂了一句他妈的，说了一句跟鸡娃儿无关的话：真有本事，把他爹从坟里挖出来当支书才好呢！

第二章

午后，太阳出来了。季节快到小满，太阳一出来就很大，很辣。房守现在家里待不住，戴上草帽出门去了。以前，这里的人过夏天都是戴帽壳儿。帽壳儿是用苇子或高粱细白的篾子精编而成，顶是尖顶，檐是大檐，既能遮阳，又能蔽雨，戴一夏天都不坏。编帽壳儿是细致活儿，也是一项需要耐心的活儿，现在没有人耐下心来做那样细致的活儿了。现在的人都是戴草帽。时代改变一切，现在的草帽跟以前的草帽也大不一样。以前的草帽，是由村里的巧手闺女和媳妇先把麦秸莛子编成草帽辫子，然后再一针一线缝制成草帽。自家缝制的草帽紧凑，硬扎，形状好，草帽往头上一戴，衬得人的脸盘子都好看许多。有那讲究的，爱美的，还在宽展的草帽檐子上画上花儿，画一朵月季，或一朵牡丹，戴上草帽如同戴上了花儿，赢人得很呢！现在没人编草帽辫子了，没人缝制草帽了，都是到集上买草帽戴。别说编草帽辫子了，村里的闺女、媳妇，连自己的头发辫子都懒得编，她们把头发剪短，再剪短，短得连耳朵都盖不住了。不信你到村里走一走，看一看，恐怕连一个留长头发辫子的女人都找不到。最懒的办法是把头发烫得曲里拐弯儿的，理都不用理，梳都不用梳。你说她的头发太乱了，像老鸹窝。她说她要的就是这样的效果。从集上买回的草帽都是机器造成的，千篇一律不说，软薄，粗糙，帽檐子还很小。太阳从头顶照下来，帽檐的阴影只能遮到鼻子，连嘴巴都遮不到。有些东西适合机器造，有些东西适合手工做。机器造钱造得很好，造打火机造得很好，造草帽就不见得好。

房守现戴的草帽是上个集在镇上新买的。镇上卖遮阳帽的倒是不少，货摊儿上摆得一片一片的。但那些遮阳帽多是塑料制成的，中看不中戴，都是样子货。他听人说过，塑料帽子不但起不到遮阳和凉快的效果，只会越戴越热，热得能把头皮烤破。尽管机器造的草帽不能让人满意，但草帽毕竟是用麦草编成的，毕竟具有草的性质，房守现还是买了一顶。有的人过夏天可以不戴草帽，但被人称为房先生的房守现不能不戴。这地方人的习惯，把教书的老师称为先生，把看病的医生也称为先生。房守现一天学都没上过，他对着镜子能认识自己是谁，把他的名字写在纸上，他就认不出自己是谁了。他既然不识字，当教书的先生就谈不上。可他自称会看病，他父亲会看病，他也会看病，家里有祖传的秘方。他专看妇科病，号称包治不孕之症，还能换胎。能让患不孕症的妇女怀上孩子，若怀的是女胎，他还能将女胎换成男胎。不管你信不信，反正有人信，总有十里八乡的小妇女，头脸收拾得干干净净的，打听着找房先生，登门到房先生家看病。房守现既然被人们尊称为房先生，就得有个看病先生的样子。别人的脸可以晒黑，他的脸不能晒黑，得保持一副与普通庄稼人不同的白净皮肤。别人的脸可以晒脱皮，皮脱得像撒了一把麦麸子一样。他的脸不能脱皮，脱了皮脸就绷不住了，容易引起别人的怀疑，说不定还会露馅儿。

走到大门口，房守现把小孩子们扔在门口两侧石头门墩儿上和地上的泥巴看了看。泥巴已经干裂，扔得一片狼藉。男孩子做的哇呜没有了哇呜模样，女孩子塑造的小猫小狗也是四分五裂，破碎得不成样子。你看小孩子就是这样，玩泥巴时，他们都把泥巴当宝贝，一旦玩完了，泥巴什么都不是。或者说泥巴来于土地，又归于土地，回到了本义。房守现是空着两手从家里走出来的，这跟以前的男人出门的方式又不一样。不说太远，就说十几年前吧，一个过日子的男人只要从家里走出来，至少要带两样东西，一样是铁锨，一样是粪筐。到路上或河边转悠，别忘了拾东西回来。要拾的东西不一定是钱，也不一定是麦穗，而是粪。人粪、牛粪、狗粪、羊粪，甚至连黄鼠狼的粪都要拾回来。大粪要拾，小粪要拾，凡是屁股眼子里屙出来的东西都要收拾回家。粪本身不是钱，但经过一个轮回，可以变成钱。粪本身不是麦穗，但把粪上到地里，可以把麦穗催得又粗又长。带上铁锨，用来铲粪。带上粪筐，用来盛粪。那时若空着两手出门，家里的老婆不高兴，也会被村里人看不惯。回想起来，房守现那时出门就不爱带铁锨和粪筐，人人都把屁股门子夹得很紧，哪有多少粪可拾。他出门喜欢带一只鹌鹑，或一只斗鸡。鹌鹑是在手里把玩，斗鸡是跟别人家的公鸡斗一斗。就因为他喜欢鹌鹑和斗鸡，房守本说他有资产阶级思想，曾召开全体社员大会批斗过他。这一点在后面还会说到。被老婆说得不行了，他出门才不得不带上铁锨和粪筐。带也是瞎带，他常常是空筐去，空筐回，筐里一点收获都没有，不过是做做样子而已。现在好了，房守现出门终于可以不带铁锨和粪筐了，终于可以什么都不带了，只带上钱和下面的东西就行了，他真正有一种获得解放之感。有一段时间，他老是听广播里说要解放思想，他不知道思想是什么，也不懂得思想怎样解，怎样放。现在他似乎明白一点了，思想原来是跟手脚联在一起的，把捆绑手脚的东西解开了，放开了，思想也就解放了。人们为什么不带铁锨和粪筐了呢？因为人们不用拾粪了。为什么不用拾粪了呢？因为种庄稼不用再上粪，只施用化肥就行了。过去说庄稼一枝花，全靠粪当家。现在庄稼还是一枝花，却全靠化肥当家。化肥多好呀，白生生的，像晶莹的雪粒子一样，不脏也不臭，往地里一撒就行了。而粪，成了真正的臭东西，脏东西，废东西，连扔都无处扔啊！还有，被人们称为先生的人，坐诊或出诊，应当穿上白大褂，挂上听诊器才是。如果手上握着铁锨，胳膊上挎着粪筐，那像什么话，不笑掉人的槽牙才怪。

太阳一晒，泥巴不那么稀了，但还是很粘脚。房守现穿着深靿胶靴，走几步，靴子上就沾了一坨泥。泥巴不是粘在靴底就完了，它还调皮地爬上脚面，连靴子上面都沾了泥。这里的泥巴对人脚是拥抱型的，它抱住人脚就不愿松开，渴望移动的人脚把它带走，带到别的地方去。麻烦的是，渴望让人脚带走的泥巴太多，以致拖累得人脚都迈不动了。这么说吧，如果房守现的一只深勒胶靴有一斤半重的话，沾在他一只胶靴上的泥巴恐怕十五斤都不止。两只胶靴上的泥巴加起来，恐怕得超过三十斤。他走几步，就得把泥巴甩一甩，再往前走。村里穿得起深勒胶靴的人没有几个，房守现是其中之一。胶靴分深勒的，半勒的，还有浅口的。浅口的称不上靴，叫胶鞋，浅口胶鞋，也叫元宝胶鞋。穿元宝胶鞋的人使劲甩脚上的泥巴时，往往会把泥巴和“元宝”一起甩掉，还得做出金鸡独立的姿势，弯腰伸手把“元宝”捡起来。当然，也有连浅口胶鞋都穿不起的，只能像过去一样光脚踩泥巴。房守现无论怎样甩泥巴，他脚上的深勒胶靴都不会甩下来，这一点，已体现出他在村里的优势所在。房守现家在村子的北边，也是在村子的底部，他穿过村街，走过村口，走到自家在南地的麦田边时，背上头上都出了一层微汗。他想把草帽取下来，当作扇子扇一下风，抬眼看见满地的阳光正毒，就没把草帽取下来。

麦子扬完了花，灌完了浆，正一天比一天饱满，一天比一天发黄。在房守现眼里，每一个麦穗儿都好像是一个怀孕的妇女，妇女的肚子已经鼓得很大，过不了多久就会生孩子。只不过麦穗儿生的孩子不是一个，两个，而是一生就是几十个。别看麦穗儿生的孩子多，人家生下的每个孩子都白白胖胖，都很健康。白色带花纹的蝴蝶在麦穗儿上面飞，蝴蝶飞得翩翩的，不慌不忙。一只蝴蝶在一个麦穗上落下了，落下时翅膀收了一下，收得竖立起来，如一扇屏。但很快，蝴蝶又把翅膀展开，无声地飞走了。房守现听见“咯嗒”一声，知道是藏在麦田里的野鸡在叫。野鸡也分公鸡、母鸡，它们和家鸡一样，也是在麦子成熟之前孵小鸡。野鸡藏在麦子地里，偷偷摸摸下蛋，偷着孵化小鸡。等麦子成熟了，小鸡的翅膀也硬了，可以跟着父母一块儿飞。房守现在冬天的麦地里远远地看见过野鸡，公鸡羽毛绚丽，很是出色。母鸡却从不打扮自己，显得土气一些。他喜欢野鸡，很想捉一只野鸡玩一玩。就算捉不到野公鸡，捉一只野母鸡或一只小野鸡也行。可野鸡的自我保护意识很强，他至今也没捉到一只。

他家的这块麦子有三亩多，面积相当可观。在太阳的照耀下，麦田里已经散发出麦子的香气。麦子的香气是一种清香，它不管不顾，仿佛带有侵略性，一下子就扑进人的肺腑。麦子在散发清香时，好像顺便把麦芒也带上了，香气因此有点燥燥的，扎扎的，扎得人心里有些痒痒，禁不住想笑一下，再笑一下。房守现家的麦子地主要由妻子管理，妻子把麦子管理得不错，满田的麦穗儿齐刷刷的，看不到什么杂麦，更看不到什么野草。妻子的辛勤管理是一个方面，更重要的一个方面是，麦子的品种改变了，改良了。过去的麦子都是高秆儿，细秆儿，麦穗儿也小。现在从外面引进来的新品种都是矮秆儿，粗秆儿，大穗头。生产队那会儿，一亩地能打二百斤麦子，就算是高产，丰收。现在一亩地的产量比以前提高好几倍，一亩地打八九百斤，甚至上千斤，都不算稀罕事。人们对现在的日子很满意，说三皇五帝到如今，恐怕都比不上现在的日子好过。他们判断日子好过的标准很简单，是用嘴判断出来的，说现在天天可以吃白馍。白馍也叫好面馍，麦面馍。之所以天天能吃到麦面馍，因为土地分到了各家各户，因为小麦单位面积产量的大幅度提高。

房守现来到地里，主要目的并不是看自家的麦子。不管他看不看，即将成熟的麦子都存在着，看了不会增多，不看也不会减少。他还是想找人说说自己的看法，并听听别人对房守本把支书一职传给儿子有什么意见。有看法不说出来，他会觉得憋得慌，憋得胸胀肚胀，气脉不通，血脉不畅。比如一个人肚子里有了货，须及时把货排泄出来。如果不排出来，越攒越多，那些货是会作祸的，是会憋坏人的。这就是说，人能吃到白馍不能就算完了，好日子不能就算到了顶级水平，人的嘴除了吃白馍，还得干点儿别的，说话就是人嘴的另外一个重要功能。有话通过嘴说出来，嘴的功能才算充分发挥，才能实现真正的痛快。房守现相信，不光他一个人对房光民当支书有意见，村里很多人都有意见。只不过大家都憋着，没有把意见交流出来而已。他转着身子，四下里看了看。这会儿还是太阳的天下，很少有人在地里活动。这里那里，倒是分布着一些坟堆。清明节上过坟后，坟上长出了一簇簇新草，在开始泛黄的麦田的衬托下，每座坟都是绿色的，都像是新坟。没错儿，每座坟里都埋有一到两个人。还有埋三个人的，那是因为一个男人娶了两个老婆。每座坟里埋有几个人，一眼就看得出来，坟上方的坟头有明显标志，坟里有几个人，坟上方就摞着几个坟头。可惜坟下面的人都是长眠的人，已不能和活着的人对话。地里也不是一个活人都没有，房守现在一块地头的一棵柿子树下看见了房守成，房守成正在那里放羊。房守现向房守成走过去。

房守成说是放羊，并不是牵着羊到处走。他把牵羊的绳子拴在一根爬出地面的柿树根上，以绳子的长度为羊的活动半径，让羊在半径范围内吃草。柿树下面还垛着一个不大的麦秸垛，他从麦秸垛上拽下一些麦草，垫在湿地上，坐在麦草上。他的眼睛并不是一直看着他的羊，而是越过麦田，望着远方。他像是在看天，看天空中的一只鸟，看风。又像是什么都没看，看的是过去的岁月，看的是自己心里的东西。房守现把房守成叫大哥，他走到房守成身边，叫着大哥，跟房守成打招呼：放羊呢！

房守成回过眼来，把房守现看了一下，没有说话。也许他刚才走神走远了，一时还没有回过神来。房守现又问了一句，他才回答说：放羊。房守成放的羊只有一只水羊，水羊有些瘦，但水羊的身架不小，腿裆里的奶子也挺大。

房守现又问：你这只水羊将过几窝羔子了？

两窝，一窝两个。

现在又搭上羔子了吗？

还没走羔儿，一走羔儿就给它搭。

去哪儿搭。

去集上。

搭一次羔儿多少钱？

三十块。

好家伙，这么贵！我听说前几年搭一次羔儿才五块钱，现在的价钱是前几年的六倍，太贵了吧？

房守成说：过去的麦种现在种不得，你不能老提以前的事。

以前村子里水羊、骚胡到处乱跑，一只水羊走羔儿，一群骚胡争着给它搭羔儿，把水羊的水门弄得肿着，肿得跟水蜜桃一样，最后连哪只骚胡给水羊搭上了羔儿都不知道。现在什么东西都是商品，都要走市场。骚胡的精子也成了商品，当然比以前金贵。

房守现笑了一下，说大哥说得对，水平不减当年。房守成比房守本的年纪还要大，是房户营村土地改革时期入党的老党员，党龄比房守本的党龄还要长。村里组建了生产队之后，房守成一直是生产队的队长。那时间，房守成身强力壮，能跑能跳，村里田里到处都是他的身影。每天一大早，社员上工的铃声由他敲响。太阳落下去时，他说了收工社员们才敢往家走。全队的上千亩地都在他肚子里装着，哪块地种棉花，哪块地种芝麻，哪块红薯该翻秧，哪块豆子该锄草保墒，都是由他做出安排。全队的几百个男女劳力也是在他肚子里装着，他让哪个人干什么，哪个人就得乖乖去干什么，谁都不得打别。夏天的半夜里，呼雷闪电，大雨如泼，他敲着一只铁盆，从村南喊到村北，号召男劳力都到东河打堤。冬天下大雪，雪下得有一尺深，也是他第一个起床，打着红旗，身背毛主席语录袋，带头往麦子地里铲雪。秋庄稼成熟时，他跟男社员一起到地里看秋。在漆黑的夜晚，别的社员大都是睡在田边地头，他有时却潜进庄稼地里，为小偷设下埋伏。小偷去偷玉米，去偷豆子，他二话不说，抡起皮锤就往小偷身上揍，直揍得小偷开口求饶，他才住手。有一次，他抓住的偷玉米的小偷竟是他的兄弟媳妇。兄弟媳妇也不行，他照样让兄弟媳妇把所偷的玉米带到社员大会上，在大会上做检查。别看房守成不识字，每次开社员大会他都要讲话，开讲前还要先背一到两条毛主席语录，背得振振有词，很像那么回事。那时候的房守成，是何等的精神抖擞，气冲牛斗！如果说房守本是大锅头的话，他就是房户营村的二锅头。然而，人民公社一变成乡政府，生产队一变成村，土地一分到各家各户，房守成就退出了历史舞台，失去了用武之地。不过房守成很快做出了自我调整，他岁数大了，不再种地了，地交由儿子去种。他到集上买回了一只水羊，天天到地里放羊。他不再管人了，只管羊。不怎么和人打交道了，只愿意和羊打交道。水羊生了羊羔儿，他把羊羔儿放大，卖掉，再让水羊怀羊羔儿，生羊羔儿，如此往复循环。房守现不常下地，他有一段时间没看见老队长房守成了，听人说，如今的房守成，两耳不闻窗外事，一心只放他的羊。由于他天天只跟羊说话，不跟人说话，脑子已经迟钝，嘴头子也不那么利索了。通过和房守成的一番交谈，房守现发现，房守成的状况并不像人们说的那样糟糕，房守成知道商品交换、市场经济这些新词，说明他还在关心着国家大事。房守成说起以前的水羊走羔儿、搭羔儿的事来，不但嘴头子仍然利索，而且还挺逗。房守现想跟大哥说一个笑话，既然老骚胡的精子那么贵，既然人的精子多得用不完，到处浪费，干脆让人给水羊搭羔儿算了。但他没有说，闲话少叙，遂把想说的话切入正题。他问：大哥，房户营改朝换代了，你知道吗？

什么改朝换代，改的哪一朝？换的哪一代？

换成了房守本的儿子房光民当支书，你知道吧？

噢，什么时候换的？你不说我还真不知道。

大哥你笑话我，你是咱们村最老的老党员，你的资格比老白背的豌豆角子都老，换支书不经过你批准能行吗！

豌豆老了不值钱，不是做成豌豆黄子，就是磨成面，摊成煎饼。

对房光民当支书，你有什么看法？

没看法。

房守成的水羊不好好吃草了，挣着绳子，伸着嘴，要去够麦田里的麦穗儿吃。大概它也闻到了麦子成熟的香味，要把新麦穗儿尝一尝。房守成吵他的羊：羊，羊，干什么呢？把你的嘴收回来，不要吃亏吃在嘴上。水羊挨了吵，有些抱歉似的，低下头继续吃草。

房守现继续问：房守本退下来以后，你为啥不推荐你的儿子当支书呢？

我儿子连党员都不是，他有什么资格当支书，他给我提鞋我都不要。

大哥，你这话还是老八板儿，我不太赞成。你儿子不是党员怕什么，你可以发展他入党嘛。我听说别的村，先把支书的位子拿下来，再入党也是有的。

房守成说：你不要说我，你也有儿子，你的儿子比我的儿子还多，你怎么不让你的儿子入党呢？

一句话把房守现问住了，是呀，他怎么没想起来劝儿子入党呢！盖房子得先打根脚，根脚是房子的基础。当支书也得有基础，入党就是基础。他有三个儿子，且莫说三个儿子都入党，其中有一个入党也好呀，家里也算有在党的人呀。他说：大哥，你这话为啥不早点儿跟我说呢，你要是早跟我说，我早就让他们向党靠拢了。你看我的大儿子房光金怎么样，这孩子有点儿材料子，为人也实诚，你今后能不能拉巴拉巴他。

房守成没说可以不可以拉巴房光金，他说：党的大门对先进分子始终是开着的，不管是谁，只要积极要求进步，愿意为人民服务，都可以申请入党。

房守现想了想，又有些泄气，说：就算我儿子现在入了党，当支书也没希望了。房光民比我儿子还小一岁，等房光民当支书当到六十岁，我儿子都六十一了，超过当支书的年龄了。

房守成摇摇头，说那不一定。

怎么个不一定法儿，大哥能不能跟小弟说说。

不一定就是不一定。现在的事情跟过去不一样，不管啥事情，名字都叫不一定。跟小麦的品种一样，再好的品种也不能老种，种的时间长了，品种就会退化，变种，减产。只有不断更换新品种，麦子才能保持旺盛的精力，才有可能持续增产。

对房守成的话意，房守现似乎有些明白，又不大明白，有一点他听出来了，房守成也不赞成房光民把支书长期干下去，干一段时间就得像小麦换种一样换一换。他向房守成打听：听说房光民当支书是村里的全体党员推选的，有这回事吗？

房守成说：你是党外的人，党内的事你就不清楚了。什么推选不推选，让谁当支书，不让谁当支书，都是乡党委定盘子。乡党委里又是党委书记杨才俊定盘子。老尹代表乡党委到村里让党员推选，不过是走一个过场。老尹说，乡党委经过考察和慎重研究决定，提名房光民同志为房户营村党支部书记候选人，候选人只有一个，有不同意见可以发表。你想想，村里的党员就那么十几个，房守本和房光民他们父子俩都在场，四只眼齐睁着，谁肚子里有屁也不敢放。你要是憋不住，一不小心把屁放出来，臭了人家，人家嘴上说好好好，肚子里不知怎么磨牙呢。会散了，大家还在一个村住着，低头不见抬头见，以后你的日子还怎么过。你放了臭屁，也不会影响人家当支书，回过头来，人家有一百个臭屁等着你，最后臭的还是你自己。

房守现说：你这么一说我就清楚了，其实你心里也不想让房光民当支书。

废话！

要是乡里事先不定盘子，让你自己挑选，你会选谁呢？

我谁都不选。

你会不会选你的羊呢？听说你对你的羊很好。

房守成把羊看了一眼，说那有可能。

地头麦垄之间的缝隙里钻出了几个小东西，房守现以为是老鼠。再一看，不是老鼠，是野鸡娃子。他叫了一声野鸡，飞跑过去，想捉到一只野鸡娃子。不料还不会飞的野鸡娃子，出出溜溜，在麦垄间跑得很快，眨眼之间，一群野鸡娃子就遁入麦田深处，不见了踪影。

房守成说：看见野鸡，看把你兴奋的。一惊一炸的，别吓着我的羊。我听说你很喜欢打野鸡？

这野鸡不是那野鸡，房守现听得出来，他说：大哥不要听别人瞎说，我只种自家的地，只收自家地里的庄稼。别人地里的庄稼不管长得有多好，我连看都不看。

房守成先表扬了房守现一句，说这就对了。接着问眼前的一块地，这块地是你们家的吗？

房守现说：不是。

不是你们家的地，地里的野鸡你为啥要逮！

兔子还是老黄脚厉害，房守现意识到自己中了大哥的圈套，脸上不由得讪了一下。他两手一摊：你看，我不是没逮着嘛！

还说没逮着，你跟织女的事几乎公开化了，村里人谁不知道！你们两个说是到外村看电影，半路上钻到麦子地里干什么？是不是看了电影不过瘾，你们两个到麦子地里演电影去了。你跟别人不说实话，跟你大哥也不说实话，让大哥今后怎么相信你！你不要以为我天天放羊，眼里只有羊，什么事都不知道。实话告诉你，我心里装着房户营村的一本账，天上飞过一只鸟，都会在我心里留下·道。

话说到这份儿上，房守现不得不跟房守成说实话，他说：那女人在城里当过工人，爱吃，爱穿。她愿意跟我好，是看中我手里有几个钱儿。手里没把米，唤鸡也不来。

房守成不同意房守现的说法，说：你跟人家好，就得真心实意，不能贬低人家。怎么，你们之间连一点感情都不讲吗？我怎么不信呢！再说了，现在不像过去，过去把婚姻之外的男女关系看得像砸锅的事一样大，现在只要两厢情愿，两个人私下里好好不算什么大不了的事，连砸皮碗子的事都不算。把皮碗子砸一下，皮碗子蹦一个高儿，比原来还皮实。

话越说越深入，后来老队长房守成给房守现出了一个主意，让房守现不得不由衷佩服。房守成说，他保守估计，村里至少有百分之九十五的人反对房光民接替房守本当支书，这表明房光民没有什么民意基础。把房光民拿下来，不是一点办法都没有，唯一的办法是去找房国春。

房守现眨眨眼皮，样子有些不大理解。房国春，一个在县里高中教书的人，不过是一个教书先生，他有什么能耐能把房光民的支书拿下来呢？房守现以为自己听错了，他问：你说的是在县里当老师的三叔吗？

没错儿，咱们守字辈的喊他三叔，光字辈的喊他三爷。

他不常回来呀！

你不要管他常回来不常回来，不常回来不等于人家不关心房户营村的事，也不等于人家管不着房户营村的事。我问你，县长来过吗？省长来过吗？国家主席来过吗？他们虽然都没来过咱们村，但不等于咱们村不归他们管，他们一个电话打过来，恐怕跟打炸雷也差不多，谁敢不听！

那，房国春也不是县长呀！

真是个糊涂蛋，再分不清蛋清蛋黄，我就不跟你说了。

我糊涂，我糊涂，大哥你接着说。

房守成把拴羊的绳子解开，给羊换了另一个草多的地方，让羊安心吃草。自己从口袋里掏出一条纸片，一撮烟末，卷了一支烟，安在嘴上，用打火机点燃。

房守现说：大哥，你怎么还自己卷烟抽，哪天我送你一盒外国出的万宝路，让你尝尝真正的洋烟是什么味道。

房守成摆摆手，又勾勾手，让房守现离他近点儿，帮房守现分析了房国春在村里说话占地方的五个有利条件：第一，房国春是村里的长辈，大家都对他比较尊重。第二，有史以来，房国春是房户营村第一个上过大学的人，一肚子两肋巴都是学问。说起地上的事，没有房国春不知道的；说起天上的事，房国春也知道个八九分，村里人遇到什么事，都愿意向房国春请教。第三，房国春生性耿直，爱打抱不平，只要他认准的事，一根筋坚持到底，套上九匹骡子都拉不回。第四，房国春在县城教书三十多年，县里的不少干部他都认识，他在县委大院平蹚，跟走平地一样。房国春去县里办事，连书记、县长都喊他房老师。第五，这一点最重要。你知道吗，现任吕店乡乡党委书记的杨才俊，就在县里高中读过书，就是房国春的学生。老师比父，杨才俊对房国春很是亲热。有一回房国春回来，杨才俊亲自陪同他老师在街上走了一圈，一再问房老师家里有什么事需要学生办的，有啥事只管说。你看看，你看看，房国春了不得了。就村里这点儿事，房国春要是愿意管，还不是小菜一碟。他想让谁当支书，不想让谁当支书，还不是三下五除二，拨拉一下算盘子儿的事。

听了房守成头头是道的分析，房守现仰脸看看天，头脑里像拔下一个瓶塞子一样，顿时清爽起来。是的，以前他的头脑像是塞着一个瓶塞子，木不登的，一点儿都不透气。房守成的话等于为他拔开了瓶塞子，他脑子里的空气一下子变得澄明起来。他感叹地噢了一声，说好家伙，原来房国春这么厉害。

房守成说：这下你知道了吧！我还有好多事没跟你说，要是跟你说了，你就更知道房国春的厉害。

房守现说：既然大家都反对房光民当支书，既然房国春这么厉害，你把大家的意见跟房国春反映一下，让他把房光民的支书拿下来不行吗?

房守成摇摇头，说：要找房国春你们去找，我是不会去的。

为啥?

啥都不为。

你是德高望重的人，拔一根汗毛，就能竖一根旗杆，你说一句，顶我们说一百句。

你少给我戴高帽子，我不吃这个。有高帽子不要浪费，你去给喜欢戴高帽子的人戴。我都这么大岁数了，能放好我的羊就不错，才不管那些屁闲事。

第三章

房守现从麦子地里回来，走到村口，碰见新任支书房光民从村里往村外走。房光民走马上任后，这是房守现第一次看见他。房守现不喜欢房光民这孩子。不是房光民当上支书后才不喜欢他，房守现早就不喜欢这孩子，心里对这孩子有一种说不出的排斥。房光民高中毕业后，被借到乡里派出所当了两年协管员，就入了党，回村就当上了支书。房光民仗着他爹当了几十年支书，两眼朝天，走路端膀子，浑身冒出来的都是傲气。他在乡里派出所当协管员期间，其实就是给人家当打手，到处拿电警棍捅人，拿手铐铐人。这给房光民养成了不好的习惯，他看谁，好像谁都不正常，需要修理一下。房守现不愿搭理房光民，想掉转头，回到麦子地里去。但那样做意图太明显，拐弯儿太陡，也来不及。再说，他若掉头往回走，好像害怕房光民似的。他走得正，站得正，鬼都不怕，何况一个毛孩子房光民。他是叔辈，房光民是晚辈，他不搭理房光民是可以的。路边有一条沟，沟边长着一棵鬼柳子树，树上结了一串串“小燕子”。房守现扭着脸看“小燕子”，虚着眼，想从房光民身边走过去。

房光民驻足跟房守现打招呼：守现叔，下地去了？

房守现装作听不见好像说不过去，站下说：到地里看看。

你看今年的麦子长势怎样？平均亩产会有多少？

说不好。

房光民往房守现身边走了两步，从口袋里掏出一盒烟，从中抽出一支，递向房守现，守现叔吸颗烟吧。

房守现摆手拒绝，说他不会吸烟。

房光民说：吸烟有什么会不会的，吸，就会，不吸，就不会。接着吧。

房守现还是不接，说他真的不会。

守现叔一直不吸烟吗？

我从来不吸，你爹知道我。

房光民没有把抽出的烟放回烟盒，自己给自己把烟点上了，说其实不吸烟很好，吸烟只有坏处，没什么好处。他又说：我年轻，村里的工作以后靠守现叔多支持。

你说什么？什么工作？

那天我在大喇叭上的讲话你没听见吗？

什么讲话？我这几天上火，耳朵有点儿背。人老了，不中用了。他做出万事皆休、心灰意冷的样子，丢下房光民，只管走了。

房光民喊住他，还要和他说句话。房光民说：守现叔，给人看病也是为人民服务，是可以的。我建议，你还是到县里卫生局办一个医疗许可证好一些。那样的话，你就可以在门口挂一个牌子，光明正大地给人家看病。不然的话，上面要是来检查，罚你的款不说，村党支部也无法跟上级交代，会给我们整个房户营村的工作都带来被动。

看看怎样，蝇子要下蛆，蚊子要咬人，说来就来。房守现料到了，房光民接手支书后，一定会跟他爹房守本一样，拿他给人看病的事说事儿，在这个事儿上拿捏他，让他出血。但事情来得这么快，却有些出乎他的意料。什么到县卫生局办医疗许可证，简直是开玩笑。他从来没去过县卫生局，不知道卫生局的衙门口朝哪开！让他到县卫生局是假的，到他房光民家才是真的。房守本跟他玩的就是这一套，也是催他到县卫生局去办许可证。他拿上两条烟，或揣上几百块钱，给房守本一送，房守本就不再提让他去县卫生局的事。那时候，房守本家就是卫生局，得到房守本的许可，就等于得到了卫生局的许可。好嘛，房光民接手当了支书，这么快就把他老子的这一套学会了，就把卫生局搬到他家里去了。少来这一套，房守现伺候完了房守本，不打算再伺候房光民了。他说：什么看病不看病，你这孩子的话我听不懂，现在生活好了，天天吃白馍夹肉。回去跟你爹说说，让他以后少吸点烟，吸烟多了对肺不好。好了，你忙你的吧，哪天闲了咱爷儿俩再叙。

房守现有了一种紧迫感，这种紧迫感是房光民给他的。通过刚才房光民跟他说的那几句话，还有房光民牛气哄哄的派头，他意识到了，房光民当权，他的日子不但不会比以前好过，说不定比以前还难过。不行，他必须立即行动起来，多方听听村里人反对房光民当支书的呼声，并把反对房光民当支书的人联合起来，趁房光民立足未稳，把房光民拱下来。他本来打算回家，这会儿先不回家了，拐进了路边高子明开的小卖店里。

高子明满脸笑着，对房守现很是热情。高子明两边的眼角皱纹很多，使得他的笑很有特点。他的两个眼角像是两把折叠扇，笑的时候，“扇子”迅速折叠起来，不笑的时候，“扇子”是展开的，连条条“扇子骨”都看得见。这样一来，高子明不笑的时候，他的两把“扇子”像是在给人扇风，笑的时候呢？就不扇风了。眼下天气还不算热，高子明不给房守现扇风是对的。高子明对房守现说：我知道你不吸烟，那就吃块糖吧。

房守现摆摆手，说他又不是小孩子，吃什么糖，不吃。

小卖店里的空间很狭窄，如果一个人进，一个人出，错身时两个人就得吸着肚子。店里只放着一只高脚圆凳，高子明站起来让给房守现坐，房守现也不坐，说这地方太小了，说个话都不方便。

高子明看出房守现有话跟他说，说：那咱到家里去说话吧。

高子明的老婆坐在小卖店门口的矮脚凳子上，正跟一个老太太说话。高子明让老婆到小卖店里替他值班，他带房守现到他家里去了。按辈数，高子明也把房守现叫守现叔，他说守现叔，我看你气色不对呀，谁惹你生气了？

房守现说：还能有谁，还不是房光民那小子。你看他那样子，当个支书跟皇帝登了基一样。

高子明也不隐瞒自己的观点，他说：我跟你的观点完全一致，早就看不惯那小子。现在的中国是社会主义社会，不是封建社会。封建社会实行的是世袭制，老子当了皇帝，儿子可以接着当，老子当了官，儿子也可以吃俸禄。封建社会已经没有了，房守本他们父子为什么还要搞封建社会那一套。风水轮着转，官应当轮着当。

房守现听不懂高子明说的世袭制和吃俸禄是什么意思，但他知道高子明是一个有学问的人。在房户营村，若论起学历和学问来，房国春排第一，高子明就得排第二。可惜的是，高子明当年正在城里师范学院读书，正当着学生，就被打成了右派分子。打成右派分子后，高子明被整得少皮子没毛，就被打回老家来了，在贫下中农的监督下进行劳动改造。房守现知道，高子明对房守本不是有意见的问题，简直就是有仇。因为房户营村就高子明一个右派分子，他仿佛成了右派分子的一个标本。房守本说过，谁要没见过右派分子，看看高子明就知道了。谁要想和右派分子作斗争，拿高子明当靶子就行了，保证一斗一个窟窿。在那阶级斗争天天抓的年代，上面阶级斗争的弦一绷，村里稍有风吹草动，或逢年过节，房守本就要把高子明提溜出来，和村里的地主分子、富农分子、反革命分子、坏分子一块儿批斗。高子明在师范学院学的是美术。有一年春节前，家里穷得实在不行了，不但买不起肉，连盐都买不起了，高子明就偷偷刻了一块木版，用草纸印出灶爷灶奶奶像，托出身好的亲戚到外村悄悄卖。尽管事情做得很机密，还是被村里嘴快的人知道了，向房守本告了密。当时只准印毛主席像，顶多了印点儿革命样板戏中的李玉和和李铁梅的形象。高子明这个右派分子，竟敢私下里搞封建迷信，妄图以灶爷灶奶奶的像取代伟大领袖毛主席的像，这还了得。房守本马上派民兵连长带领几个基干民兵，到高子明家把木刻版搜了出来。房守本着人在木刻版上钉了钉子，拴了绳子，挂在高子明的脖子上，让高子明游街示众。然后把木刻版当众砸碎，烧毁，还把高子明送到大队毛泽东思想学习班里关了三天。由于高子明在村子里受到的一系列压迫，他肯定早就希望房守本下台。房守本虽然下台了，但他的儿子房光民又上了台，这肯定是高子明不愿看到的。房守现之所以来找高子明，是想听听高子明的意见，看看用什么办法把房光民弄下台。房守现先说他自己：不行，这一次我无论如何咽不下这口气。我再也不能伸着脖子让人家宰了。

高子明的表情也严肃起来，他一严肃两边眼角的扇子纹就展开了，像是在为房守现扇风。他问：房光民怎么惹你生气了？

房守现说：他让我到县卫生局办什么医疗许可证。

高子明一针见血地指出：他这是故意刁难你，目的是让你给他送礼。我早就把当官儿的看透了，没有一个当官儿的不喜欢别人给他送礼。

他算什么官儿，在我眼里，他连个戴官帽儿的屎壳郎都不如。送礼，送个屁，我送给他一泡热牛屎还差不多。

你送给他热牛屎他也要，他收礼收滑了手，还以为你送给他的是面包呢！高子明又笑了。

房守现跟高子明坐得很近，他伸手把高子明的大腿拍了拍，说子明，不是我说你，我看来看去，觉得你当支书最合适，你真应该把房户营村的事管起来。凭你的学问，管管村里的事，不过是捎带手的事儿。再说了，他们当初把你错划成右派分子，亏了你那么多年，也应该给你补一补。

高子明说：守现叔，你不要吓唬我。我连个党员都不是，当什么支书。我现在这样就挺好，家里开个小卖店，县里每月还给我发着退休工资，我已经很知足。

房守现家的经济状况跟高子明家的经济状况比较接近，高子明说到的情况，房守现都知道。高子明的右派分子帽子摘下来之后，县里给高子明补了一笔钱。高子明用这笔钱盖了房子，还开了一个小卖店。房守现是靠给人看病挣点零花钱，高子明是靠开小卖店赚钱。不同的是，高子明还有一份固定的收入。摘帽之后，县里安排高子明到邻村的学校当了两年多教师，高子明就有了公办教师的待遇。高子明退休时还不到六十岁，属于提前退休。高子明说他身体不好，提前退休是他自己提出来的。提前退休后，他每月仍然可以领到一定数量的工资。还有一点更重要，高子明当过右派分子，如今好像成了一种难得的资格，又好像他在最有名的大学里深造过，一提他曾被打成过右派分子，人们无不对他刮目相看，判断出他是有学问的人，有本事的人。房守现记起老队长房守成刚才对他说过话，对高子明说：不是党员没关系，你现在入党也不晚嘛。连我都想要求入党了，我怕人家不要我。

高子明说：你可以提要求嘛，可以写入党申请书嘛，我看你完全符合入党的条件，至少比房光民强得多。

房守现说：咱先不说别的，只说房光民。要是大家一起拱，能不能把房光民拱下来？

高子明像是想了一下，说拱下来的可能性是存在的，但短时间内可能性不大。房光民刚上任，至少在一两年之内，想把他拱下来不太容易。

房守现有些失望，骂了一句人，问为什么？

高子明说：问题在乡党委，让房光民当支书，是乡党委决定的。你想呀，要是把房光民拱下来，就表明乡党委在选人用人方面的决定是错误的。乡党委作为一级党委，它只能是正确的，哪里会承认自己犯错误呢！三年大饥荒，饿死那么多人，谁承认有错误呢，还不是把错误都推到自然灾害身上，推到老天爷身上。什么事情都有来龙去脉，咱得把来龙去脉弄明白。村里党员也不少，乡里为啥让房光民当支书，不让别人当支书，这背后肯定也是有原因的。房守本当了那么多年支书，他也不是白吃干饭的。他至少跟乡里的干部比较熟，以前也给了乡里干部不少好处。你记得吧，有一年秋天队里起塘，捕捞出来的鱼还没给社员分，房守本就挑了一条最大的鲤鱼，派队里的两个闺女把鱼抬上，给当时的公社革命委员会主任送去了。那次送礼是明的，我们都知道。房守本暗地里拿公家的东西给公社干部送的礼更多，这些礼都为以后让他儿子接任支书打下了基础。公社改成乡，杨才俊当上吕店乡的乡党委书记后，谁敢说房守本没给杨才俊送过好处！我不说你也知道，杨才俊所在的村跟咱们房户营村原本是一个大队，一个大队管五个村，那时候房守本就是大队支书，杨才俊是学习毛主席著作积极分子。他们经常在一块儿开会，两个人早就是熟人。只不过以前是房守本领导杨才俊，现在是杨才俊领导房守本。熟人多吃四两豆腐，让房光民当支书，说不定就是杨才俊送给房守本的豆腐。这就是说，要把房光民拱下来，先通过杨才俊这一关才行。如果杨才俊这一关通不过，咱们使再大劲也是白搭，这叫一夫当关，万夫莫开。

房守现不同意高子明把话说到死地里，他说：我知道咱们村有一个人，能和杨才俊说上话。这个人，他不说是听房守成说的，要说是自己想起来的，靠的是自己的智慧。为了显示自己的智慧，他没有马上把房国春说出来，让高子明猜一猜。

高子明不猜，说那还不是秃子头上爬着一只跳蚤，明摆着。

房守现说：你只管猜一下嘛，我看看咱俩的看法儿一致不一致。

高子明还是不猜，说：你考我呢？

房守现和高子明是坐在高子明家的堂屋里说话，堂屋的门是开着的，院子里的大门也是开着的。这时从院子外面走进来别人家的一只狗，狗的样子很谨慎，试探性地往院子里面走。高子明大声指出：狗！狗听见这家的主人指出它是狗，调转头就跑掉了。高子明没有猜，把房国春夹在话里边，说了出来。他说：我估计房国春不一定愿意跟杨才俊过话，不一定愿意干预村里的事。一般来说，在外边工作的人都是事不关己，高高挂起，不愿意管村里的闲事。我要是房国春的话，村里的事我是不会管的。爹当支书也好，儿子当支书也好，只要对我说得过去就行了，我惹那个麻烦干什么！想想看，如果房国春找到杨才俊，把房户营村的民意反映给杨才俊，建议杨才俊把房光民的支书拿下来，不管结果如何，消息都会透出风去，都会传到房守本和房光民的耳朵里。这样一来，就等于房国春把房守本父子得罪了。这种得罪不是一般的得罪，是深度得罪，长远性的得罪，跟挖了房守本家祖坟里的风水差不多。房守本家会跟房国春家记仇，这个仇不是一辈两辈就能消解，会祖祖辈辈记下去。房国春虽然在县城当老师，但他的家还在房户营村，他的老婆孩子、侄侄孙孙还都在房户营村生活，还得靠房守本和房光民照顾。房国春又不傻，他明白这种利害关系，不会轻易得罪房守本父子。

房守现急了，站起来要走，他说：好好好，算我什么都没说，行了吧。人家让咱缩头，咱把头缩到肚子里。人家不让咱缩头，咱还把头缩在肚子里。人家在咱背上跺一脚，咱的头还是不敢伸出来，不就得了。

高子明说：你看你，急什么！急解决不了任何问题，坐下坐下。

房守现不坐，说：我就看不惯你们这些字墨儿深的人，干点儿什么都瞻前顾后，怕狼怕虎。说起来什么都明白，该干的时候什么都不敢干。怎么，人家整你把你整怕了？把你的蛋子儿挤出来了？

不是谁怕谁的问题，也不是有蛋子儿没蛋子儿的问题，不干就不干，干就要干成它，这里面有一个策略问题。

什么策略？

你坐下，我再跟你说。你扎个来回走的架子，连屁股都坐不稳，我就不说了。

房守现只得坐下，让高子明说。

高子明说：对房国春的性格，我比较了解。如果一两个人去找他，他不一定会出面。要是十个八个甚至更多的人去找他呢，他就有可能出面。他这个人虚荣心很强，喜欢别人恭维他，恭维他的人越多，他就越来劲。我说恭维，你可能不懂。按通俗的说法，就是喜欢别人抬他，抬他的人越多，把他抬得越高，他越不知道自己是谁。好比抬轿子，他那么胖，个子那么高，一两个人恐怕抬不动。给他来个八人抬，或者十六人抬，就能把他抬起来。只要把他抬起来，就不能让他再落地，一直把他抬晕，抬到云里雾里。他只要一晕，就有可能管不住自己，就有可能顺着咱们给他指的道儿走。高子明举了一个实例，说明房国春是一个吃抬的人。“文化大革命”期间，房户营村的房光东一家被公社树为全家红的典型，到各大队宣讲活学活用毛泽东思想的体会。他们住在公社所在地的镇上，在公社干部的食堂吃饭。他们每天都能吃到白馍、豆腐，还能喝到鸡蛋汤。公社给他们家每人每月发十五块钱生活费，队里给房光东的母亲、两个姐姐和房光东本人按全勤记工分。房光东一家的这种待遇让村里人十分羡慕，十分嫉妒，也十分不平。他们议论纷纷，说房光东的父亲曾在国民党反动派的军队里当过军官，房光东的母亲曾跟着房光东的父亲在城里住过，当过军官太太。这样的人家根本不符合当全家红的标准，凭什么让他们当全家红呢！他们家不是红，而是黑。不光社员们对房光东一家当全家红有意见，连支书房守本和队长房守成也有些看法。想想看，村里人天天吃黑馍，房光东一家却天天吃白馍；村里人天天喝红薯茶，房光东一家却天天喝鸡蛋汤；村里人天天早出晚归下地干活才能挣到工分，房光东家的男女劳力，风刮不着，雨淋不着，就把工分挣到了。有意见归有意见，有看法归有看法，但他们都不敢向公社反映。为什么呢？因为房光东家的全家红是驻在房户营村的驻队干部发现的，推荐的，是经公社革命委员会批准的。这时有一个人站出来了，别人不敢说实话，他敢说实话；别人不敢对房光东家当全家红提反对意见，他敢提。从这些意义上说，他是房户营村最有胆量的人，最敢于坚持真理的人，堪称是房户营村的中流砥柱。这个人是谁呢？他就是房户营村妇孺皆知的房国春。村里好多人听说房国春从县里回来休寒假，纷纷登门到房国春家里去看望。他们无不说到房光东一家当全家红的事，个个叹气连连，好像房户营村的天都快要塌下来了，日子都没法儿过了。他们都把希望寄托在房国春身上，不约而同地对房国春发起哄抬。他们有的把房国春叫三哥，有的叫三叔，有的叫三爷，请房国春一定要站出来说话啊，一定要主持公道啊！那一次，房国春就被大家抬晕了。房国春说好吧，我来讲一讲。就在当年的大年初一，在驻队干部回家过年的情况下，房国春让房守本在生产队的队部为他召集了一场社员大会，他在会上发表了一通讲话。房国春把围在脖子里的长围巾往脖子后面一甩，掏出一本红皮烫金字的毛主席语录，上来念了好几条有关阶级斗争的“伟大领袖毛主席教导我们说”，他还讲了国际国内的大好形势，接着话头一转，联系到房户营村的阶级斗争实际，就点了房光东父亲房守祥的名字。他说，按房守祥在国民党军队里担任的职务来看，他应该是一个历史反革命分子。不能因为他去世了，他就不是历史反革命分子了，一个人的历史是改变不了的。据群众反映，房光东一家成了活学活用毛泽东思想的全家红，我认为这是不合适的，这关系到走什么阶级路线的问题。房户营村四面光、八面净的贫下中农家庭很多嘛，干吗不从中选一个家庭当全家红呢，干吗选一个有历史问题的家庭当全家红呢！当房国春说到房光东的父亲是历史反革命分子时，与会的人像是刚刚听到这个大快人心的消息，会场上轰的一声，如同欢呼了一下，终于出了一口气。大家都注意到了，那天房光东的二姐、妹妹、弟弟也参加了会议。房光东的二姐不仅是铁姑娘队的队长，生产队里的妇女队长，还是县里学习毛主席著作积极分子。那天开会之前，他们都穿着过年时的新衣裳，还有说有笑，兴致勃勃。听了房国春的讲话，他们受到了意外的严重打击，顿时有些傻眼，眼里都含了泪。他们没有提出反驳，什么话都没说，坚持到把会开完，才低着头回家去了。高子明说，他之所以举这个例了，因为这个例子是众人拾柴火焰高的一个范例，是大家抬房国春成功的一个范例，这一次，如果大家像那一次那样抬举房国春，房国春也会坐不住马鞍桥，也会有上佳表现。

房守现认为这不难，抬一头牛难，抬一个人并不难。等见着房国春，大家嘴上抹糖，拣好听的说就是了。

高子明说：我刚才说的是策略，实施起来还要讲步骤。去抬房国春不要一哄而上，先一个一个去，人数逐步增加，最后再大家一起去。

房守现插话：抬房国春你去不去？房守成说了，他不会去找房国春。房守现担心，高子明拱别人去，他自己也不去。

高子明说这个这个，这个问题我还要想一想。房国春一跟我说话就居高临下，指指点点，让人心里很不舒服。我建议你最好把房守成动员起来，让他去跟房国春说。房守成是老党员，老资格，他说话还是有一定分量的。

不要说房守成，先说你，你就说你去不去吧？

我去也不是不可以，但我不跟你们一块儿去，我单独跟房国春谈。

房守现叫了一个好，说你只要答应去就行了。你是谁，你就是诸葛亮啊！刘、关、张再厉害，没有诸葛亮就办不成大事。只要诸葛亮一出山，房户营村的江山就得改一改。

高子明赶紧摆手，不让房守现这么说。他说：你什么意思，是要抬我吗？我可是不识抬，谁抬我我跟谁急。诸葛亮这话万万说不得，要是传出去，我可吃罪不起。别管房守本怎么整治你，他姓房，你也姓房，你们一个房字掰不开。我们高家是外姓人，是解放前来给你们房家种地的外来户，一直受你们房家的欺负。你们是折断枝子连着根，打断骨头连着筋，到了关键时刻，还是你们老房家的人站在一起。我是相信你，相信你不会到房守本那里打我的小报告，我才跟你说这些话。要是换了另外一个姓房的，我才不跟他说这些掏心窝子的话呢。

房守现说：什么姓房不姓房，我历来不认这个。人不在一个房子底下还好些，越是在一个房子底下，互相咬得越厉害。

外边传来一阵跑摩托车的声响，接着听见高子明的老婆大声喊子明，高子明，快来，你快来呀！

坏了，小卖店里出事了！高子明把眼角的扇子纹打开，和房守现一起向高子明家的小卖店跑去。高子明的家离小卖店不远，他们十步八步就跑到了小卖店。

第四章

高子明的胖老婆吓得浑身哆嗦，脸白得跟贴在小卖店门口的一张白纸一样。门口贴的白纸上面写的有字：本店售出的商品概不赊账，请顾客谅解。高子明老婆脸上的“白纸”好像也写了字，满脸写的都是恐惧。高子明要老婆不要害怕，慢慢说，到底出了什么事，是不是招贼了？

可不是招贼了嘛！贼骑着摩托车，戴着两个黑眼镜。贼说买一条烟，我就给他拿了一条烟。贼接过烟，把烟放进他斜背着的挎包里去了。我以为贼该给我钱了，贼摸了摸兜儿，说他还要买一个打火机。打火机放在货架子下面的盒子里，我转过身，正弯着腰给他拿打火机，他个日娘的不讲买打火机的事了，把胳膊从窗口伸进来，往咱盛钱的纸箱子里捞了一把，骑着摩托车就窜了。我听见摩托车突地一响，一看，日娘的已经窜得没影儿了。

高子明往小卖店门前的地上瞅了瞅，地还没有干透，地上留的果然有摩托车的车轮子印。他顺着车印往远了看，太阳正往下落，骑摩托车的窃贼已经消失。高子明骂了一句他妈的，说这不是明抢嘛，不是活土匪的行为嘛！这个贼的胆子也真够大的，大白天的，光天化日底下就敢作案。

房守现问高子明的老婆，被贼抢走了多少钱？

高子明的老婆说：卖东西的钱都在纸箱子里放着，十块的、五块的、一块的、两块的都有，我也不知道有多少。

房守现稍稍有些内疚，他想，都是因为他来找高子明说话，高子明离开了小卖店，贼娃子见小卖店里只有一个胖妇女值班，才敢下手。倘若高子明一直在小卖店守着，也许贼娃子不敢这样明目张胆动手抢。他说：你看这事闹的，要是子明不离开小卖店就好了。你们随后清点一下吧，看看一共损失了多少钱。

高子明明白房守现的意思，他说：没事儿的，这算什么，破财免灾。高子明笑了，笑得将眼角的“扇子”折叠起来。他说：今天这事儿也够新鲜的，贼都实现了机械化，成机械化窃贼了。过去只听说过机械化部队，可没听说过机械化窃贼。窃贼一实现机械化，更加机动灵活，作案更方便。我早就想买个摩托车，一直没舍得买。倒是贼人思想先进，跑到我前面去了。我要是也有摩托车，我一定会骑上，寻着车印去追窃贼，一直追到窃贼的老窝。

听到高子明老婆的喊叫，得知高子明家的小卖店招了贼，村里人一传十，十传百，纷纷向小卖店跑来。每年的农历三月三，乡政府所在地的镇上都有庙会，庙会上都唱大戏，还放电影。每逢庙会，房户营村的人几乎倾巢出动，到镇上听戏、看电影。庙会过去了一个多月，在这段时间里，日出日落，又日出日落，村里人再也没得到什么热闹。忽闻高子明家的小卖店里招了贼，怎么说这也是个热闹吧。虽说发生在小卖店里的事不是唱大戏，不是演电影，恐怕跟唱戏和演电影也差不多吧。戏唱得再好，电影演得再精彩，那毕竟是过去的事，远处的事，跟房户营村没有什么关系。而发生在高子明家小卖店里的事就不一样了，它是眼下的事，脚跟前的事，跟房户营村是有关系的。戏和电影里的人，房户营村里的人都不认识。高子明和高子明的老婆，村里人都认识。他们都想知道贼人行窃的详细过程，看看高子明两口子被窃之后有何表现。男人来了，女人来了，上岁数的人来了，小孩子也来了。小孩子一边跑，一边嚷：贼来了，快去抓贼！一个得过脑血栓的男人，走路已经很困难，拄着一根木头棍子，才能一点一点往前挪。听说高子明家的小卖店招了贼，他不想错过看热闹的机会，也一步三晃地向小卖店方向挪去。村里有一个瞎子，一个人不能出去。有人拉着他的手，或用一根竹竿牵着他，他才能走出家门。瞎子的耳朵特别灵敏，高子明的老婆一喊他就听见了。当别人纷纷往高子明家的小卖店跑时，瞎子让一个小孩子拉着他的手，也深一脚浅一脚地往村头走去。他的眼虽然看不见热闹了，耳朵还可以听热闹。他的耳朵听到的热闹说不定比好眼好睛的人看到的热闹还多。

村里一有风吹草动，其实最先动起来的不是人，是狗。狗闻风而动，总是像先行者一样，跑在各家主人的前头。它们汪汪叫着，兴奋异常，好像遇到了重大节日一样。狗被称为人类的朋友，各家的狗也被称为看家狗。当贼人来犯时，狗们应当有所作为才是。然而狗们也是事后兴奋，不过是虚张声势而已。

房守现家的狗，抢在房守现的妻子之前，跑到了事发现场。狗一见它家的男主人也在现场，遂跑到房守现身边，又是摇尾巴，又是嗅房守现的手，仿佛在房守现面前撒娇，说真好玩，真好玩；又仿佛在向房守现请示：我来了，需要我干什么，你只管说。房守现对他家的狗不是很友好，他踢了狗一下，说：你在这里添什么乱，滚蛋！

不少人围在小卖店门前，像众多男女记者采访一个电影明星一样，向高子明的老婆询问小卖店被盗抢的详细过程。高子明老婆的脸色不那么白了，写在脸上的恐惧好像已经擦去，恢复成原来的样子。她和“记者”配合得不错，“记者”们问什么，她做到了有问必答。有人问：贼来的时候，就你一个人在小卖店里吗？

答：可不是咋的，子明回家去了，那会儿只有我一个人在这里。贼看我是一个妇女家，知道我打不过他，就下了手。

有人点评：那是的，强盗都是欺软怕硬的东西，专拣软柿子捏。

问：贼让你给他拿烟的时候，骑在摩托车上一直没下来吗？

答：是的，日娘的只脚尖点地，屁股一直在摩托车上坐着，摩托车也没熄火。

有人点评：这家伙事先一定踩了点，做好了抢劫的准备，一得手就溜。

问：你看见他摩托车后面的牌照了吗？牌照上都有号码。

答：什么牌照，没看见。

有人点评：你要是记下他牌照上的号码就好了，到公安局一查，就知道摩托车的车主是谁。

问：你看见贼长什么样了吗？

答：没看清。狗日的戴着黑眼镜，一只眼一个黑窟窿，跟乱坟岗子上死人骷髅的眼睛一样。

有人点评：画龙点睛，看人看眼。看不到贼的眼，等于什么都没看到。这个贼可真狡猾。

村里来了这么多人，大家看似对高子明的小卖店被盗很关切，很同情。其实呢，真正同情高子明及其老婆的人很少，他们心里涌动的是不宜表达的高兴，是幸灾乐祸。村里别的人家没有开小卖店，只有高子明一家开了小卖店。这两口子往小卖店里一坐，不出村子就把钱赚到了。这一回让你们还赚，赚到贼人的腰包里去了吧！不管小卖店里卖的什么东西，都比镇上卖的东西贵，能加一毛是一毛，能加一分是一分。哪怕是称一斤盐，都比镇上的商店卖的盐贵出三分。我让你加，加多了就有人给你减，一减就不是小数。大家都在一个村住着，愿意到你的小卖店买东西，是看得起你，是给你的生意捧场，也是有急用。你在显眼处贴出一个告示，概不赊账，这就有些不近情理了吧！那，骑飞车的飞贼把整条的烟取走了，还顺便把钱箱子里的钱抓了一把，这算不算赊账呢？恐怕不想赊也得赊吧。

在众人的一再询问下，高子明的老婆已经把事情的过程讲清楚了，而且讲了不止一遍。但大家还觉得不够过瘾似的，没有散去。太阳落下去了，天还亮着。布谷鸟在麦田里叫，阵阵麦香从村外向村里涌来。人们从这次小卖店里突发事件议论开去，说到了村里最近发生的另外两件事。老两口子，在自家责任田的地头盖了两间房，住到了村外。两口子除了种庄稼，种菜，还养了四只羊。眼看着把羊喂大了，喂肥了，可以卖钱了，却在一天夜里，被小偷儿在后墙挖了洞子，把四只羊都弄走了。让两口子纳闷的是，他们平日里睡觉是警醒的，羊动动蹄子，他们都听得见。那天夜里不知咋回事，两口子都睡得死沉死沉。天一亮，洞口透进亮光，他们才醒过来。发现羊被小偷儿偷走之后，这家的老婆子没有哭，老头子却哭了一大场。老头子跺着脚，说自己是个死人哪，死人哪，为啥还不死哩！老头子还对不知名的小偷儿说：你把我偷走杀了吧，为啥不把我偷走哩！还有一件事，发生在一个年轻妇女家。年轻妇女的丈夫到城里的建筑包工队干活儿去了，只留妇女和一个孩子在家。坏家伙头戴一把捋的帽子，手持一把长螺丝刀，是翻墙进入妇女家院子的。坏家伙拿螺丝刀逼住妇女的胸口，让妇女把家里的钱都拿出来。妇女怕丢了性命，就打开锁抽屉的锁，把家里仅有的几十块钱都拿出来交给了坏家伙。坏家伙得了钱，还不走，命年轻妇女转过身去，把裤子脱掉，双手搭在桌沿上，把屁股撅起来。妇女知道坏家伙要干什么，不大情愿，请求人家饶了她吧！坏家伙说不能饶，要是妇女不同意接受肉棍子，就用铁棍子捅她，让她尝尝铁棍子的厉害。没办法，年轻妇女只得按坏家伙的指令办。村里接连发生这样的事，说明当前的治安状况很不好。虽然天天有白馍吃，可日子过得并不安稳。

房守现的相好织女也看热闹来了。这里情人不说情人，说相好。老情人叫老相好。相好的说法是老辈子传下来的，你说情人，有人可能不懂，不知情人为何物。你一说谁跟谁是相好，大家都懂。高子明深究过相好的字意，相是互相之意，你看我好，我看你也好；你心里有我，我心里也有你；你对我好，我也对你好，互相都好，这就叫相好。房守现见来了这么多人，料到织女也会来，就在人堆里找织女，一眼就把织女找到了。织女也在找房守现，两个人你看我一眼，我看你一眼，很快就把眼对上了。生产队时期，队里经常开贫下中农大会和全体社员大会，一开会男男女女就有机会到一起。自从分田到户之后，村里很少开大会，一年半年都难得开一次。开会少，相好的人见面的机会就少。他们巴不得天天相会，天天在一起。在这种情况下，不管村里出点儿什么热闹事，他们都会不失时机，跑出来凑一凑。他们名义上凑的是别人的热闹，实际上是暗度陈仓，奔的是两个人的"热闹"。织女一走一走就走到房守现身边去了，她说：现在的贼可真厉害，嗖一下来了，嗖一下又走了，比过去的飞毛腿还厉害。

房守现问她：你见过飞毛腿？

织女承认没见过，只听说书的人说过，飞毛腿能够蹿房越脊，登高走兽，还会蝎子倒爬墙。

房守现说，他见过飞毛腿。

织女有些惊奇：真的，你在哪儿见过？

房守现笑了一下，说这会儿不能告诉你。

房守现一笑，眼睛弯弯的，眯成了两条缝。织女最能领会房守现的笑，他一笑，就是在发骚，想使坏。人说马浪尿，女浪笑，看来男浪也是笑。织女回应了一个笑，低头把脚下的地踩了一下。太阳晒了一下午，地本来快要干了。太阳一落下去，地上又有些返潮。

房守现又不笑了，对织女说：你来得正好儿，我正要找你，有个重要的事跟你说。

这重要，那重要，还不是那一条子事最重要。织女说：明天逢集，路上也没泥巴了，咱去赶集吧。

每次和织女一块儿去赶集，织女都让房守现带她去吃烧饼，喝羊肉汤，还要给她买别的东西。房守现说，他心情不好，明天不想赶集。

织女两眼关切地看着房守现，意思像是在问：怎么了，心情怎么不好？这会儿要是不在人跟前，她会马上扑在房守现怀里，给房守现摸摸这，揉揉那，让房守现的心情好起来。她瞥见不少人正朝他俩这边看，任何动作都不宜出台，只好收敛着，小声问房守现：有什么重要的事现在不能说吗？

房守现也小声说：吃过晚饭吧，老地方见。

高子明在房户营村也有相好。他的相好不像织女，织女是有丈夫的人，织女的丈夫身体不好，成天在家里守着。房守现一般不到织女家里去，要和织女相聚，只能把织女约出来。高子明的相好是一个寡妇，外号黑酥瓜。高子明跟黑酥瓜见面比较方便，黑酥瓜家的大门始终对高子明敞开着，他什么时候去都可以，都可以把“瓜”吃一吃。然而，高子明是个谨慎的人，把事情做得很机密。他从来不带黑酥瓜外出看电影，不跟黑酥瓜一块儿赶集，白天走碰面也不说话，像陌路人一样。但高子明和黑酥瓜的相好关系房守现是知道的。房守现是个喜欢夜间出来活动的人，从小又养成了溜墙根听房的习惯，村里谁跟谁相好，都瞒不过他的眼睛。他不仅知道高子明和黑酥瓜相好，村里的几对相好他都了如指掌。因为自己和织女相好，他对别人相好也一律持理解态度。一个男人，来到世上一辈子，哪能只跟一个女人睡呢，睡睡别的女人属于正常。他注意到了，村里凡是有相好的男人，都是透气的人，都是心眼儿够使的人，多多少少都有点儿本事，对女人有一定的吸引力。他甚至得出了一个判断，看一个男人是聪明人还是傻蛋，只需一个标准，看看他有没有相好就行了。有相好的，无疑是聪明人。一辈子连个相好的都没有呢，基本上跟一个傻瓜蛋子差不多。

黑酥瓜也过来了，她没到人堆里去，没参与对高子明老婆的询问，只在一个墙角远远地站着。她看见高子明了，高子明也看见她了，两个人只用眼神儿交流一下就完了。高子明的小卖店被飞贼盗抢，要说全村连一个同情高子明的也没有，恐怕不对，至少黑酥瓜对高子明是同情的。高子明开小卖店挣了钱，有时会掏出一点给她花。也就是说，高子明挣的钱有她一份；高子明损失的钱呢，同样有她一份。哪一天见着高子明，她要安慰高子明一下，说破财免灾，说钱是王八蛋，丢了咱再赚。

也许因为看见了相好，高子明不想让老婆再继续接受“记者”采访，他对老婆说：话都重复了一百遍了，你烦不烦哪！一个大活人，要手有手，要腿有腿，眼睁睁看着人家把钱抢走，是什么光荣的事吗！我看强盗没把你抢走就算不错。

人群中起了一层笑声。

高子明的老婆说：我都老成老白菜帮子了，他抢我干什么！把我抢走，给他当奶奶还差不多。

人群中又起了一层笑声，这一层笑声比上一层高。

高子明说：好了，没事了，天快黑了，大家回家做饭去吧。他听出来了，大家是来看笑话的，看得时间越长，笑话就越多。

这时，房户营村的新掌门，也是房户营村的最高首长，房光民骑着自行车从外面回来了。他一见高子明的小卖店门前聚集了这么多人，就捏闸从自行车上下来，问：怎么回事？怎么回事？出什么事了？

没人回答。天色正渐渐地黑下去。一只斑鸠在一个不知名的地方叫了一声。

房光民说：刚才我到乡里去了，跟乡里的杨书记商量点儿事。杨书记很关心我们村里的事儿，希望我们村能建成乡里的模范村。房光民点了高子明的名，说：子明哥，这里到底出了什么事，围了这么多人，跟开群众大会一样。

高子明也不想回答房光民的问话，但房光民点到他了，他不回答恐怕说不过去。他的回答显得很不情愿，有些轻描淡写。他说没什么，属于正常现象。一个骑摩托车的人，买了烟不给钱，抢了一把钱跑了。

房光民一听，就把这件事上升到案件的高度，说这个案件很严重，直接关系到社会是否稳定。他问当时都有谁在场，谁是目击证人，能不能把详细情况说一说。

当时在场的只有高子明的老婆，她说：当时只有我一个人在这里。之前一个婶子坐在门口跟我说了一会儿话，后来那个婶子也走了。

又要讲详细情况，高子明不想让他老婆讲了。他相信，房光民跟大多数人一样，也是在看笑话。只不过，房光民看笑话的方式与别人不同些，因为他当着村里的支书，有权力把笑话看得全面些，也更冠冕堂皇一些。你有权力看笑话，我也有权利不让你看笑话，你奈我何！他对老婆说：闭上你的嘴，不要再说了，回家做饭去！

高子明的老婆不敢再说，从小卖店里出来，回家去了。她的嘴闭得不是很严，嘟嘟囔囔，不知说些什么。

房光民问高子明：这个案件你向公安机关报案没有？

没有。

你应该向乡里派出所报案，让他们立案侦查。目前咱们这里骑摩托车的还不多，都是哪些人有摩托车，派出所肯定有所掌握。

高子明不再说话。他心里说的是：我才不报案呢，报了案麻烦事更多，来看笑话的人也更多。

有一个叫房守彬的人替高子明说话：报案有什么用，报案没用，报上去也破不了。

黑影儿里有人附和：没用，报也是瞎报。

房光民说：话恐怕不能这样说吧。

房守彬说：怎么不能这样说，我说的是实话，实话不好听。

他举了本村被人挖洞偷羊的例子，还举了外村杀人烧尸的例子，说这样的案子难道乡里派出所不知道！知道了又怎么样，案发时是葫芦，现在还是葫芦，没见哪一个把葫芦破成瓢。

黑影儿里附和房守彬说话的人更多，人堆里一片嗡嗡声。有人对房守彬的话还有所引申：葫芦都放干了，也不知葫芦里卖的是什么药。

房守彬听见他的话有人响应，情绪又提高了几分，干脆又多说了几句：我认为现在的社会治安状况很不好，还不如毛主席领导的时候好。那时候虽说生活不太好，但夜里睡觉不用关门，小学生捡到一分钱都要交给老师。现在关上两道门都没用，小偷儿不从门里进了，从屋子后面挖墙洞子。现在的小学生别说捡到一分钱，捡到一块钱都不会上交。

房光民意识到自己的领导地位受到了挑战。可能因为他年轻，又是刚上任，一些叔叔辈的人就不愿意听他的话。要是他父亲还在任上，父亲不用多说，一跺脚，房户营村的地面就乱颤颤，像房守彬这样的人是不敢多嘴多舌的。不行，他要敲打房守彬几下，把自己的面子挽回来。他说：守彬叔，我严肃地提醒你，你说话要注意了。你刚才说的话，在政治上是有问题的。社会在发展，时代在进步，你拿过去否定现在是不对的，是跟上面的精神背道而驰的。一个人牙老掉了没关系，最好再把牙镶上，给嘴把好门。不然的话，满嘴跑风就不好了。他把话转到高子明的小卖店被盗抢的案子上，说这个案子不管别人报不报案，作为房户营村的负责人，他是有责任报案的。他回家就给派出所的牛所长打电话，让牛所长关注这个案子。他不再给房守彬说话的机会，宣布散了吧，大家都散了吧。说罢，推上自行车就回家去了。

第五章

织女的本名叫张春霞，她曾在城里的纺织厂当过工人。三年困难时期，城里疏散人口时，把她下放了，又放回了农村。张春霞留有一张在城里当纺织女工时的工作照。在一排纱锭的背景衬托下，她身穿白色的后系式工作服，工作服前胸印有某国棉厂的字样。头戴洁白的工作帽，齐耳短发给笼罩在工作帽里。她微微笑着，露出浅浅的酒窝和闪着光点的白牙。那时，她是何等的容光焕发，英姿飒爽！她专门买了一个玻璃相框，把自己的工作照放在相框的最中央。只要家里来了人，她就把相框从墙上取下来，把自己的工作照指给人看。她的意思要让人知道，她不同于一般的农村妇女，她是参加过工作的人，是在城市里生活过的人，也是有一定文化水平的人。人们理解了她的意思，把纺织女工简化一半，把她叫成织女。张春霞觉得织女这个称呼很不错，除了让人想到她曾在城里当过纺织女工，还会把她和仙女联系起来，和天上银河边的织女星联系起来。只可惜，她嫁了一个丈夫不是牛郎。丈夫不但不是牛郎，连一泡牛屎都不如。

吃过晚饭，织女拿上一只手电筒，就要往外走。

丈夫房守景问她：黑灯瞎火的，又要到哪里去？

我到地里去看看麦子。麦子快熟透了，我去看看有没有人偷咱家的麦子。

丈夫知道这女人出去要干什么，但他不能跑，不能跳，不能打，对老婆一点儿办法都没有。他说：什么偷麦子，人家不把你偷走就算便宜。

放狗屁！你自己不能去，难道还不让我去！这个家要不是我给你撑着，你早就过到狗窝里去了。

好，去吧去吧，小心人家把你的锅底子捣掉。

锅底子早被你捣掉了，你已经没锅吃饭了。

张春霞，总欺负老实人是会遭报应的。

你是老实人吗？你老实得不日刺猬。

织女和房守现约会的老地方在村子的西北角，那里的坑边有一棵杨树，杨树下面有一个去年垛下的麦秸垛。过去麦秸也是好东西，麦秸是牲口的口粮，也是烧锅的引柴，麦子被说成金麦子，麦秸被说成银麦秸。现在村里很少有人家喂牲口，烧锅也不烧麦秸了，烧玉米秆、芝麻秆，麦秸成了无用的东西。当然，一些小造纸厂会买走一些麦秸，需求量不是很大，存量远远大于求量。比如杨树底下这个麦秸垛，经过一年的风刮，日晒，雨淋，除了表面由银麦秸变成了黑麦秸，麦秸垛也矮下去一些，基本上无人问津。还好，小孩子走到这里，会随便拽下一把麦秸撒一撒。也有人会把这个麦秸垛作为一个小小的地标，地标的名字叫老地方。织女出了村子，向麦秸垛走去。

在战乱年代，这块两省交界的地方土匪十分猖獗。为了防止土匪的袭扰，这个地方的人一般会采取两种措施保护自己的村庄，一种是筑寨墙；一种是挖深坑。房户营村采用的是挖深坑的办法，在村子四周都挖了护村坑。坑很陡，坑里有一人多深的水。整个村子只有两个出口，一个出口在东边，是一条羊肠小路，小路两边也是水坑。还有一个出口在村南，走过一座砖桥，前面就是大路。织女没有走大路，她是从东边的小路出村的。若是外来的生人进村，一般是不敢走小路的，弄不好就会走到坑里去。织女是不怕的，她对小路很熟。按农历的日子，这晚天上应该有月亮。织女往天上瞅了瞅，月亮是有的，只是有些红不登的，还有些朦胧，一点光彩都没有。织女想起来了，月亮只有到了秋天和冬天才是最亮的，在夏天，月亮的亮老是显示不出来。也许因为夏天的太阳太亮了，也太烧包了，就把月亮的光彩给夺走了。因为月亮洒不下光来，地上的人间就显得有些黑。黑一点儿没事，织女没有打开手电筒为自己照路。手电筒是作信号用的，也是应急用的，不能随便打开。省电是一个方面，另一个方面的原因是，你把手电筒打开，眼前亮了是亮了，但你一关电门，脚下一下子会显得更黑，让人几乎不敢迈步。要是一直不开手电筒呢，分辨率是平均的，小路是看得见的，不会影响走路。

小路的尽头是一条大路，也叫官路。官路在房户营村的东边，紧贴着村东的护村坑。官路上下贯穿南北，往北可以直达吕店镇，往南可以通往外省。说是官路，其实还是一条土路。土路干天干地时还没什么，可以行人，可以拉架子车。一下雨就不行了，土路就差不多成了泥巴坑，谁见了都会心生畏惧。土路干得时间长了也有问题，人踩车碾，路上会起土。土都是细土，深及脚踝，一踩扑哧扑哧乱冒。小孩子喜欢在细土里玩土。他们从家里拿来吃饭用的小木碗子，在木碗子里装满细土，说是蒸白馍，把木碗子倒过来往地上一扣，一个“白馍”就蒸出来了。不一会儿，路上一排一排的都是“白馍”。官路上这会儿有些潮湿，蒸白馍还不是时候。织女走过官路，走到村北，往西一拐，就拐上了村后坑外沿的小路。小路很窄，只能通过一辆架子车。如果两辆架子车相错，其中一辆架子车就得让到田里去。小路的内侧是护村坑，外侧是麦田。麦子齐腰深，在朦胧的夜色中显得有些发白。麦子种得很密，那水泼不进的样子，像是放满了白茬的桌子。麦田里很静，只有一团一团的凉气从麦田里冒出来，扑在织女身上。织女不甚明白，凉气不是一直在冒，而是隔一会儿冒一股儿，难道麦田像人一样，也会呼吸吗？内侧的水坑里倒比较热闹，那是无数大嘴的蛤蟆在叫。它们的叫声有长有短，有粗有细，有呼有应，像是在进行一场大合唱。除了叫，它们还在水面的浮萍叶子上哧溜哧溜乱窜，互相追逐打闹。织女知道，人有人类世界，蛤蟆也有蛤蟆世界。人类世界里有的，蛤蟆世界里也会有。比如说，蛤蟆世界里也有男女，男女之间也有恋爱，也有交合。有的蛤蟆也有相好。有相好的蛤蟆会显得幸福一些。月亮映进水里也是红的，并被拉成了一个长条。织女站下来往水坑里看了一会儿，没看见蛤蟆的具体表演，只看见被拉成长条的月亮倒影上划出了一串水花。织女想到她自己，觉得自己活得还不如一只蛤蟆，蛤蟆是自由的，想跟谁好都可以，谁都管不着。而她呢，想跟人好还得偷着摸着，还得跑到野地里来。走到麦秸垛那里，她往麦秸垛上一靠，突然心生怨艾。面对浩瀚夜空，茫茫旷野，想哭的心都有。她觉得自己这一辈子活得太亏了。要是不被下放，她现在应该是城里人，是城里人的妻子，还是城里人的妈。现在是凤凰掉毛不如鸡，虎落平阳遭犬欺。就算她有了一个相好的，房守现连一个大字都不识，他们之间也没多少共同语言。

房守现家的房子就在村子的西北角，与麦秸垛只隔着那条满是蛤蟆的水坑，恐怕连一丈宽的距离都不到。倘是房守现家的房子开有后窗，打开窗户就把织女看到了。也是为防土匪，同时为了防小偷儿，他们这里的房子从来不开后窗，家家的后墙都是铁板一块。村后的护村坑从东到西是贯通的，连一座可通过的桥都没有。据说当年和土匪周旋时，村后的护村坑曾装有一个用独木木板做成的吊桥，听说土匪要来，就把吊桥从坑里倒吊起来。而需要从村后跑反（当地人把躲避土匪说成是跑反）呢，就把吊桥放下来。不知从何时起，吊桥被拆除了，村后一直无路可走，成了封闭状态。织女要是站在村外喊房守现，房守现会听得见。但她不能喊，她一喊，房守现的老婆也会听见，会从院子里转出来骂她。织女要是在坑外沿唱歌，房守现也会听得见。唱歌的办法她用过两次，她一唱洪湖水浪打浪，房守现的“浪”就打过来了。“浪打浪”用第三次时就不灵了，房守现的老婆从院子里冲出来，一上来就把她骂成浪八圈，把她骂得鼻子不是鼻子，脸不是脸。后来他们俩想出了一个“光明”的办法，用手电筒当信号灯。《红灯记》里的李玉和不是手持一盏信号灯吗，他们也可以向革命样板戏里的英雄人物学习，把信号灯用一用。房守现给自己买了一支能装两节电池的手电筒，却给织女买了一支能装四节电池的手电筒。房守现把手电筒交给织女时，织女说：你买这么大的手电筒干什么！房守现笑，说：你不是喜欢大家伙嘛！说着把手电筒安在自己腿裆里比画了一下。织女说：骚！房守现家西院墙外有一棵高椿树，树上有一蓬喜鹊窝，每当二人有约会时，织女把手电筒雪亮的光柱指在喜鹊窝上，明三下，灭三下，房守现就明白织女已经到位。房守现回应的信号也是明三下，灭三下。他的光柱不一定指在喜鹊窝上，有时指向空中，有时直接指在麦秸垛上。这晚织女打过信号后，房守现没有及时回应。西边的天上打了一个露水闪，闪过一道白光，倏地就过去了。村子里有狗叫，谁家的公鸡也叫了一声。吃过晚饭不久，公鸡这时还不该打鸣，不按时打鸣的公鸡被人们说成是晕鸡。织女动手从麦秸垛上往下拽麦秸，一把一把将麦秸垫在地上。她要用麦秸铺垫成一个地铺，地铺上再铺一层“褥子”，以备房守现一会儿过来时他们共同使用。上次他们两个结合是在一块麦子地里，把人家的麦子盘倒了一片。这次不宜再到麦子地里结合，麦子即将成熟，把谁家的麦子盘倒都不合适，人家看见是会骂人的。再说，长着的麦子压在身子下面有些薄，麦芒也会扎皮。在地上铺上麦秸，他们结合起来会从容些，也舒服得多。

织女正在做铺垫的工作，房守现回应的灯光亮了。让织女略感惊奇的是，房守现打亮的信号灯光不是亮在房守现家的院子里，而是就在麦秸垛的另一边。灯光只亮了一下，房守现就从麦秸垛背面转出来了，问织女干吗呢，拉窝呢？

母猪快生猪娃子时，会从外面叼一些干草、破布、树叶之类的东西往窝里拉，母猪的这种行为，被这地方的人说成是拉窝。织女没说她是不是在拉窝，说：死守现，吓了我一跳。你今天怎么表现这么好？

房守现说：我等不及了。

狗不得过河吗？织女以为房守现急着干那件事，把房守现的手拉住了。别看织女是个小巧型的女人，她的手却又粗又大又硬，而房守现的手比她的手细得多，软得多。织女听人说过，她这样的手相是劳碌命，房守现的手相预示房守现是有福之人。她得把房守现的福借过来一点。

房守现摇头说不是，这件事要比过河不过河重要得多。河在这儿放着，想啥时过，就啥时候过。这件事必须抓紧时间办。

男人就是说头儿多，什么事这么重要？

房守现说：我们不能让房光民当支书，要把他的支书拱下来。

怎么拱？用嘴拱？还是用头拱？织女用手电筒往房守现裆下杵了一下。

你先别浪好不好，我跟你说的是房户营的大事，正经事。

我难道不正经吗？

正经，你非常正经。不要插嘴，你听我跟你说。房守现说，根据他了解到的情况，房户营村十成中有九成九的人反对房光民当支书。房守现举例提到了两个人，一个是房守成，一个是高子明，他们都反对房光民当支书。这两个人都不简单，都是房户营村的人物。房守成代表村里的老党员，老干部。高子明代表村里有头脑的人。他们两个的一致意见，是让我们发动大家，请房国春出面，把房光民的支书拿下来。

织女有些疑问：房国春出面管用吗？

肯定管用。房国春在县城教书这么多年，县里乡里不少干部是他的学生，他要是出来说话，他的学生不会不给他面子。

织女提到了房光东，说房光东在北京当记者，他不是比房国春更厉害嘛！

房守现承认在北京工作的房光东也很厉害，但他说：北京离咱这儿太远了，房光东一年都不回来一趟，咱们跟他说不上话。我对那孩子比较了解，那孩子头脑太复杂，从小就复杂，得罪人的事他不会干。

那，房国春会干吗？

会的，房国春在村里说话占地方占惯了，不让他占地方他着急。他接过高子明的观点，说房国春喜欢别人抬他，几抬几不抬，他的脚后跟儿就不沾地了，就不知道自己是谁了，以为老子天下第一。

你跟我说这些有啥用，我能帮你干什么？

我跟你说这事的目的，是等房国春回来的时候，你去找他一下。再过几天就该收麦了，每年收麦时，学校都会放几天假，房国春都会回来。

织女把房守现的意思领会错了，她以为房守现又在使用女人计，派她去接近房国春，勾引房国春。这个计策，房守现曾在严打运动过后使用过一次。所谓严打，就是在全国范围内从重从快严厉打击刑事犯罪。在那次严打中，房守现因偷过村里一台废弃的水车卖了废铁，还因为他长期和织女搞不正当的男女关系，被房守本作为严打对象报了上去。结果，房守现被抓到乡里关了六七天。房守现虽然没有被提起公诉，也没有被判徒刑，但他在乡里关押期间所受的屈辱让他一辈子都难以忘记。乡里把他五花大绑，拉到平时唱戏的台子上，和杀人放火的犯罪分子一块儿亮相。还让他大声报出自己的名字，坦白自己的罪行。他如果不听从命令，派出所里的打手就用电警棍捅他的屁股。房守现想到自己是个先生，还要给人看病，打手捅他时，他咬紧牙关不开口，躺在地上翻白眼装死。镇上逢集的日子，不少赶集的人像看猴戏一样去看他。有人隔着窗子朝他唾吐沫，还有人折了一根长树枝，用树枝捣他的裤裆，声称要把他的家伙捣毁，看他以后还睡别人家的女人不睡。就是通过这个遭遇，他知道了房守本企图借刀杀人，对他下手有多狠。也因此，他与房守本的关系结下了死扣儿，这个扣儿恐怕一辈子都难以解开。房守本治了他，反过来，他也想治一治房守本。治房守本不容易，来明的不行，只能来暗的；来硬的不行，只能来软的。想来想去，他决定设一个套子让房守本钻，用套子把房守本的脑袋套起来。这个套子是什么呢，就是他的相好织女。房守现所使用的这个计，是说书人常说的美人计。

把织女说成美人也是可以的，织女的奶子是翘的，屁股也是翘的；织女的脸很白净，身子比脸更白净。但为了与美人计相区别，他有所保留，只把他的计策说成是女人计。他认为，世界上没有不闻腥的猫，没有不吃肉的狗。同样的道理，没有一个正常的男人不喜欢漂亮的女人，没有一个有条件的男人不想多睡几个女人。他敢肯定，房守本对织女也是喜欢的，也想跟织女睡一睡。房守本拿他和织女相好的事整治他，正说明房守本嘴里发酸，心里发酸，在嫉妒他。既然这样，他就打一打织女这张牌，让房守本把织女的味道也尝一尝。房守本只要伸嘴尝，套子就会把他套牢。那样的话，大哥别说二哥，房守本跟他就是一样的人了。一开始，织女不同意，她几乎和房守现翻脸，埋怨房守现要甩掉她。房守现手腿并用，嘴脸并用，对织女百般温存，千般哄劝，并当时掏出一百块钱塞给织女，织女才答应试一试。须知当时还没有一张一百元的票子，票子最大的面值是十块钱一张。房守现给织女一百块钱，是一沓子十块一张的票子。对织女来说，一百块钱是大钱，她不好拒绝。织女也有担心，一担心房守本不吃这一套，把她骂回来；二担心房守本的老婆宋建英把房守本看得太紧，她没有靠近房守本的机会。房守现给织女打气，把织女的两个担心都打消了。第一，织女只要把房守本的手按在自己的奶子上，房守本肯定会麻爪子，会拔不掉手。第二，等哪天房守本的老婆宋建英去走亲戚，不回家，再实施他们的计划。当年盛夏的一天，房守现侦察到宋建英走娘家去了，当天没有回家。并侦察到房守本铺一领苇席，就睡在他家的院子里。便通知织女，计划在当晚可以实施。织女洗了澡，梳了头，把自己收拾得香喷喷的，在房守现暗地里护送下，溜着墙边，向房守本家摸去。为方便起见，织女上身只穿一件针织背心，下身只穿一条裤衩，脚上连鞋都没穿，浑身都是软的。不料房守现情报有误，宋建英晚些时候又回来了，铺了一张凉席，就睡在她家三间门房中间的过道里。织女刚走进过道，宋建英就醒了，宋建英问：谁？你找谁？织女惊得连魂都飞了，转身就往外跑。宋建英是有名的看家狮子，织女深知宋建英的厉害，要是被宋建英认出她是谁就坏菜了，恐怕后半辈子别打算安生。好在当晚没有月亮，半夜里夜色正浓，宋建英没有认出她是谁。可是，宋建英把她猜到了，宋建英说：张春霞，是不是你，你这个浪筛子！浪筛子是宋建英给张春霞起的外号，一说她浪起来就浑身发抖，像筛糠一样；二说她一身的窟窿眼子，都是别的男人给弄的；三说她是一个漏货，什么东西在她身上都存不住，都漏走了。因宋建英睡觉时光着膀子，没有爬起来追她。在房守现的接应下，她拉着房守现的手，赶快跑到村外的玉米地里去了。有了那次严重的教训，织女一听房守现说让她去找别的男人，她就有些排斥，并有些害怕。

房守现赶紧向织女解释：看你想到哪里去了，那样的事我也舍不得让你再干。再说了，房国春是一个自视很高的人，他不吃那一套。房国春还比咱长一辈，隔辈如隔山，这山不好翻。

那，你让我去找房国春干什么？

你代表村里的妇女，去跟房国春反映，就说全村的妇女都不同意房光民当支书。不是说妇女能顶半边天嘛，咱村里的半边天只能靠你来顶。

麦子地头飞起一只鸟，鸟贴着麦穗儿飞了一段，又落在麦子地里。水坑里的蛤蟆比刚才叫得还响，好像大合唱掀起了一个新的高潮。一只母狗从村里跑出来，后面跟着三只公狗。母狗大概是到了发情期，三只公狗争先恐后，都欲和母狗交配。不知母狗怎么想的，它沿着麦田间的小路，一直向西跑去。狗的交配历来是先入为主，从目前情况看，哪只公狗能够先入还很难说。

织女说：你急吼吼地找我，就是为这事吗？她有些撒娇，说：我不去。

去吧，好乖！把房光民的支书拿下来，对谁都有好处。

有啥好处？

好处多得很，至少咱们可以出一口气。

把房光民的支书拿下来，谁当支书呢？

这个现在还不好说，走一步说一步。

我想让你当。

你看我行吗？

你当然行，你行得很，一行行到天安门。等你当了支书，宋建英那个母夜叉就不敢骂我了。

房守现没有跟织女解释，他还不是党员，当支书没什么戏。他问织女：你同意去找房国春反映情况了？

织女还是有些犹豫，她说房国春的眼珠子太大了，一说话瞪眼巴叉的，让人一见就有些害怕。

开玩笑，眼睛大有什么可怕的。你是见过世面的人，什么样的眼睛没见过。我的眼睛也不算小，你怎么不害怕。说着房守现使劲把眼睛瞪大，往织女眼睛上凑。织女一点儿也不躲避，迎上去，和房守现头抵头，互相看对方的眼睛。因为离得太近了，又是在夜晚，谁都不看见谁，只能听见对方的呼吸。你一呼，我一吸，两个人自然而然抱在一起。潮气泛上去，露水落下来，夜晚的野外还有些凉，他们抱在一起就温暖了。精彩的节目是不能省略的，两个人手上都有了动作。动作体现的第一个结果是，两个人的裤子都落到了脚脖儿，露出了下面的一段白，一丛黑。织女事先铺在地上的麦秸没派上多大用处，按房守现行事的习惯，他不需要织女仰面平躺在地上，织女只需转过身子，两手搭在麦秸垛上，把后面最肥的地方交给房守现就行了。房守现喜后不喜前，要后不要前。织女头发长时，他拽住织女的头发，像拽住马鬃一样，把织女当马骑。骑到忘情处，他嘴里还喊驾，驾。织女的头发剪短后，他还有抓手，一手各抓住织女的一只奶子。织女胸口朝下时，两个奶子是下垂的，像吊瓜子一样，很方便抓。那三只追逐母狗的公狗，不知哪只公狗最终能够得逞，达到先入的目的。而麦秸垛这厢的事没有任何悬念，没有人和房守现竞争，他很快就实现了长驱直入。一旦进入，房守现马上抓到了织女的两个奶子。进行过程中，房守现仰脸看看星空，难免有些感慨：真好，真好，我真有福！

织女说：狗，你就是一条狗。

房守现没否认自己是狗，他说：咱俩一样，你也是。

接下来的几天，房守现的动员工作做得马不停蹄，紧锣密鼓。

反正麦收前这几天大家都没什么事，都在家里待着，他想找谁都可以找到。他找到房守云时，房守云的情绪显得相当激愤。房守云主张，应该找一张纸，做成一个像过去那样的万民折，愿意的在折子上写上自己的名字，摁上自己的红手印，递到乡里去，请求乡里撸掉房光民的支书。他甚至主张，在夜深人静时，往房守本家的大门上糊一泡屎，恶心恶心房守本。房守现认为，房守云的心情可以理解，但房守云的两个主张都不可取。说房守云的心情可以理解，是因为多年来房守云一直对房守本心怀不满，背地里说了不少牢骚话。生产队时期，房守云说房守本成天价不干活儿，当甩手掌柜，拿的工分比谁都高，不合理。房守云反对房守本的老婆以招待公社干部的名义，到公家的仓库里拿面拿油，说房守本是贪污行为。“文化大革命”时，因房守云对某个中央文革领导人说了一句不恭的话，被房守本抓到了小辫子。房守本认为房守云是攻击中央领导，属于现行反革命言论，要把房守云送给公社革委会处理。亏得房守云听到了风声，连夜出逃，逃到一个在煤矿工作的亲戚家里躲了一段时间，才逃过一劫。不然的话，现行反革命分子的帽子往房守云头上一戴，后果不知有多悲惨呢！说房守云的两个主张都不可取，因为第一个主张过于张扬，还没怎么着呢，弄得满城风雨，只会败事，不会成事。第二个主张更是下策，臭不可闻的下策，只会给对方留下把柄。房守现给房守云出的主意是：这个事你不必声张，也不必直接出面，只求房国春出面就行了。只要房国春答应出面，这个事情十有八九会成功。

房守云爽口答应，说这个好办，等房国春一回来，我马上去他家找他。他要是不帮忙说话，我就跪下给他磕头。

房守本的弟弟叫房守文，房守现听说，房守文对他哥房守本也很有意见。既然他对房守本有意见，就不会同意房守本让自己的儿子房光民当支书。房守现想把房守文也动员起来，让房守文也去找房国春，说出自己的意见。房守文是房守本的亲弟弟，也是房光民的亲叔叔，如果他把反对房光民当支书的意见对房国春讲出来，应该更有分量，也更有说服力。可房守现想了想，还是把动员房守文的想法放弃了。房守现知道，房守文对房守本有意见，主要是因房守文对他嫂子宋建英有意见而起。房守文家有一块责任田，跟房守本家的责任田搭边。有一年秋天，宋建英说房守文偷了她家的豆子。房守文说他没偷，是宋建英诬赖他。结果叔嫂互相骂娘，骂祖宗，骂得昏天黑地，连豆角都好像气炸了肚子，豆粒子滚了一地。房守文的娘当然也是房守本的娘，骂房守文等于骂了房守本。可是，当房守文向哥告宋建英的状时，哥不但不说宋建英的不是，反倒黑丧着脸子，把房守文训了一顿：好男不跟女斗，你跟一个女人对着骂，算什么本事！房守文对房守本有意见归有意见，但他们毕竟是从一个娘肚子里爬出来的，是亲人之间的意见。到了关键时刻，他们还会一个鼻孔出气。他若是动员房守文到房国春那里说对房守本不利的话，说不定房守文还没走到房国春家，却先走到房守本家里去了，向房守本出卖他，在房守本那里邀功。看来此事不但不能邀房守文共同参与行动，还要对房守文保密才好。房守现拍了一下脑袋，等于对自己的脑袋瓜子表示赞许。他差点对自己说出，你真聪明，你考虑问题越来越周到了，越来越细致了，越来越万无一失了。

那天敢于和新任支书房光民叫板的房守彬，也被房守现列为动员对象之一。房守现还没来得及去找房守彬，房守彬主动找到房守现家里来了。这天午后，房守彬手里把着鹌鹑，腰里掖着鹌鹑袋子，穿过村街，向房守现家走去。夏天天长，天气又越来越热，不少人吃过午饭要睡一会儿。村街上很静，燕子在房子上飞，斑鸠在树上叫，空气中弥漫的除了麦子即将成熟的香味，还有楝花和椿花的香味。楝花的香味甜丝丝的，香得有些沾鼻子。椿树的花有些细碎，不起眼，平日里人们很少提及椿花的花香。其实椿花的香气也相当浓郁，它的香型类似酱香，不仅沾鼻，还沾衣。狗和鸡都卧在墙根的凉荫里，狗眯着眼，鸡也眯着眼，一切相安无事。狗偶尔会撩起眼皮把旁边的肥鸡看一眼，仿佛在说：我本来是可以吃你的，看在人的面子上，就饶过你一条小命。鸡的态度好像对狗并不领情，鸡知道狗在看它，却对狗不屑一顾，仿佛在说：我们会下蛋，你们除了会摇尾，还会干什么！

房守彬在村街上碰见了织女，织女手里抓着几个半青不黄的杏子，一边走一边用门牙啃杏子。他把织女叫嫂子，笑着问嫂子：杏子酸不酸？

织女不能正面回答房守彬的问题，不管她怎样回答，房守彬跟在后面的都是酸话。她说：我应该叫你一声哥，你老在我面前装小，算怎么回事！

你小吗，我听说你比我哥还大一圈儿呢！

听听，不管你说什么话，他都能跟下边联上，都能流出酸水儿来。好在织女说这类话也很在行，她说：大的那一圈儿就戴在你头上吧。

房守彬不认为自己嘴上吃了亏，样子反而有些大喜，他往织女身边凑了凑，说太好了，我一直想戴，没有戴的机会，怎么，咱俩去老地方，我请你喝一壶。

老地方是她和房守现的暗话，不知怎么被房守彬知道了，织女不由得低了一下眉，脸上窘了一下。她当然不会接受房守彬的邀请，明白房守彬说的喝一壶也是下流话，壶里装的不是茶，也不是酒。她说：你自己壶里的东西，还是留着你自己喝吧！说罢，把嘴里的一个杏核吐远，走掉了。

房守彬似有些不舍，织女走了，他还站在那里，把织女后面的腰身看了一会儿。他难免有一些想象，在想象中充当了一把房守现的角色。

来到房守现家里，房守彬一上来并没有提到房守本、房光民父子。房守现私下里组织的一场类似请愿的活动，房守彬也不知情。房守彬说，他来让房守现看看他的鹌鹑。房守现接过鹌鹑在手里把了把，并用手指轻轻抿了抿鹌鹑头上的毛，夸这只鹌鹑不错，毛色鲜亮，小眼儿机灵。房守现看见房守彬掖在腰里的鹌鹑袋子也是新的，做工也很讲究。鹌鹑袋子的上半部由黑细布做成，上面绣有红花绿叶。下半部由竹子支撑，给鹌鹑的活动撑开了空间。鹌鹑袋子的开口处缝有两片骨板，骨板开了孔，束口的线绳从孔里穿过。骨板细白，白得如白玉一般。房守现原来也养鹌鹑，和房守彬算是养鹌鹑之友，他们对养鹌鹑的心得多有交流。自从房守现被房守本说成有资产阶级思想，房守现就把养鹌鹑的爱好放弃了。房守彬对房守现说：这只鹌鹑你要是喜欢，就送给你养吧。

房守现摆摆手，说算了，不养了。

嘁，他说你有资产阶级思想，你就不敢养了！现在改革开放了，别说养鹌鹑，养小姐都够不上资产阶级思想。别说养一个小姐，养两个三个小姐，都跟资产阶级思想沾不上边。过去老说资产阶级，我不知道资产阶级是啥玩意儿。现在才知道了，资产阶级可不是闹着玩儿的，你开的得有工厂，得有公司，钱多得得跟家里开有银行一样，才算是资产阶级。过去动不动说这个有资产阶级思想，那个有资产阶级思想，拿蚂蚁蛋往老虎蛋上贴，真是笑死人了。他房守本现在倒是想当资产阶级呢，你问资产阶级尿他吗！我最看不惯房守本了，他统治了房户营村几十年，还没统治够，又让他儿子接着统治，没门儿，我就不接受他的统治。

既然房守彬主动提起这个话题，房守现倒想听听房守彬有什么高见，他故意引而不发地说：天要打雷，地要冒水，你不接受有什么办法，不接受也得接受。

我就不接受，他房光民能把我怎么样，还能把我的蛋咬掉。

咬你的蛋倒不至于，等麦子打下来，他在大喇叭上一喊，通知你交公粮，恐怕你还得交。你要是敢不交，他说你抗粮，给你汇报到乡里，你吃不了就得兜着走。

哎，你别说，我今年就是不交。他房光民把支书交出来，我再交公粮。

房守现不由得笑了，房守彬的想法跟他的想法是合拍的，这就叫一拍即合，不拍也合。他说：我听说三叔房国春对房守本把支书的位子交给他儿子也有看法，也不同意房光民当支书。

你听谁说的？

房守现不说是谁说的。是谁说的呢？是他自己说的，是他自己编出来的。还没见着房国春的面，他已经开始利用房国春的影响力。他的样子有些神秘，说：你别管我听谁说的，反正有人说，而且是消息灵通的人说的。

房守彬几乎拍了胸脯，说好，只要房国春不同意房光民当支书就好办了。你看这样好不好，咱俩明天就搭车去县里找三叔，当面听听他的想法。

房守现说不用，收麦的时候三叔会回来的。

等三叔回来，我第一个去找他。

我想听听，你跟三叔怎么说。

很简单，我让三叔跟他的当领导的学生说说，把房光民的支书拿下来。

你看，咱俩光顾说话了，我忘了给你拿烟吸。房守现拉开抽屉，从抽屉里拿出半盒烟，全都送给了房守彬，说：都拿去吸吧。

房守彬说：这烟不错，我吸一颗就行了。

咱哥俩，你跟我还外气什么。我自己不吸烟，就想不起来给人拿烟。

那我就不客气了。房守彬接过烟，抽出一颗点燃，把剩下的烟装进口袋里。

房守现说：我知道，三叔每次回来，你都去看他，你跟三叔能说上话。能不能把房光民的支书拿下来，就看你跟三叔怎么说了。这可是咱房户营村一件大事，要是能把这件大事办成，到时候我请你喝酒。

好，一言为定。房守彬本来还想说刚才在路上碰见了织女，想拿织女跟房守现说些笑话，见房守现的老婆从灶屋到堂屋来了，就没说。

第六章

在房户营村众人的期盼下，房国春终于要回家了。

房国春的出行一点儿都不隆重，既没人送他，也没人接他，他只身一人走到县城南边的长途汽车站，只身一人坐上车，汽车在坑洼不平的砂石路上颠簸了七十多里，到吕店镇下车时，他仍然是只身一人，连个同行的人都没有。大学毕业后，他被分到县里的高级中学当数学老师，三十多年过去了，他还是一位数学老师。他教过的学生数以千计，有的当了乡长，有的当了县长，还有的当上了省委副书记。他呢，没当过校长，没当过副校长，连教导处主任和教研组的组长都没当过。从行政级别上说，他连个副科级干部都不是，只是一位普通的人民教师。教师是什么，如顺口溜所说，教师是把盐，人人都知道咸。家家离不开，撒到锅里就算完。对于房国春“这把盐”，他把自己撒在老百姓堆里是正常的。他这天下午三点多到车站登车，到吕店镇已是五点多。从车上下来的人不少，有的扶着脸色蜡黄的病人，有的抱着孩子，还有的用蛇皮塑料袋子提着红薯的秧苗。从穿戴上看，有人穿着裤衩，有人穿着拖鞋，有人头上顶着毛巾。头上顶着蓝白条毛巾的那个妇女，大概是第一次坐汽车，下车时差点跌坐在地上。房国春说：慢慢下，不要着急。妇女回脸看看房国春，说：我以前没坐过汽车，不知道汽车门口离地这么高。车上的女售票员催促下车的人：快点儿快点儿！房国春说：安全第一，不要催大家嘛！

稳稳当当下了汽车，房国春看了一眼西边的太阳，并看了一眼腕子上的手表，不慌不忙向房户营村的方向走去。毕竟是拿工资的人，房国春的穿戴与乡下人不同些。他戴的是一顶宽檐的草帽，草帽这会儿并没有戴在头上，掀到了脑后，用针织的白色草帽布带在后背背着。他上身穿一件像是新买的针织圆领汗衫，下身穿的是西裤。到了夏天，乡下人早就不穿袜子了，有的连鞋都不穿，赤着脚走来走去。房国春脚上不但穿着鞋，还穿着袜子。房国春穿的不是皮鞋，是那种黑春风呢的圆口布鞋。房国春穿的薄袜子是白色的，与黑布鞋形成了鲜明对照，一看就是好脚，就是城里人的脚。房国春手里拿的是一把黑色的折扇，折扇的扇面不是纸质，是绢质。绢质的扇面上用烫金字写着“洛阳亲友如相问，一片冰心在玉壶”的诗句。房国春手中的折扇如演员手中的道具，玩得极溜，几乎不见他有什么动作，扇子啪地就展开了，啪地又合上了。折扇展开的时候少，合上的时候多，只要说话，他习惯用折扇指指点点。也许因常年在讲台上手持教鞭持惯了，他的手不能空下来，必须抓一点东西。他手上折起的扇子不知不觉中就成了他在讲台以外使用的教鞭。房国春带的行李是一只米黄色的帆布提包，提包里除了洗漱用品、换洗的衣服，还有一些糖块和两条香烟。房国春自己不吸烟，但他每次从县城回家必须带足够的烟。因为他只要一回家，村里就有不少人去看望他，跟他说话。村里的爷们儿差不多都吸烟，凡去他家的爷们儿，他必须拿香烟招待人家。由于他是长辈，加上身份不同些，他不必把烟卷一一撒给众人，只需把拆封的烟往桌面上一放，谁吸谁自己取就是了。吕店镇是小镇，只有一条街。房国春站在街口一看，就把一条街从东头看到了西头。房国春对吕店镇是熟悉的，原来吕店镇的一条街是南北走向。因人口越来越多，街筒子显得越来越窄，一逢集人就拥挤得走不动。后来县里过来的公路修到吕店镇之后，街道与公路相衔接，集市就转移到了东西走向的公路上。吕店镇历来是这块地方的基层政权组织所在地，它叫过管理区，叫过人民公社，现在又改成了吕店乡。公社办公的场所原来在老街，是被没收的一家地主的院落。公社改乡之后，特别是集市转移之后，乡里盖了新房，乡党委和乡政府办公的地方从地主家的院落里搬了出来。在别的乡镇纷纷盖办公楼之际，吕店乡盖的还是平房。对于这一点，房国春对乡政府是满意的，他的评价是，乡里的领导没有脱离群众，还保持着艰苦奋斗的作风。他把他的评价当面跟现任乡党委书记的杨才俊说过，杨才俊对他表示了感谢。走到乡政府门口，房国春往乡政府的院子里看了一眼，没有进去。他相信，只要他走进乡政府，他的学生杨才俊一定会热情接待他。说不定还会派秘书帮他提上行李，一直把他送到家里。他的学生太忙，他能不耽误学生的时间就尽量不耽误。

房户营村在吕店镇的南边，从镇里到村里还有三里路。这三里路没有别的任何交通工具可以借用，房国春只能步行。没关系，只要天不下雨，只要路上不起泥巴，走这点路不算什么难事。从镇里往村里走时，房国春看着路两边即将成熟的麦子，他的心情是愉悦的，表情是欣赏的。他甚至想找一些适当的词句，把阳光下金黄的麦田形容一下。他虽然是数学老师，觉得自己的语文水平也不差。他随身带的有笔记本，有了什么想法，都愿意往笔记本上记几笔。可他想来想去，没想出什么新鲜的词句，只想到遍地金黄和丰收在望这两句现成的话。啊，遍地金黄的麦子啊，真乃一派丰收在望的景象啊！房国春不会想到，村里有一帮人热切盼望他的归来，他们准备好了，一起向他发起恭维，把他恭维得发烧，发晕，然后用一种类似绑架的办法推动他，推动他，一直把他推到连自己都不能掌控自己的地步。

房户营村第一个看见房国春的是一个拉架子车的妇女，妇女看见她前面走着一个像是干部模样的人，定睛一认就认出来了，干部模样的人是房国春。俗话说，空手的赶不上挑担的，提东西的赶不上拉架子车的。挑担的有节奏赶着，走得快。拉架子车的有车轮赶着，也走得快。拉架子车的妇女本想超过前面的人，当她从背影认出走在前面的是有名的房国春时，就有些犹豫，脚下不知不觉慢了下来。拉架子车的妇女是谁呢？是大名叫张春霞的织女。织女到镇上的供销社买化肥去了。收了麦子，马上就要种玉米，种玉米时需要上点儿化肥。织女只买了一袋子化肥，放在架子车上跟没放什么东西差不多，拉起来显得很轻松。她要是想超过房国春，一低头，一塌腰，轻易就能超过去。但是，人走路，不抢先，超过叔辈的房国春合适不合适呢？

当年一嫁到房户营村，织女就听不少人给她讲到过房国春。那些人都是以骄傲的口吻讲到房国春，意思是说，不要看不起房户营村，房户营村是出过大学生的，是出过人物的，是有人在县里工作的。这个大学生，这个人物，这个在县里工作的人，就是房户营村国字辈的房国春。后来织女又听到和看到房国春做的一些事情，对房国春是尊敬的。以前过春节，村里都不组织群众集体给军属拜年。房国春提议，在大年初一的早上，除了村里人互相拜年，还应该把大家组织起来，集体到军属的家门口拜年。这个提议得到村民的响应，每年春节的大年初一早上，房国春一吹哨子，大家就会集合到房国春身边，排好队伍，到军属家门口拜年。拜年的仪式由房国春亲自主持，他喊一鞠躬，二鞠躬，三鞠躬，大家就脱下帽子，连着向军属鞠三次躬。村里的军属不止一家，给一家拜完了年，他带领拜年的队伍向下一家走去，一家都不会落下。拜年拜到哪家军属，他们都很高兴，像是得到了极高的荣誉。他们都知道这是房国春的主意，对房国春充满感激。他们说房国春是有学问的人，有学问的人跟普通人办事就是不一样。他们还认为房国春是国家干部，他心里装着整个国家。还说过春节。大长一年，大家都盼着过春节时吃点好的，穿点好的，热闹一下。吃好的和穿好的都做到了，只是想热闹一下不大容易。人们起了五更，拜了年，无事可干，又躺到床上睡觉去了。除了零星的炮声，过年好像比平日还冷清，还寂寞。村里有一个瞎子，会拉弦子。村里还有几个年轻人会唱戏。房国春派人把瞎子请出来，请到村子中央的空地上。把几个年轻人召集起来，由瞎子拉弦子伴奏，他们唱戏。弦子一响，戏一唱，村里人就围过来了，总算有了一个可以热闹一下的去处。房国春自己不唱戏，也不唱歌，但他像一个导演，会一直守在现场。谁如果唱得好，他会让大家鼓掌，鼓励一下。房国春不是组织演一次节目就完了，从那年的春节开始，他把房户营村村民的春节娱乐当成一件必办的事，每年春节都组织人演节目，而且节目越演越丰富。这样一来，不但本村的人可以在过年时欣赏节目，外村的人得到消息，也到房户营村看节目。外村的人有些羡慕房户营村的人，他们知道，都是因为房户营村出了一个高人房国春，房户营村的人才过得比别的村的人快乐。

房户营村的人只有房国春一个人在县里工作，织女听说，几十年来，村里的男人差不多都去找过房国春。有人去煤矿拉煤路过县城时，会拐到学校里找房国春，到房国春那里吃两个白馍，一碗有肉片的杂烩菜，外带一碗稀饭。拉一架子车煤回来，他们又饥又渴，还会拐到学校里去找房国春。在学校里歇歇脚是一个方面，主要目的还是到房国春那里吃一顿好吃的。有人到县城办事，或是到县医院看病，他们更不会忘记到学校去找房国春。房国春在学校里有一间办公室兼宿舍，那里仿佛成了房户营村安在县城的接待站，接待站的站长就是房国春。不管村里谁去“接待站”找他，“站长”都不会把来者拒之门外，都会亲自热情接待。到了开饭时间，“站长”会去食堂把饭菜打回来，一直端到你面前，让你在“接待站”里吃。吃完了饭，你连碗都不用刷，“站长”把碗拿去刷掉了。受到优待的人，回到村里难免啧啧回味，到处显摆。口口相传带来的直接后果是，到县里找房国春的人更多些。村里人的做法像是过去时代的吃大户，谁让你有钱呢，谁让你是大户呢，谁让你那里有大米白面呢。不吃白不吃，吃了也白吃，谁不想去吃一回呢！去县医院看病的人，到房国春那里吃了喝了不算完，还提出跟房国春借钱。借钱的人把自己说得比谁都可怜，称向房国春借的是救命钱，如果房国春借钱给他，他的命兴许能保住。如果跟房国春借不到钱呢，他的命就没了。人命关天，房国春怎么办？他只好借钱给人家。如果手里一时没钱，他就是向同事转借，也要借一些钱给看病的人。人家借不到钱，很可能转过脸骂他，说他见死不救，回到村里说他的坏话。房国春是个很看重自己名誉的人，他不能让自己几十年积累下来的好名誉丢失在个别人手里。

那时房国春的工资并不高，一个月才五十多块钱。他每月的粮食标准也是固定的，才三十来斤，其中还有一部分是粗粮。村里人到他那里吃了饭，他自己就得少吃。给别人吃了细粮，他自己就得吃粗粮。有一个情况，村里在房国春那里吃过饭的人都注意到了，房国春把饭菜端回来，从不跟来人一块儿吃，自己说是去食堂吃，就转出去了。他到食堂或许吃粗粮去了，或许什么都没吃，到食堂转一圈儿就拉倒了。在钱的问题上也是如此，他把钱借给村里人，自己就得少花，或者不花。有一年夏天，他身上穿的针织圆领汗衫旧得有了窟窿眼，他都舍不得花钱换一件新的。

从这些事情上看，房国春是一个舍己为人的人，是一个宁可自己吃亏，也要维护自己在乡亲们心目中良好形象的人。

由于房国春在房户营村德高望重，村里出现一些连村干部都处理不了的纠纷，他能妥善处理。村里一个白发苍苍的老太太，轮流在三个儿子家吃饭，十天一轮换。三个儿媳对老太太都不待见，视老太太如猪狗，不好好让老太太吃饭不说，还动不动骂老太太老不死，老太太生了病也不给老太太看。房国春回村休假期间，老太太到房国春跟前一哭诉，房国春当时就拍了案，说那不行，这事他要管。他把老太太的三个儿子召集到一起开会，对三个儿子进行了一番严厉的训诫。他说，如果三个儿媳再虐待老太太，他就要替老太太写诉状，把老太太的三个儿子告到法院，让三个儿子和他们的老婆一块儿吃官司。最后，房国春与老太太的三个儿子达成了协议，并立下了字据。每年每个儿子出一百块钱，一百斤小麦，钱和小麦都交给老太太的闺女，由老太太的闺女把老太太接走伺候。得到这样的结果，老太太感激涕零，要跪下给房国春磕头。房国春说：老嫂子，使不得！赶紧把老太太扶住了。

对面过来一个骑自行车的外村人，外村人也认识房国春，从自行车上下来，叫着房老师，跟房国春打招呼，并站下跟房国春说话。

见房国春停下来，织女也没有再往前走。织女往西边看了一眼，太阳还高，离天黑还早着呢，她不着急。织女之所以不想赶上房国春，还有一个她自己心里明白的原因。她跟房守现相好，房国春应该是知道的。据说房国春在男女方面自律很严，也反对村里的男女私下里相好。她怕房国春拿她和房守现相好的事敲打她。如果那样的话，她的脸往哪里搁！

然而，房国春在和外村人说完话时，回头看了一眼。这一看就把织女看到了，织女再站着不走就不合适。织女记起房守现交给她的任务，觉得这会儿倒是完成任务的一个机会，比专门到房国春家找房国春好一些。骑自行车的外村人跨上自行车骑过去了，织女拉起架子车，紧走几步，赶上了房国春。她说：三叔，回来了！我看着背影像你，真是你。

房国春说：学校放了一个星期麦假，我回来看看。你这是——

我到镇上买了一袋子化肥。把你的提包放架子车上吧，我帮你拉着。提着怪沉的。

不沉，提包里没装啥东西。

架子车上就一袋子化肥，空着也是空着，你还是把提包放上去吧。织女说着，停下架子车，从车辕子里出来，接过房国春手里的提包，放在架子车上。又说：架子车我扫过，不脏。

房国春问：守景身体怎样，好些吗？

还那样，死也死不了，活也活不好。

你要多关心他，爱护他。

织女把话从丈夫房守景身上岔开，说：三叔，干脆你也坐到架子车上吧，我拉着你。

房国春摆手说不用，你三叔还能走，还没老到那个程度。我听说城里三年困难时期下放的工人，有一些人在上访，要求恢复工作，你听说了吗？

没听说。我成天价不出门，啥事都不知道。那次下放的工人很多，恢复工作恐怕不是一件容易的事。二十多年过去了，过去的年轻人也变老了，国家还要你回去干什么！

房国春说：这就看国家有没有政策，要是有政策的话，肯定也包括你在内。就算不能恢复工作，给大家按退休工人处理，发点退休金也好呀！

谢谢三叔的关心，要是三叔能当国家领导人就好了。三叔在县里熟人多，请三叔帮我打听一下，要是有政策下来，我也去找他们。

这个没问题。啥事牵涉到的人多，才会有政策。只要政策下来，你不找政策，政策也会找你。跟右派分子平反一样，当年全国打了那么多右派分子，说平反，呼啦一下子，都平反了。

是的，你看人家高子明，过去灰头土脸的，见人连头都不敢抬。现在人家天天笑着过，笑得脸上的皱纹一抓一大把。织女本想把高子明的小卖店遭飞贼盗抢的事跟三叔说一说，话到嘴边，没有说出来。房户营村说到就到了，她得抓紧时间跟房国春说说关于房守本和房光民的事。

房国春问：村里最近有什么情况？

织女正好借坡下驴，说：村里支书换人了，三叔还不知道吧？

噢，这是房户营村的大事。房国春脸上的表情郑重了一下，几乎站下来。他问：房守本不干了吗？虽说没有站下，他的脚步慢了下来。

不干了，听说到年龄了。

新任支书是谁？

房光民。

房国春把房光民的名字念了一下，像是想了想，问：房光民不是房守本的儿子吗？

不是他是谁！他爹不干了，儿子接着干。肉还是在人家锅里，肉还是人家吃，别的人连口汤都喝不上。

房国春啪地把手里的折扇打开了，只扇了一下，啪地又合上了。他把折扇再次打开，再次合上，问：村里人对这件事有什么看法？

织女说：三叔，我不敢说。

这有什么不敢说的，现在提倡民主选举，谁有什么想法都可以说。你难道不相信我不成！

不是，我知道三叔是房户营村最好最好的人，我不相信三叔，还能相信谁呢！实话跟三叔说了吧，我听说村里十成有九成九的人不赞成房光民当支书。

有这么大的反对比例吗？

这个别光听我说，你回来到村里一问就知道了。我还听说，村里好多人都盼你回来，好跟你说说心里话。

我有那么重要吗？

重要不重要，大家心里都有一杆秤，一称就能称出来。你在大家心目中的分量一千斤一万斤都不止。有的人轻得连四两都没有。

大家不赞成房光民当支书，主要意见是什么呢？

这个我也说不好，反正大家觉得风得换着吹，领导得轮换着当。现在国家领导人都是换着当，房户营村的支书干吗一家人当到底呢！

房国春说：你说这个，只能反映出群众求变求新的心理，还构不成有说服力的理由。国家也没有规定，支书的儿子就不能当支书。支书的儿子当支书，也可能当得很好；不是支书的儿子当支书，也不一定就能当好。关键看当支书的这个人素质如何，本身有没有毛病，能不能服众。

我看房光民的素质就不行。他就是一个毛孩子，身上的屎皮子还没褪净，对村里什么贡献都没有，他有什么资格当支书。别看那孩子没什么本事，毛病可不少。他鼻孔朝天，谁都看不上眼。你跟他走碰面，他连叫一声婶子都不叫。他能服什么众，我看连他老婆都不服他。

我对房光民这孩子不是很了解，他上高中不是在县里上的，是在老城的高中上的。

三叔对房守本应该了解，他当了那么多年支书，整了那么多人，好多人一提起他，不是气得哆嗦，就是吓得哆嗦。听说他要下台，大家都高兴得不得了，说受压制的日子总算熬到头了。谁知道呢，我的老天爷，他爹下台了，他儿子又上台了。大家原以为压在头上的石头搬掉了，头还没抬起来呢，新的石头又压了下来，嗨，房户营村的老百姓算是一点希望都没有了。

说话走到了村子北边的一座小桥上，房国春停下脚步，往桥两边看了看，说桥修得还不错。

见房国春停下来，织女也站下等他。去年秋天，这里发过一场大水，桥冲击得快要塌了，过一辆架子车都难。村里向乡里反映过几次，乡里都把皮球又踢给村里，让村里自己想办法把桥修补一下。村里能有什么办法，让群众集资，一点儿门都没有。分田到各家各户之后，村里人都把钱穿在自己肋巴骨上，别人想取下一分钱都难。房国春春节回家过年时，村里人把修桥的事反映给房国春。房国春到县里不知找了谁，反正修桥的专项资金拨了下来，桥很快就修好了。你看看，你看看，房国春的影响力不得了，他就是一棵大树，房户营村的人都在他这棵大树下乘凉。织女说：三叔，我听说你跟县里领导说了话，县里才拨钱给咱村修桥。

房国春没有否认他在修桥的事情上所起的作用，只是口气有些谦虚，说没什么，他有一个学生，正好在县里交通局当局长，他跟局长说了一声，问题就解决了。反正交通局掌握的有修桥补路的钱，钱花到哪里都是花，你不花他花，都是一样的。

你不知道外村的人怎么说的。外村的人说，附近哪个村都不能跟房户营比，房户营上边有人，所以才能花到国家的钱。

话不能这么说，要说感谢，还是应该感谢国家，感谢党。

感谢国家够不着，要感谢还是感谢你。依我说，村里应该给你在桥头立一块功德碑，让房户营村的人世世代代都记着你给大家带来的好处。

立碑可不敢当，那叫贪天之功归为己有。好了，不说这个。

他们两个接着往前走时，房国春接着刚才的话题对织女说：我刚才听你话里的意思，大家主要还是对房守本有意见。

也不完全是，大家对房守本的老婆宋建英意见更大。表面上是房守本当支书，实际上印把子是在宋建英手里捏着。人前说话的是房守本的嘴，实际上房守本的嘴里跑的是宋建英的舌头。宋建英把房守本管得服服帖帖，宋建英放个屁，房守本都不敢说臭，只能说香。在生产队那时候，宋建英吃黄瓜要吃最嫩的，坐红薯要坐最大的，连吃一泡屎她都要掐尖儿。你打听打听，村里的男人女人，哪个没挨过她的骂。村里来了一个新媳妇，人家没招她，没惹她，压根儿不认识她。她去看新媳妇时，就因为人家没喊她婶子，没跟她说话，她就把人家骂得鼻子不是鼻子，脸不是脸，人家羞得哭了一大场。人说慈禧太后厉害，我看她比慈禧太后还厉害。人说江青坏，我看她比江青还坏三分。她男人当着支书，她就这么恶道，如今她儿子又当上了支书，她还不是得了上风扬石磙，把房户营搅得天昏地暗。

房国春说：关于宋建英的表现，我也听说过一些。有你说得这么严重吗，你不会有些夸张吧？

夸张不夸张，你回家问问你家我三婶子就知道了。像三婶子那么好的人，全世界都少有。就是因为三婶子太好了，宋建英听不得别人说三婶子好，背地里连三婶子都骂。

骂你三婶子什么？

这个我就不说了。我说不出口，也怕伤了三叔您的面子。

不说就不说吧。这次如果有时间，我跟房守本谈谈，让他管好自己的家属。

房国春走到村口时，西边的天际起了一层红霞。红霞是辐射状的，向上辐射得很高，似乎染红了半边天。织女拉着房国春的提包，要把三叔一直送到家门口。房国春说不用，从架子车上提下自己的提包，向自己家里走去。

房国春路过高子明的小卖店时，在小卖店里值守的高子明看见了房国春，高子明笑得把眼角的“折扇”收起来，叫房国春三爷，热情跟三爷打招呼，请三爷到店里歇一会儿。

房国春说不累，不歇了。

这次回来，准备在家里住几天？

高考快开始了，我在家住不了几天，也就四五天吧。

哪天去找您说话。

去吧，我正想跟你了解一下最近村里的情况。

高子明在心里喝了一个大彩，似乎看到一台大戏的幕布这才真正拉开，戏中的主要人物终于走上前台，开始亮相。咣哩隆咚采，打虎上山冈，房户营村有好戏看喽！

第七章

房国春回到房户营村的当天晚上，村里一些人像走马灯一样，一个接一个来到房国春家里。房国春的家在村子的东北角，他们对房国春的家熟门熟路，天再黑他们也不会摸错门。房守彬来了，房守云来了，房守现来了，还有一些被房守现动员过的人也来了。因事先商量过，他们的目的都很明确，就是借助房国春的力量，把立足未稳的房光民拿下来。他们的手段也很明确，不用给房国春送礼，也不用请房国春喝酒，只动动嘴皮子，哄抬房国春就行了。

房守彬按照他对房守现的承诺，第一个拍马赶到房国春家里。今晚房守彬手里没把鹌鹑，腰里也没掖鹌鹑袋子。他听人说过，当教师的房国春不喜欢人玩鹌鹑，认为鹌鹑是游手好闲的二流子才玩的玩意儿。他虽然不赞同房国春的观点，也觉得还是别惹老爷子不高兴好一些。房守彬的家在村子的南边，他来到房国春家时，房国春一家刚吃过晚饭，香烟还没摆到堂屋当门的桌子上。

房守彬很急切的样子，双手直搓。要是房国春跟他握手，他的双手会一齐上去，把房国春的手抱住。因这里人还没有见面握手的习惯，房国春没有跟他握手，只是示意他坐吧。

房守彬屁股一沾椅子就说：我的三叔吔，你总算回来了。你要是再不回来，我们就去县里找你去了。

房国春的大儿子房守良也在屋里坐着。他本来已经娶妻另过，听说爹从县里回来了，一吃过晚饭就到老宅看望爹。房国春对房守良说，给你守彬哥拿烟吸。你都是当爹的人了，还这么没眼色！

房守良赶紧起身，到里间屋拿出一条烟，拆开，取出一盒。又把烟盒拆开，从中取出一颗烟，递给房守彬。因房国春不吸烟，也不许房守良吸烟。

房国春这才问房守彬：急着找我有什么事吗？

三叔，房户营的事你不能不管哪，你不管就乱套了。

怎么个乱套法？

房光民那小子当支书了，你知道吗？

新老交替，这不是很正常嘛！

我觉得不正常。房守本当支书，他是守字辈，跟我们大小差不多，还说得过去。房光民比我们小一辈，他还是个毛孩子，有什么资格当支书？

你说这个恐怕站不住脚。一个家族的人，可以排辈，当支书不能排辈。不能因为他是晚辈就不能当支书，就不能领导长辈。长江后浪推前浪，国家正在大力提倡培养年轻干部，房户营村也不能例外。

反正我觉得房光民嘴上没毛，办事不牢。

你知道这句话是啥意思吗？

啥意思？

看看，你连啥意思都不知道，就跟着瞎说。这句话的意思是说，年轻人嘴上没长胡子，办事不牢靠。

我说的就是这个意思，他房光民嘴上光光的，就是没长胡子。不光他嘴上没长胡子，恐怕下边的鸡巴毛都没扎全。说一千，道一万，我们盼着你回来，是想请你跟乡里领导说句话，把房光民的支书拿下来。

守彬，不是我说你，你这样说话，说明你一点儿组织原则都不懂。村党支部是一级组织，谁当支书，谁不当支书，必须走组织程序，不是哪一个人就能决定任免。

什么组织，什么原则，我一个平头老百姓，是不懂那么多。我只知道三叔你吐口吐沫一颗钉，拔根汗毛就能竖一根旗杆，在吕店这个地面上，只要你愿意，没有你办不到的。

开玩笑！房国春笑着把自己的头抹拉了一下。他的发型是几十年一贯制，不留平头，不剪偏分，也不理一边倒，剃的是光头。头发长到一定时候，剃光。头发再长到一定时候，再剃光。韭菜要割，头发要憋。韭菜越割越旺，头发越憋越粗。他的头发显得很硬，像一根根直立的钢丝一样。他用手抹拉头发，别人的手都似乎有些扎得慌。他说：你这个守彬哪，你从哪里学来这么多废话。我就是一个普通公民，吐口吐沫不会变钉子，拔根汗毛也竖不了旗杆，你不要对我抱的希望太大。我听你说了半天，你不过是在发牢骚而已，没有说出什么带有实质性的事例。你对什么人有看法也好，想反映什么情况也好，必须用事实说话。

房守彬站起来，自己到桌前又取了一颗烟，点燃吸了一口。他的眉头皱着，像是借助烟的作用，在脑子里寻找房国春所说的事实。房守彬找事实还没找到，房守云过来了。房守云跟房国春说了几句话，还没接触到正题，拱倒房光民的主要策划人房守现也来了。一直在堂屋里坐着的还有房国春的四弟房国坤。房国坤虽说先后结过两次婚，娶过两个老婆，但两个老婆都先后被他打跑了。两个老婆都没有给他生孩子，他现在仍是孤身一人。一个寡汉条子，平日里做点饭都难。为了每日里能吃口热饭，他只能跟着三哥和三嫂过。也就是说，在三哥没有回家的情况下，家里只剩下他和三嫂两个人。在平常日子，很少有人到房国春家里去，房国春家里是冷清的，房国坤的日子是寂寞的。房国春一回来，家里就人来人往，顿时热闹起来。房国坤也盼着三哥回家，三哥一回家，等于跟他迎来了节日差不多。三哥一回来，三嫂每顿饭就要弄几个菜，他可以陪着三哥坐桌吃好吃的是一个方面，更主要的方面，看见村里人对三哥都很尊敬，都是哈着三哥说话，他精神上也能得到很大的满足。所以，只要三哥一回家，他哪儿都不去，村里人来看望三哥，来跟三哥说话，他都在家里陪着。这样一来，在房国春家堂屋里坐着的已有七八个人，屋里很快就烟雾腾腾。从门外往门口看，可见屋里像烧锅一样，浓浓的烟气从门口上方呼呼地往外冒。房国坤不吸烟卷，还是习惯用烟袋锅子吸旱烟。装满一锅子烟片，他就取下煤油罩子灯上的灯罩，对着灯头把烟吸着。每次吸烟，他都要咳嗽，咳得还很厉害，但咳嗽他也要吸。

从人数和气氛上看，房国春家里像是在召开一个小型会议。与会者发言踊跃，讨论热烈。煤油灯的灯头拧至最大，灯花不时地爆一下。“会议”的主席应该是房国春，主持人也应该是房国春。但“会议”的议题不是房国春制定的，议什么，不议什么，并不依房国春的意志为转移。好在房国春对“会议”的议题似乎也有兴趣，他没有打断大家的发言，也没有中断“会议”。“会议”的讨论难免有些跳跃性，不知怎么，就说到了如果把房光民拿下来谁当支书的问题。房守现说：这还用说吗，支书是现成的。说着看了房守良一眼。

房守彬会意，说哎，哎，你们听我说一句，我觉得守良当支书最合适。要是让群众投票的话，我敢说守良的得票率百分之百。

房守彬这么一说，全屋子人的目光都投向了房守良，好像投票已经开始，目光就是票。

房守良不安起来，表情不知是笑还是哭。他就是这样的特点，不动表情就不说了，只要表情一动，往往是两个极端，一个极端是笑，一个极端是哭。由于这两个表情交替使用，转换时难免有些混淆，让人觉得他的表情既像是笑，又像是哭。伴随表情的，是他的声音，他的声音哼哼唧唧，同样哭笑难辨。他说：我又没说话，你们说我干什么，这不是笑话我嘛！

房守现说：守良，你可不能这么说，我们是真心实意拥护你。你有文化，是党员，还当过大队的团支部书记，党支部书记顺理成章就是你。今天当着三叔的面，不是我说你，你老弟就是在关键时刻硬不起来。该软的时候软，该硬的时候一定要硬，只有硬起来，才能办成事。

房守彬把房守现的话重复了一遍，说对，只有硬起来，才能办成事。他这样说时，像是对别的事情有所联想，笑了一下。

房守良说：我哪是当支书的料，你们就是拴我的头，我也不会当。

房守现说：守良，你以为当支书是为自己吗？不是的，你得为全村人着想，得像三叔一样，为房户营村的父老兄弟负起责任来。房户营村目前这样的状况，你看得下去吗？你忍心看着大家难受不管吗？房守现这样说话是一语双用，既是说给房守良听的，也是激发房国春的。

房守良的样子眼看要真的哭出来，他说：你们再说我，我就走了。说着，从门口的一个矮脚凳子上站了起来。

这时房国春发话：房守良，你给我坐下！你的哥哥们都还在这里坐着，你好意思走吗！房国春只要一跟房守良说话，大眼睛就瞪了起来，口气就很严厉。

爹一发话，房守良身上不由得一抖，乖乖地坐了下来。从开始上小学起，房守良就被爹接到县里，跟爹吃住在一起，在爹的严厉管教下读书。爹自己是当老师的，爹的目标是让他读了小学读初中，读了初中读高中，直至把他培养成大学生。爹是房户营村的第一个大学生，要把他培养成第二个大学生。然而，房守良刚读完初中，就赶上了“文化大革命”，他只得中断学业，回到老家当农民。在县里读书期间，爹时常罚他跪在硬地上背书，还动不动抡起巴掌，抽他的耳光。据说房守良的耳膜被抽坏了，他的耳朵有些背。有人跟他说话，他听不清，不便做出回答，就冲人家笑。笑是他的无奈，也是他的策略。巴掌不打笑脸人，他对人家笑，终归不会有错。他认为自己不适合当支书，与他知道自己耳背有关。一个人连别人说话都听不清，哪能当支书呢。人说一聋三分傻，他觉得自己跟一个傻子也差不多。多年之后，发生在房守良身上的惨剧，也与他的耳背有关。这是后话。

房守良适合不适合当支书，“会议”主持人房国春还没表态。房国春总会有一个态度，他的态度至关重要。房国春的态度相当明确，说：房守良当支书不行，他是死猫扶不上树，我第一个反对他当支书。

房守良的四叔房国坤附议：我也不同意房守良当支书，让一只鹌鹑当支书都比他强。

爹和四叔都这样踩乎房守良，房守良没什么可说的，他的表情本来想笑，以对爹和四叔的态度表示欢迎，但他实在笑不成，表情更倾向于哭。

有人说到鹌鹑，对鹌鹑最了解的应该是房守彬。房守彬想，要是让鹌鹑当支书的话，他就是支书的主人。支书在他手里把握着，他让支书干什么，支书就干什么。但那是不可能的。他说：让房守良当支书，总比房光民强吧。

“会议”又回到刚才的议题上，房国春开始总结。布谷鸟在声声唤，麦香阵阵涌来，房国春的总结让人有些失望，他说：你们说来说去，意思我明白了，就是不同意或者说反对房光民接替房守本当支书。你们的心情我完全可以理解，也表明房光民当支书的群众基础确实不好。可是，房光民已经当上了支书，已经造成了既定事实，你们再跟我说这个有什么用。萝卜已经种到地里，萝卜已经发芽儿，难道再把萝卜拔出来不成！你们早点干什么去了，有意见为什么不事先反映。特别是房户营村的共产党员，其中包括房守良，你们的民主意识到哪里去了？你们的斗争精神到哪里去了？你们的责任心到哪里去了？我向房守良了解了情况，乡党委在决定任命房光民当支书之前，是派人在房户营召开过全体党员会的，是征求过全体党员的意见的，结果是，没有一个党员提反对意见，等于全体党员一致赞成房光民当支书。房国春点了房守良的名，问是不是这个情况。

房守良说：那是的，当时房守本和房光民都在场，谁还能说什么。再说——

房国春有些不耐烦，不让房守良“再说”，说：你不要跟我说谁在场，谁不在场，你就直接回答我的问题，房光民当支书，是不是你们一致通过的？

就算是吧。

什么就算是，是铁板钉钉，一定是。

房守现开始叹气，说没办法，咱就伸着头，等着让人家捏头皮就是了。他爹捏了儿子捏，儿子捏了孙子接着捏。房守现想起房守成和高子明说的要抬房国春的话，一时不知从哪里抬起。若是抬房国春的身体，屋里现有的人，有人抬胳膊，有人抬腿，准能把房国春抬起来。不但能把房国春抬起来，把房国春抛向空中，抛几个高，都不成问题。问题是，抬房国春不是用手抬，得用嘴抬；不是用气力抬，是用智慧抬，看来用嘴和智慧抬人不是那么容易的，得掌握一定的技术才行。房守现说：三叔，你也是党员，如果你当时在场，你敢提不同的意见吗？

房国春没有否认他是党员，但也没有说明他的入党还在预备期内，还没有转成正式党员，他说：有什么不敢提的，我当然敢提。你们应该知道，在咱们房户营，我怕过谁！

房守云接话：在房户营，我最佩服的人就是三叔。把咱们姓房的人老八辈的人都算上，我最佩服的人还是三叔。要说英雄，三叔是真正的英雄，别的人连鳖熊、蛤蟆熊都算不上。在解放前，三叔还在上学时就敢跟大地主房世雄斗，就让房世雄吃了官司，这一点谁不知道！

房守现心里一明，眼里也一明。刚才还发愁抬房国春不知从哪里抬起，不料时机说来就来，是他拿话一引，房国春自己就把别人抬房国春的"轿杠"交了出来。房守现说：那是的，如果咱们这些人都是泥巴捏的，只有三叔是钢铁炼成的。

房国坤插话，他跟别人一块儿抬他三哥。他说：你们都不知道，那时候房世雄牛得很，他肩上扛着一把长把儿的小铲子，后边跟着一只不拴绳子的大老骚胡，在村里走来走去，谁看见他都害怕，都躲得远远的。房世雄看谁不顺眼，他自己不用说话，他的半人高的老骚胡羊仗人势，马上就拿眼瞪你，用弯成镰刀一样的犄角顶你。只有你三叔不怕房世雄，也不躲房世雄的羊。有一回，房世雄的羊要抵你三叔，你三叔上去，一下子就把羊的两只犄角都抓住了。你三叔对房世雄说，房世雄的羊要是把他抵伤，他就写一个稿子，登在报纸上。房世雄一听，打了一个口哨，羊就退走了。

房国春说：那都是小事，不值一提。人嘛，生来都是平等的，谁都不该受别人欺负。做人上人的想法不可取，起码不能做人下人。

房守彬说：三叔要是能在咱乡里当党委书记就好了，咱房户营的人也能跟着沾点儿光。

房守云说：你说小了，按三叔的水平，三叔当县委书记都不为过。

房守现心中暗暗叫好，觉得他事前的工作没有白做，几个弟兄跟他合作得很好，抬房国春抬得很卖力。他本来想顺着竿子，继续把房国春往上抬，说房国春当省委书记都可以。想到如果把房国春抬得太高，太离谱，有可能会露马脚，会被房国春识破，就换了一个方向，从别的方面继续抬房国春。他多次听房国春讲房户营村的历史，还听人说房国春正在写房户营村的历史，准备把房户营村的历史写成书。凡是爱讲历史的人，都看重历史，都愿意把自己的事迹在历史上留下一笔。他说：我认为一个人的功德不能光凭当官不当官来衡量，有的人虽然当了官，不一定能写进历史。有的人虽然没当官，历史上的地位一点儿都不低。要是有人写咱们房户营村历史的话，我觉得应该把三叔排在第一位。

房国春把手中的折扇打开了，只扇了两下，又把折扇合上了。

他的神情像是有些兴奋，说：写进历史我不敢当，历史是后人写的，还要经过时间和历史的检验。

房守现看出来了，他这一抬，大概抬到了房国春的痒处，房国春舒服得快要坐不住了。照这个路子抬下去，不把房国春抬晕才怪。房国春说历史是后人写的，那么，后人是谁呢？房守现想起来了，比起国字辈的房国春来，光字辈的房光东就算是后人。他说：咱们村的历史，我看房光东就能写。听说房光东写文章写得不错，靠写文章就调进了北京城。

房守云说：房光东那孩子不行，他写的都是一些舔报纸屁股的小文章。他连初中都没上完，学问比三叔差远了。

哎，房国春用折起的扇子指了指房守云，说话不能这么说，北京是什么地方，那是中国人民的首都，不是谁想调就能调去的。房光东既然能从煤矿调到北京当记者，没有两下子是不行的。有一点你们不懂，写文章这事情不能仅仅以学历高低来衡量。有人学历很高，文章不一定写得好。有人没上过多少学，文章不见得比学历高的人写得差。俄国有一个作家叫高尔基，他上学上得很少，却写成了全世界有名的大作家，连列宁、斯大林都不敢小瞧他。高尔基你们知道吗？

只有房守云说知道，别人都说姓高的是谁，不知道。房守良也应该知道，但他没说话。

房国春的总结还没有结束，他说：你们反对房光民接替房守本当支书，想把房光民拿下来，也不是一点儿可能都没有，关键是要拿出具体的事实，要有充分的理由。刚才我跟守彬也说过这个话，现在再给你们重复一遍。你说一个人不好，别人会问，哪儿不好？你得说出哪儿不好来。你跟上级领导反映，我们村那个人不适合当支书，领导会问，为什么？你得说出一二三来。比方说，你说一个人是贼，得拿出赃证来。你说一男一女有奸情，得在现场捉到人家才行。空口说白话，谁都不会理你的茬。我呢，仨月俩月都不回来一次，对村里的情况了解不多，跟一个局外人差不多。房光民当了新支书，我也是这次回来才知道的。在我的印象里，房光民还是一个穿开裆裤的小孩子，你看人家说当支书就当支书了。你不能不承认，时间过得可真快。

在房国春讲这番话时，门外一棵石榴树的暗影里站着一个人，也在听房国春讲话。他本来也是想跟房国春反映一下村里的情况，听见屋里已坐了不少人，就没有进去。他听出来了，那些人说话都说不到点子上，和房国春不能实现真正的对话。就思想水平和语言表达能力而言，他自信是可以和房国春对话的。但他的对话只想与房国春一对一，不想让更多的人听见。若是被屋里坐着的这些人听去，并传播出去，会对他很不利。这个人是谁呢，是高子明。高子明在石榴树的暗影里站了一会儿，悄悄退走了，退到他的小卖店里去了。等高子明估计那些找房国春的人都散去了，他才又悄悄地向房国春家里走去。

房国春和高子明的关系是微妙的。在高子明被打成右派分子时，高子明对房国春是躲避的，从来不敢到房国春家里去。房国春看见高子明呢，也跟高子明保持一定距离。高子明的右派分子帽子摘掉之后，房国春认为是应该的，当面向高子明表示过祝贺。

房国春承认高子明是一个人才，这个人才没有很好地发挥作用，可惜了。但在和高子明的接触中，他心里多多少少还是有些别扭，不知不觉间就有些警觉。他的看法是，一些人之所以被打成右派分子，除了外部的原因，也有个人的内部原因，至少来说，他们跟党不够一心。卖什么吆喝什么，他们之间的谈话从教育开始。他们从高考谈到教育制度改革；从乡村教师待遇低下，谈到教师队伍的涣散；还谈到本村的年轻人谁有希望考上大学。他们难免谈到村里的人事更迭，房国春说：我听说大家对房光民当支书有意见，你有什么看法？

高子明笑了笑，先说没什么看法，他不关心也不参与村里的政治生活。又说，据他所知，大家不赞成房光民当支书是有一定道理的。高子明不愧是高子明，他上来就举出了两个实例，以佐证大家不赞成房光民当支书的道理。如果第一个实例让房国春手里的扇子猛地一合的话，第二个实例让房国春差点把合起的扇子敲在桌面上。高子明举出的第一个实例是，房光民和他老婆在家里摆了两台麻将桌，天天晚上招集一帮人到他们家里打麻将。打麻将倒没什么，一种娱乐嘛。但他们是来钱的，带有聚众赌博的性质。作为村里的第一把手，这么干恐怕不太合适吧。高子明列举的第二个实例是，房光民刚当上支书，就把村里留的机动地卖了一大块，有七八亩，卖给杨庄寨的砖窑上烧砖。中央文件有规定，不准挖可耕地烧砖。房光民的做法显然是与中央的规定背道而驰。房国春听到高子明举的第一个实例时，他的评语是：这不好，这是违反治安管理条例的。房国春听到高子明举的第二个实例时，他的评语是：这是个问题，这个问题很严重。他问：卖的是哪块地？

高子明说：是村子东南地里的一块地。

那块地没种麦子吗？

没有，是一块旱垡子地，现在已经被挖成了深坑。

房国春在大学里学的是数学，又教了几十年数学，几乎形成了数学脑子。他的处世态度是严谨的，讲究一就是一，二就是二；耳听是虚，眼见为实。他说，明天一早，他就要到东南地里看看。

高子明笑了一下，不，是笑了两下，说三爷，你看了也不用太生气，哪个当官的不往自己口袋里划拉钱呢！

房国春表情严肃，好像已经生气了，说：那不行，一个基层党组织，怎么可以违背中央的文件精神呢！

上面的经都是好经，但下面歪脖子和尚太多，好经都被歪脖子和尚念坏了。一只猫，或是一只黄鼠狼，从院子里跑过，卧在窗台上的鸡们躁动了一阵。里间屋暗处的老鼠们攀到粮食茓子上开始打架。往日里，这家的人早就睡了，世界早成了它们的世界。今天这么晚了，屋里的人还在点灯熬油，还在说话，让它们有点儿烦。一只老鼠吱吱叫着，像是在提抗议。高子明似乎听懂了老鼠的抗议，他说：天不早了，三爷也累了一天，休息吧。临走之前，他没忘记又把房国春抬了几句：您老人家是房户营的大脑，房户营实际上是您的房户营，您还是为房户营村的发展掌握着方向好一些。

第八章

房国春的习惯是早起，从来不睡懒觉。不管头天晚上熬到多晚，第二天早上他照样会早早起床。房国春起来往村外走时，太阳还在地平线下面伸懒腰，东天刚刚有些发白。麻雀在叫，布谷声声，村街上还没有别的人走动。一只狗走在房国春前面，边走边回过头朝房国春打量，仿佛在说：这个人穿的衣服像干部的衣服，他是谁呢？我以前怎么没看见过他呢！房国春注意到了狗在观察他，他没有搭理狗。村外传来马达声，像是有人在用抽水机抽水浇地。房国春来到东南地一看，就把那块被挖成深坑的土地看到了。高子明提供的信息没有错，新任支书房光民的确在卖可耕地烧砖。因为旁边都是即将成熟的麦田，这块被挖成深坑的土地显得格外显眼，好像人头上长了一个疤瘌。房国春手中的折扇打开，合上，再打开，眉头不知不觉就拧了起来。对这块地，房国春是熟悉的。他小时候，曾在这块地里撵过地滚子风筝。长大后，曾在这块地里割过麦子，刨过红薯。这块地里种过高粱，种过玉米，还种过谷子，种过大豆，好像什么庄稼都种过。这块土地是肥沃的，种什么都长得很好。有一年地里发了大水，把庄稼都淹没了。但大水过后，土地像是要给人们一些补偿，奉献了更多的粮食。几百年来，房户营村的人在这里生息绵延，赖以生存的就是土地。土地好比是房户营村的母亲，她给一代又一代的房户营人提供着丰沛的乳汁。土地又好比是房户营人的命根子，保住了命根子，人们就可以生存。而失去了命根子呢，能不能生存恐怕很难说。反正自从有了房户营村以来，房户营的人都像敬神一样敬着土地，每年都到土地庙给土地爷和土地奶奶烧香，没有人敢这样肆无忌惮地挖土地卖钱。这真是败家子干的事啊，真是大逆不道啊！

砖窑上来挖土的人倒起得很早，他们开来那种带大斗子的农用三轮车，正用铁锨在地里取土。地头留有一个斜坡，他们沿着斜坡把车开下去，车装满后，再沿着斜坡开上来。房国春走过去，问两个正刨土的人：谁叫你们到这里刨土的？

两个刨土的人互相看了看，其中一个人回答说：砖窑上的老板。

你们到这里刨土，经我们村的人同意了吗？

同意了，听说是房支书同意的。

哪个房支书，是房守本？还是房光民？

不知道，反正姓房。

你们买一亩地花多少钱？

这个我们可不知道。

中央有文件，不许挖可耕地烧砖，你们知道吗？

答话的那个人不说话了，他刨了一锨土，扔进车斗子里。土很松软，每一锨土都很新鲜。旱垡子地也叫春地，马上就可以种春玉米，或栽春红薯。因土地闲了一冬，地力很足，不管是种玉米还是种红薯，都会长得很好。地里长着一些野菜，野菜有些老了，顶部开着白色的小花。他每刨下一锨土，都会刨下一些小花。另外一个人说：我们是干活儿的人，是下苦力的，人家让我们干什么，我们只能听人家的。

房国春本想跟他们讲些道理，让他们知道，中国人有一个中央政府，全中国的人都得听中央政府的，不然的话，各行其是就乱套了。想到有的中国人就是这样，钱就是爹，给他几个小钱，他就像找到了爹，“爹”让他干什么，他就干什么，他才不管什么中央不中央。他只用折起的扇子敲打似的指指他们，没有再跟他们讲什么。

挖成深坑的地块北边，是一条田间小路。小路贯穿东西，西边连着村东的官路，东边到一条河岸为止。小路的宽度可以走一辆架子车，播种时，人们拉着架子车往地里运种子和粪肥；收割时，人们拉着架子车往场院里运庄稼。小路的北边，是一大块连成一片的麦田。房国春从被挖的那块地里走上来，往东走了一段，在一块麦子地头站下了。那块麦子是他家的。天色越来越亮，朝霞正在为太阳的隆重出场铺红地毯。房国春朝他家的麦子地里望着。他家的麦子长得不错，麦秆粗壮，麦穗饱满，密植合理，产量不会低。麦子是四弟和妻子种的，后期的田间管理工作也是由他们做。房国春只教书，家里的农活儿妻子从来不让他插手。收麦子时也是一样，他虽然回来了，并不参与收麦，他只是一个看客。在明代、清代和民国时期，房户营村的土地属于私人所有，有的人家土地多一些，有的人家土地少一些，还有的人家连一分一厘的土地都没有，只是从外边来的种地户。比如高子明家，就是给大地主房世雄家种地的。到了新中国成立土地改革的时候，土地全部收为国有。人民公社化时期就不说了，叫公社、大队、生产队三级所有，生产队为基础。土地交由生产队管理，公社社员在地里干活儿，生产队给你发工分，你凭工分分粮食就是了。改革开放之后，土地又回到了各家各户。但它的性质和旧时代的私有制不是一回事，土地还是集体的，只是按人头分一下，承包给各家各户种罢了。土地离村子有远有近，土地的肥沃程度有薄有厚，分给谁家哪块地，不分给谁家哪块地，要靠抓阄儿决定。由于房国春在村里的特殊地位，他们家没有参与抓阄儿。房国春事先跟房守本打了招呼，房守本就把这块地留下来，分给了房国春家。房国春为什么要这块地呢？主要是因为他家的祖坟在这块地里。从他曾祖父那代起，他家的坟园另拔新营，就建到了这块地里。目前，坟园里已经埋了好几座坟。除了曾祖父曾祖母的，还有祖父祖母的，父亲母亲的，大哥大嫂的，二哥二嫂的。房国春一抬眼，把所有的坟都看到了。如果地里没有麦子，他会一直走到坟跟前，在父母的坟前肃立一会儿。因为麦子地里没留通向坟园的通道，麦子种得又很稠，他要是往坟前走的话，得沿着两垄麦子之间的缝隙，一点一点往前走。昨晚的露水下得很重，麦叶上湿漉漉的。他若是踏进麦田，恐怕跟蹚水也差不多，裤腿、鞋袜都会被露水打湿。他放弃了往坟园里走。

房国春之所以对挖地烧砖的事有些愤慨，其中还有一个原因是，被挖坑的那块地离他家的坟园不太远，直线距离恐怕不到二百米。房国春虽然不大相信什么风水之说，但村里人是相信的。村里人说，因为他们家的坟地风水好，才出了他这么一个人物。且不说别人，他的四弟房国坤就相信风水。昨晚高子明从他们家走后，四弟就跟他说，房光民在他们家老坟地的西南边挖坑卖土，有可能会影响到他们家坟地的好风水。风水轮着转，来自四面八方。坟地的西南方向挖了深坑，等于切断了从西南方向过来的风水。四弟向他建议，趁他回来这几天，要赶快制止房光民继续挖坑卖土。他说：你成天在家里，为啥不去制止他！四弟说：我又不了解上边的政策，就是制止他，他也不会听。房国春说：他一个毛孩子，什么都不懂，我去制止他，他就一定会听吗？四弟说：他要不听你的，你就跟杨才俊说说，把他拿下来算了。你看村里这么多人来找你，他们都是这个意思。房国春说：别人给我出难题，你也跟着给我出难题。现在的社会越来越复杂，你以为拿掉一个支书是那么容易的？房国春到地里实地查看过之后，他觉得自己是有责任出面对挖地卖土的事干预一下。不然的话，他对不起村里人对他的信任，也对不起坟地里的先人。

往回走时，房国春碰见牵着羊往河边走的房守成。房守成先跟他说话：咦，这不是三叔吗，东边的太阳一出来，原来是三叔回来了！房守成的辈数比房国春小，但他的年龄要比房国春大，每次见到房国春，他习惯跟房国春说笑话。他跟别人说，房国春喜欢别人抬，其实他自己才是抬房国春的高手。

房国春说：守成你不要瞎说，毛主席才是太阳。

毛主席是红太阳不错，可他那个红太阳落下去了，你这个红太阳升起来了。毛主席是国家的太阳，你是咱房户营的太阳。

你这个守成呵，还是这么爱说笑话，你就不怕折你三叔的寿吗！

三叔你放心，我保证不祝你万寿无疆，也不祝你身体永远健康。那都是糊弄人的话，祝了也是白祝。

守成，不是三叔批评你，你不当队长了，难道什么事都不管了吗？你起码还是一个老共产党员吧！

管啥呢，现在人都放羊了，各家种各家的地，各人吃各人的饭，有啥可管的呢！我现在的任务就是放羊，能把羊肚子放饱，就算完成了任务。

外村的人来挖咱们的地，把咱们祖祖辈辈留下来的土地挖成了大坑，你难道没看见吗？难道你就不心疼吗？

噢，这是房光民干的事。人家是新官上任三把火，他是新官上任三铁锨。

你们为什么不制止他？

我们制止他？这要问你。

问我？问我什么？房国春有些疑惑。

要不是你让那小子当支书，他能有那么大的权力吗？

房国春更疑惑了。他见房守成脸上一本正经，好像还有些生气，不像是说笑话，说：守成，这个这个，你把我说糊涂了，怎么是我让房光民当支书呢，我有什么权力让他当支书呢！

你表面上没权力，实际权力在你手里掌握着。你给你的学生一提建议，哪个学生能不给老师面子呢！我听说，让房光民当支书，就是你向杨才俊书记建议的。

房国春把手中折在一起的折扇连连摇着，说不可能，不可能，这怎么可能！我两三个月没有回来，都没有见着杨才俊的面，不可能向他提什么建议。

三叔，这个事你就不用瞒我了。我当不了支书，我的孩子也当不了支书，你瞒我有什么意义呢！别说了，这里边的事我懂。房守成手上牵着的羊望着主人，挣着绳子，咩咩叫了两声，仿佛在提醒房守成该走了，别说话了。房守成把牵羊的绳子拉了一下，吵他的羊：好好听大人说话，不要插嘴！

房国春说：守成，有话直说，别跟我绕弯子。

房守成说：不是我说话绕弯子，是三叔不相信我。你说你跟杨书记没见面，没法儿跟他提建议，这不是说笑话吗！谁不知道杨才俊经常跟你通电话，一句一个房老师叫着，他还指望你跟县里领导说说，好让县里提拔他呢！房守成的高明之处就在这里，他表面像是在指责房国春，实际上是在使劲把房国春往高里抬。他抬得不露痕迹，使被抬的人不想接受都摆脱不掉。

守成哪，你真是太高看你三叔了。你既然说到这里了，你看这样好不好？咱俩明天一块儿去乡里找杨才俊，把房光民违背中央精神挖地卖土烧砖的事向他汇报一下，看看杨才俊怎样处理？

房守成一听，装作害怕不过，甚至摇摇晃晃矮了下去，说：我的好三叔哎，你饶了你侄子吧。你知道我胆儿小，千万别吓唬我。我这一辈子不怕别的，就怕见官。一看见当官的，我就软秆子，就腿肚子转筋。要去你自己去吧，我可不敢去。好，三叔，你忙吧，我该去放羊了。我的羊还饿着肚子呢！房守成说罢，就牵着羊，迎着初升的太阳，向河边走去。太阳有些红，映得房守成的脸也有些发红。他捏着嗓子，模仿女腔，唱了一段戏：辕门外三声炮，如同雷震，天波府里走出来我保国臣。头戴金冠，压双鬓，当年的铁甲我又穿上了身……

房户营村有两条南北村街，房守本家住在东边那条街的街口，跟房国春家是一条街。也就是说，房国春从村外回家，必须经过房守本家的大门口。从房守本家的大门口路过时，房国春碰见房守本的老婆宋建英从门里走出来。宋建英用搪瓷盆端着半盆子洗脸水，大概要往门外的地上泼。看见房国春刚好从门前路过，她没有马上泼，问：三叔啥时候回来的？

因村里不少人对宋建英有看法，房国春对宋建英的印象不太好，他没有回答啥时候回来的，只嗯了一声。

宋建英说：光民他爹听说你回来了，刚才去找你说话，你没在家。他说晚上再去跟你说话。

有什么可说的！房国春还是嗯了一声，走了过去。

宋建英啥时吃过这个，房国春刚走过去，她就在肚子里骂：一个成天价捏粉笔头子的老头子，有啥了不起的！别给你脸不要脸，你拉着个驴脸给谁看！即时把盆子里的洗脸水哗地泼在地上。

她泼水泼得有些远，地上溅起的泥巴点子几乎落在村街对面的墙上。

当天吃过晚饭，房守本果然到房国春家里来了。以房国春的辈分、年龄和地位，在房户营村，他不会到任何人家里去，不会登门看望任何人。要看，只能是别人登门去看望他。房守本在房国春家的堂屋里坐定，说三叔，我看你气色很好，身体不错。

房国春说：能吃能睡，身体还凑合。

你最近没回来，我也没到县里去跟你汇报，支书我不干了，退下来了。

噢，你比我小，不是才五十多岁嘛！我们要到六十岁才退休。

你是国家正式干部，我们不在国家编制，跟你不能比。乡党委的意思，村支书要年轻化。我们这些老支书差不多都退了下来。

那，谁接替你当支书呢？

三叔还不知道吗？

没听说。

我本来觉得守良最合适。守良为人正派，办事公道，群众威信高。我征求过守良的意见，也向乡党委推荐过。守良这个兄弟坚决不干，说破大天也不愿接这一摊子。不信三叔可以问问守良，那天我跟他谈了半晚上，他一点儿都不松口，急得眼泪吧嗒的，都快要哭了。

房守良是不行，他缺乏为人民服务的精神。

乡党委杨才俊书记也跟守良透露过想让他当支书的意思，守良指指自己的耳朵，一个劲儿笑，就是不接茬儿。我知道守良的耳朵还没聋到那个程度，他是跟杨书记装聋子，装哑巴。房守本说着，像是看到了房守良装聋作哑的样子，不由得笑了起来。

不要再提房守良了，他辜负了大家对他的期望，确实提不起来。结果呢？

在全村现有的年轻党员中扒来扒去，挑来挑去，结果把光民选了出来。

光民是——

我的大儿子。他没来看你吗？

房国春摇头。

这孩子，不懂事。我是觉得光民在各方面还不够成熟，还需要锻炼，可全村的新老党员都信任他，都投了他的票。

是民主投票选举吗？

三叔知道，咱农村的选举就那么回事。说是投票，因为大多数老党员不识字，连我都不识字，不会使用选票。那天，乡党委委员、副乡长尹华同志代表乡党委到咱们村主持选举。尹华介绍了房光民的情况之后，让大家发表意见，然后举手表决。没有发表意见的，没有提反对意见的，也没有弃权的，全部举手通过。

你是说房光民得了满票？

也算是吧。

这要祝贺你，你有了接班人。

光民年轻，各方面的经验还很欠缺，还靠三叔对他多支持，多指点。他有什么做得不对的地方，三叔该批评只管批评。你的批评对他是最大的爱护。总的来说，房户营村不管谁当支书，村里的大方向还是由三叔你来掌握。

话既然说到这儿了，房国春把挖地烧砖的事提了出来。他说，他早上起来到东南地转了转，见外村的人正用大斗子的三轮车在一块春地里起土，说是拉到杨庄寨的砖窑上烧砖，这是怎么回事？

房守本之所以急着来看望房国春，是他觉察出最近村里的气氛不太对劲。好比天气有些闷热，坑里的水在咕嘟咕嘟冒泡儿，水底的泥鳅在上蹿下跳，水缸出了汗，蛤蟆爬到了路面上，这些现象似乎都预示着一场雷暴雨就要到来。房守本明白，村里不少人对房光民接他的班是有意见的，这从房守现、房守彬们的眼神儿就看得出来。他们听说他不当支书了，不知有多高兴呢！而他们眼看光民接了他的班，不知有多失望呢！你们有意见怎么着，瞎搭了，几个泥巴狗子，谅你们也翻不了天。你们以为我不管你们就没人管你们了，没门儿，以前是如来佛的手心儿，现在还是如来佛的手心儿，你们逃不出如来佛的手心。房守本还明白，对于房户营村卖给杨庄寨的砖窑上一些土，村里有些人意见更大。有意见也不行，改革总是要进行，总是要摸着石头过河，不能因为蛤蟆叫两声就不敢种庄稼。什么叫改革？过去没干过的事现在干了，就叫改革。什么叫摸着石头过河？因为不知道河水是深是浅，只有摸到了石头，以石头为水标，试探着往前蹚，才有可能蹚过河去。鸡多不繁蛋，人多瞎捣乱。对于村里这些瞎捣乱的人的意见可以不予理睬，但是，对于房国春的意见万万忽视不得。因为房国春是弟子众多的人，是跟上边有关系的人，是说话能使动风的人，也是一个爱管闲事、爱打抱不平的人。从积极的方面来看，可说多年来房国春帮他做了不少工作。有些事是他不宜出面的，还有些事是他出面也摆不平的，都是由房国春帮他解决了问题。比如村里有一个年轻人，到小煤窑挖煤时被砸死了。村里死了人，村支书有责任代表死者家属向窑方提出赔偿要求。他带着死者的家属到煤窑去了，希望窑方能赔偿死者家属三万块钱。可窑主把责任推到死者身上，百般抵赖，一拖再拖，连两万块钱都不愿赔。实在没办法了，他派人去找房国春，想问问房国春在小煤窑所在地有没有熟人。房国春翻了翻他学生的通讯录，查到一个学生在小煤窑所在县当副县长。房国春当即给副县长打了一个电话，称死者是他本家的孙子，要副县长帮助解决赔偿问题。不知副县长怎么跟小窑主说的，反正小窑主的态度来了个大转变，一下子赔给死者家属六万块钱。通过这件事，他知道了房国春手眼的厉害。人说千手观音菩萨有千只手，恐怕房国春千只手都不止。他撒在各地的每一个学生都是他的一只手。他的手不仅能在本县起作用，在外县也能抓到东西。凭着几十年当支书的经验，房守本觉出来了，房国春对于房光民当支书是有看法的，是不高兴的。他敢肯定，房国春昨天一回来，村里就有不少人来看望过房国春，跟房国春说了不少话，汇报了不少情况，其中包括光民当支书的情况。房国春知道了光民当支书，却假装不知道，这就反映出了他的不支持的态度。房守本对房国春的脾气比较了解，知道房国春秉性正直，不是一个心计深爱装假的人。房国春装作不知道房光民当了支书，这跟房国春以往的性格不太一致，不大正常，它起码表明，房国春不愿意承认房光民当支书这个事实。

但是，这个事实是确定的，是走了程序的，乡党委是肯定的。这个事实好比场院里一个石磙，石磙已经结结实实地摆在那儿，风吹不动，雨打不散，谁在短时间内都不能改变它。房守本相信，尽管村里有些人在房国春面前烧底火烧得很厉害，尽管房国春不认可房光民，他也不能改变这个既定的事实。然而另一件事情就不一样了，它像一个火药桶，弄不好会爆炸，会不可收拾。一听说房国春回来了，房守本就有些坐不住。他知道，关于卖土烧砖的事，村里人会跟房国春说，房国春也会到地里看。房国春一贯关心国家大事，一贯和党中央保持一致。房国春看到村里卖土烧砖，是不会容忍的。倘若房国春就这个事情叫起板来，捅到上边去，村里的工作就被动了，光民的位置就会受到威胁。房守本听他老婆宋建英说，房国春从地里回来脸子拉得老长，跟她说话嗯啦不唧的，好像谁挖了他家的祖坟一样。很显然，房国春已经生气了，牛脾气已经上来了，房守本必须马上给房国春做出解释。

这时，房国春的妻子从灶屋里给房守本端来了一碗茶，说：守本，说话说这么长时间，该渴了，喝口茶吧。

房守本说不渴，还是接过了茶碗。他一看，茶碗里还卧着两只白生生的荷包蛋。他不无夸张地咦了一声，说三婶子，烧茶就烧茶吧，还卧鸡蛋干什么！

三婶子说：家里没有茶叶子，鸡蛋就算是茶叶子吧。

好好好，三婶子对我最好了，连我的亲三婶子都没三婶子对我好。房守本把茶碗放到桌子上去了，说：我一会儿喝。他从桌子上的烟盒里抽出一支烟，点燃，深深吸了一口。房守本的烟瘾比较大，他常常是一支烟还没吸完，又取过一支烟，跟没吸完的烟连接在一起，接着吸。这样做还有一个好处，是不用扔烟把子，不会造成浪费。

三婶子说：守本趁热吃吧，一会儿就凉了。

好，三婶子，没事儿，你侄子一会儿吃。

房国春往门外挑挑手，让他妻子退走了。

房国春的妻子复姓皇甫，名字叫金兰。村里很少有人知道她的名字，知道的也叫不好，不知是哪个皇，哪个甫。同辈的叫她三嫂，晚一辈的叫她三婶子，再晚一辈的叫她三奶奶。因目前守字辈的在村里居多，把她叫三婶子的就多一些。只要丈夫回来，只要有人来家里跟丈夫说话，她就很少到堂屋里去。她不待在堂屋当门，也不待在里间屋，而是悄悄躲在灶屋里。丈夫跟她说过，不管丈夫跟村里任何人说话，都不许她插嘴。既然这样，她不听丈夫跟人说话就完了。有时丈夫跟人说话说得比较晚，她宁可歪在灶屋里柴草窝里眯一会儿，也尽量不到堂屋里去。

房守本说：三叔，我今天来找你，主要就是想跟你汇报一下在那块村留机动地里取土的事。这个事是上一届党支部集体研究决定的，新一届党支部只是一个继续执行的问题。要说负责任的话，这个事还是要由我负责，因为我是上一届的党支部书记嘛。我们为啥要把机动地里的土卖掉一些呢？因为房户营小学教室的墙体出现了裂缝，成了危房。三叔你也知道，咱们村的小学校多少年来一直是土坯座子，麦草盖顶，经不住长期风刮雨淋。小学校在坑边，坑里的水对孩子也是一个威胁。孩子都是房户营的后代，谁家的孩子出事都不好。我们这帮老家伙要下来了，为村里干点儿什么事儿呢？留下点儿什么东西呢？我们商量来，商量去，决定要为长远着想，为房户营的下一代着想，把变成危房的旧学校扒掉，为孩子们在村外建一所新的学校。建新学校不是小孩子玩泥巴，也不是吹糖人儿，得有资金才行。资金少了也不行，没有三万五万盖不起学校。资金从哪里来呢？自从分田到户之后，村里原来积累的一些家底早就掉了底子，别说几万块钱，恐怕几百块钱都拿不出。我们也想过让大家集资建校，并在下面悄悄问过几户人家，没有一家愿意出钱。别看差不多每家都有孩子上学，都知道孩子是未来的希望，但你一说让他出点钱，他就不干了。有人还说难听话，说卖大腿吧，卖孩子吧！在万般无奈的情况下，村里才痛下决心，决定卖给杨庄寨砖窑上一些土，用卖土的钱建我们的学校。这笔钱由村里的会计单独建账，专款专用，只能用在建学校上。村里有的人对这件事情不理解，背后嘀嘀咕咕，说啥的都有。有的说我们出卖祖宗产业，是败家子。还有的说我们是通过卖地捞钱，钱都揣到我们自己腰包里去了。三叔我敢以党性向你保证，这个钱我连一分都不会挪用。不但我不挪用，村里任何人都不能挪用，谁敢挪用一分钱，我马上找他算账。

另外还有一点，我必须向三叔说明。我们卖的只是一层土，不是卖地，卖土和卖地不是一回事。我们跟窑上的人说得很死，把他们挖土的深度限定在一米五，多挖一厘一毫都是不允许的。也就是说，他们只取走我们一层土，并没有挖走我们的地，地还是我们的，我们的地层还厚着呢。过个三年五年，风一刮，雨一淋，冰雪一冻，太阳一晒，生土就会变成熟土，还可以种庄稼。

三叔长期教书育人，对教育工作最热爱，也最关心下一代的成长，我们相信，三叔一定会支持我们。

房国春没有表示对房守本支持。在房守本说话时，房国春手中的折扇已开了好几次，合了好几次。折扇的每一次开合，他都像是有话要说。房国春听出来了，房守本事先准备好了一整套话，如摞了一摞子碗，房守本把“碗”接连不断地端给了他。他没有打断房守本的话，没有让房守本的“碗”掉在地上。直到房守本说完了，他才问：守本，你说完了吗？

房守本也是抬房国春的老手，他差不多已经抬了房国春半辈子。房守本还没说完，他说：三叔，等小学校建好了，我考虑以你的名字为学校命名怎么样，不叫房户营小学了，就叫房国春小学。这样的话，房户营的人祖祖辈辈都会记住你。

房国春把手中的折扇摇了摇，说：守本，你听我说。第一，不论哪一届党支部决定挖地卖土，都是不对的。党支部是党的基层组织，必须不折不扣地执行中央精神。中央明明下发了文件，不许用可耕地烧砖，房户营村的党支部怎么可以不听中央的呢！第二，民以食为天。家中有粮，心中不慌。粮食生产才是最重要的。粮食从哪里来，不是从石头上来，不是从空气中来，也不是从云彩上来，只能从地里种出来。如果全国的人都挖地，你挖一块，我挖一块，土地就会越来越少。土地少了，粮食也会少。人口越来越多，粮食越来越少，国家岂不是会出大问题。中国历史上出现过许多次大饥荒，还不是因为没有粮食造成的。作为一个支部书记，一定要站得高一些，学会从全局考虑问题。不能因为天天有白面馍吃了，温饱问题初步解决了，就忘乎所以，干杀鸡取卵的傻事。第三，你们要重建小学校，这个想法是好的，但不能以挖地卖土来筹集资金。没有钱，你们可以通过乡政府向县教育局打报告嘛，可以申请资金嘛！如果县教育局不批给咱们钱，我也可以跟他们说说嘛！第四，你说只是卖土，不是卖地，这个说法恐怕也站不住脚。熟土挖走了，露出了下面的生土瓣子，没法再种庄稼，这不是等于卖地一样嘛！要是一下大雨，挖成深坑的地肯定会积水，变成水坑。水坑里只能长蛤蟆，长蛇，长野苇子，种庄稼就谈不上了。房国春没有说到风水问题，没说挖坑的地方离他家的祖坟有些近。如果说到这些，就显得他有私心，他说话的分量就会减轻。但这个问题他心里是不会忘记的。房国春还说了第五，否定了以他的名字为小学校命名的说法，他说他只是一个普通教师，不是教育家，也没为房户营小学的建设做什么贡献，怎么能沽名钓誉，以自己的名字为学校命名呢！最后，房国春向房守本建议：还是尽快把挖地卖土的事停下来，以实际行动纠正错误，挽回影响。

房守本吸了一下舌，说这个这个，我们再商量一下吧。放在桌上的鸡蛋茶凉了，房守本没有喝。三婶子为他卧的荷包蛋，他也没有吃，就走了。

第九章

收麦不再仅仅是传统的方式，完全靠人工一镰刀一镰刀把麦子割下来。一些大型联合收割机从外地开来了，开始以机械化方式参与收麦。联合收割机的好处是，人们不用再头顶烈日，冒着酷暑，低着头，弯着腰，挥汗如雨地割麦。机器开进麦田里，只那么来来回回一过，就麦粒与麦秸两相分离，麦粒流进口袋里，麦秸泻在地上，连收带打都有了。过去是一场收麦半场打，一半工夫要花在打场上，从造场、晒场、碾场、扬场，到垛下麦秸垛，所用的时间比割麦长得多。而用联合收割机收麦，把场院里所有的工作都省略了。既然用联合收割机收麦省力省时又省事，大家都使用机器收麦不就得了，不，村里使用机器收麦的只有少数几户人家，绝大多数人家还是沿用千年来的收麦方式，手工割麦。

房光东的母亲一个人在家里，种了一亩多小麦。他提前给母亲写了信，寄了钱，要母亲千万不要再自己割麦了，一定要使用联合收割机收麦。房守现家、房守本家、房光民家、织女家，还有几家有在外边当工人的人家，都决定用联合收割机收麦。这就看出来了，凡是敢于使用机器收麦的人家，都是一些家庭条件比较好的人家，都是一些家里有点闲钱的人家。那时连机器带人雇人家割一亩麦要花二十块钱。二十块钱换成东西是一个什么概念呢，可以买一百斤小麦。也就是说，你让人家用机器帮你收麦，每收一亩，你就等于拿出一百斤小麦给了人家。收二亩呢，等于给人家二百斤小麦。好多人家没有钱，他们拿不出那么多现钱给人家。用新收下来的麦子顶账也是可以的。但麦子秋天种下，从秋到冬，从冬到春，从春又到夏，长了差不多一年才成熟。刚刚成熟刚收获的麦子就送给人家，他们有些舍不得。他们不心疼汗水，心疼麦子。汗水多洒一点没什么，把麦子给了人家就再也回不来了。

房国春的妻子已经在磨刀石上磨好了两把镰刀，像往年一样，她准备下地割麦子。她的岁数不算小了，后背已经有些驼。在农村妇女中，她的个子是比较高的，年轻时是笔管条直的一个人。现在不行了，因她长期弯着腰干活儿，拖累得背也驼了下来。背驼驼的是腰椎，是骨头，一驼就固定下来，再也拉不直。一棵树如果矮矮的，弯一点不大明显。要是一棵高树呢，弯一点就显而易见。她属于“高树”那一类，人们一眼就把她的驼背看到了。尽管如此，她不想花丈夫的工资雇机器割麦，还是准备自己动手割麦。出于对丈夫的尊重和爱护，每年麦季丈夫回来，她都不让丈夫割麦，一棵麦都不让丈夫割。四弟虽然参与割麦，但四弟总是割得很慢，割一会儿还要到地头吸袋烟，喝口水。她也不指望四弟，四弟割多少都可以，不割也没什么。但丈夫说：今年你别自己割麦了，雇个机器帮你割吧。

她说：没事儿，我把镰都磨好了，一共两亩多麦子，我起得早一点，割得晚一点儿，两天就割完了。

不割麦你着急吗？

也不是着急，谁都知道用机器收麦轻省，那不是得花钱嘛！省下气力不当什么，钱还是能不花就不花。

国家要实现四个现代化，其中包括农业现代化。用联合收割机收麦，我看就是农业现代化的组成部分，就是现代化的开始，我们一定要支持。

妻子说：没化的还多着呢，我看还是让人家先化吧。

房国春瞪起了眼珠子，说：废话！你是想让村里人笑话我吗？你看看你的腰，都快弯成虾米了，你在作死啊！

丈夫一瞪眼，妻子的眼皮就耷拉下来，妻子说好好好，你说什么，就是什么，还不行吗！

房国春到东南地里又看了一次，看到挖地取土的事不但没有停止，速度反而更快了，力度反而更大了。拉土的车一开过来，刨土的人很快就装满了一车。车装得溜尖溜尖，新鲜的泥土撒得一路都是。他上次看时，还是一辆车来拉土，现在变成了两辆车，取土的效率至少提高了一倍。这表明，他跟房守本说的话不但没有取得好的效果，却取得了反效果，使事情往更坏的方向发展。他相信，一定是房守本里通外村，把他的话跟砖窑上的人说了，砖窑上来的挖地人才变得争分夺秒，如此疯狂。看来房守本是变了，不再把他的话当回事。不但不把他的话当回事，还把他的话透给挖地烧砖的生意人，加紧出卖房户营村人的利益。

第一辆联合收割机隆隆开过来了，要给新任支书房光民家收麦。房光民家的麦地在村南，收割机必须通过村东的官路，再拐进西边的小路，才能开到村南的麦地。收割机往西边的小路上拐时，被路边的一堵墙挡住了去路。那堵墙是房守彬家的。他在责任田里栽了一些梨树，为防止有人偷梨，就搭了墙，把梨树园子圈了起来。收割机前面的收割器比较宽，至少有三分之一的部分被那堵墙挡住了，如果不把墙拆除，收割机就进不了麦地。房光民派人找到房守彬，让他立即把挡道的那面墙拆除。房守彬不干，他说墙搭在他自家的责任田里，凭什么要他拆除！房光民把房守彬说成是机械化收麦的绊脚石，拦路虎，如果房守彬自己不拆墙，有人会帮着拆，反正村党支部一定会搬掉绊脚石，打掉拦路虎。房守彬说，谁要敢拆掉他的墙，他就跟谁拼命。房光民不怕房守彬跟他拼命，他喊来几个年轻人，双手搭在墙上，喊了一二三，呼隆就把墙推倒了。房守彬的梨园里除了栽有梨树，还种有一些菜。众人推倒的墙头虽然没有砸坏房守彬的梨树，却把一畦辣椒和一畦茄子都砸在了下面。房守彬气坏了，气得暴跳如雷，口冒白沫，几乎昏倒在地上。他找到房国春哭诉，说：三叔，你看看房光民霸道不霸道，他简直就是一个活土匪啊！你还没回到县里，还没离开房户营，他就敢这样横行霸道，等你走了，不知他怎样无法无天呢！三叔，三叔，你一定要为你侄子做主啊！

房国春也认为，房光民的作风是过于粗暴了，事情完全可以协商解决嘛，何必采取如此强硬的措施呢！

房光民一直未到房国春家看望房国春。他不去看望房国春倒也罢了，当有人劝他去拜望房国春时，他不该说些不三不四的难听话。难听话是房守现转告给房国春的，因难听话比较特别，房国春一听就记住了。房国春不是喜欢听传话的人，对有些传话，他也不愿意相信。如果只是房守现一个人向房国春转告了房光民说的难听话，房国春相信不相信，恐怕还要打一个问号。后来村里又有一个人向房国春转告了房光民说的关于他的难听话，他脑子里的问号就拉直了，拉成了惊叹号。房光民说的是：我拜他干什么！敬他他是神，不敬他他就是泥胎。这话对房国春来说是新鲜的，他不得不承认，活了这么大岁数，他第一次听到这样的话。房国春知道，这地方以前就盖了不少庙，供奉了不少神。所供的神仙主要有土地爷、财神爷、送子观音、药王爷、红脸关公、太上老君，还有火神爷，等等。每尊神都是用高粱秆或苇子秆扎成骨架，骨架上绑上谷草，谷草上糊上泥巴，捏出四肢、头颅和五官，再涂上油彩，神像就塑画好了，人们就可以在神像前烧香，磕头。房国春琢磨了一下，琢磨出房光民的这句话是主观性和客观性相结合，前半句强调的是主观性，后半句强调的是客观性。人们主观上愿意敬神，神在人们心目中就是神。人们若不愿意敬神呢，事情就回到了客观，神就变成了泥胎。换一个说法，当人们在神像跟前烧香磕头顶礼膜拜时，神的地位是至高无上的。到了类似"文化大革命"那样的年代，人们不再信神了，纷纷把神像推倒，砸烂，神像就露出泥胎的本质，变得一钱不值。和自身联系起来，房国春琢磨出来了，作为房户营村的第二代领导人，房光民对他的态度是明确的。在房光民看来，他房国春在房户营村的地位如何，完全取决于房光民对他的主观看法，如果房光民愿意尊敬他，他就是一尊神。房光民不愿尊敬他呢，他就是以水和泥糊成的泥胎。这句话的本质含义，是指出房国春在客观上原本就是一座泥胎，不值得房光民尊敬和拜望。房国春无意当房户营的神，但他也不愿被人说成是泥胎。他感到了房户营村的新任支书对他的蔑视，也是对他的挑战，他的心情有些糟糕，也有些烦躁。我死了吗？他在心里问自己。他的回答是：我没有死，我还活着。他对自己说：你既然还活着，就堂堂正正地活，就俩眼齐睁着，不能睁一只眼，闭一只眼。

镇上这天逢集，房国春手持折扇，到吕店镇赶集去了。房国春一出发，在村口小卖店里当值的高子明就发现了，房守现、房守彬、房守云等人也发现了。他们一直在关注着房国春的动静，期待着房国春到镇上去，到权力机关去。只有房国春到镇上去见杨才俊，他们向房国春反映的事情才有戏。如果房国春待在家里，按兵不动，他们干着急也没用。一见房国春往镇上走，他们不免有些暗喜，这下好了，老家伙终于坐不住了，终于出动了。

在大规模收麦开始之前，这大概是吕店镇的最后一个麦集，好比春节之前的最后一个年集一样。赶集的人虽然仍然很多，但他们像暴风雨到来之前的蚁群搬家一样，有些行色匆匆。他们不像往日那样在集上闲逛，看见一个肥屁股的女人，还要即兴赶到前面，回头看看人家的脸。这日他们目标明确，买什么直奔目标而去，买到东西拿起来就走了。有人买了翻场用的三股桑杈，扛在肩膀上走了。有人买了晒麦用的箔篓，顶在头上回家去了。有人买了盛麦用的茓子，背在背上向镇外走去。麦集和年集的一个显著区别，在于它们的主色调有所不同。年集的主色调是红色，爆竹是红色，蜡烛是红色，春联是红色，连鲤鱼的尾巴都是红色，整个集市红彤彤的，是红火的景象。而麦集的主色调是白色，草帽是白色，木锨是白色，簸箕是白色，连刚上市的大蒜都是白色，在阳光的照耀下，整个市面白花花的，是白热化的景象。

房国春什么都不打算买，不割肉，不买黄瓜，也不打豆腐，他的目的地是乡党委和乡政府大院。走到街上，他看见一些人在临街的一个地方围观，也驻足看了一会儿。那里是一扇窗户，窗户用粗钢筋钉着铁栅栏，像是一扇铁窗。“铁窗”里面有一个妇女，妇女披头散发，青面白牙，在破口大骂。她一边骂，一边用手使劲晃动钢筋。钢筋晃不动，她骂得更恶毒，还向窗外吐吐沫。有了解情况的人介绍说，这个妇女是卖服装的，吕店镇三月三庙会之前，她批发进来不少服装，准备在庙会上大赚一把。不料庙会到来前几天，她被在街上奔跑的一只疯狗咬伤了。疯狗留在伤口里的毒液很快发作，结果她就变成了一个疯子，见人就张牙，见人就想咬。她的家里人知道，人如果得了疯狗病是治不好的。为了防止她咬伤别人，把别人也变成“疯狗”，家里人只好把她关起来，不给她吃，也不给她喝，让她等死。这个妇女大概很热爱这个世界，不甘心就此死去。她反抗的办法就是发狂，就是尽情地骂。她骂丈夫，骂孩子，骂公婆，骂父母，骂的都是自己的亲人。有人说，得疯狗病的人最怕水。一个小孩子拿滋水枪滋了她一下，她吓得果然尖叫一声，躺倒在地上。可过了不一会儿，她又爬起来到“铁窗”的窗口大骂。房国春对这个妇女的不幸遭遇连连摇头。人被疯狗咬了，但人毕竟不是疯狗，这样对待一个得了狂犬病的人，是不是太不讲人道了。

房国春走进乡政府大院，一个像是办公室干事之类的人出来拦住他，问他找谁？

房国春说：我找你们的一把手。

哪个一把手，是党的一把手？还是行政一把手？

进衙门最烦人的就是喽啰，房国春有些不悦，说：你们这里手真不少哇！我找杨才俊。

干事把房国春上下打量了一番，大概看出房国春气势有些不凡，不是等闲之辈，有些小心地问：您是——

我是他老师。

噢，杨书记正在开会，您先到接待室里休息一会儿吧。

休息什么，不用休息。你去告诉杨才俊，我现在就要见他。

好，我马上向杨书记汇报一下。您到接待室里喝杯茶总可以吧。

房国春扇了一下扇子，问接待室在哪里？

请跟我来。

房国春随干事到接待室里去了。

乡政府大院共有三排房子，每排十二间，分立在一条南北向甬道两边，东边六间，西边六间。所有房子都是一个模式，青砖红瓦，房前有可避雨的小小廊厦。别看街面上那么热闹，大院里却很清静。偶尔有手拿文件的人从甬道上走过，脚步都很轻。两只麻雀在接待室门前蹦蹦跳跳，像是在捡吃什么东西。

杨才俊快步走过来了，满脸笑着，问房老师好，用力和房老师握手。一只手和房老师握手犹嫌力度不够，杨才俊的另一只手也上去了，双手把房老师的手抱了一下，问房老师哪天回来的？

房国春说：大前天下午回来的。

老师回来了，也不让人告诉学生一声，学生应该到老师家里看望老师。

杨才俊的热情让房国春心里很受用，房国春让杨才俊坐下说话，说：我知道你很忙，能不打扰你，尽量不打扰你。

都是瞎忙，也没办法。上面千条线，下面一根针。上面的线都要往你这个针眼儿里穿，都要从你这个针眼儿过，哪一根线你都得接过来，什么线都不能拒绝。这不，县委副书记陈明泉一会儿要过来，说是检查麦收准备工作。我们正抓紧时间开一个领导班子会议，看怎么向陈书记汇报。

你正在开会，那我改天再来吧。

老师有什么事吗？

有几句话想跟你说一下。

杨才俊对跟过来的那位干事说：房老师是我在县里读高中时的老师，现在仍是我的老师。不管房老师什么时候来，你们都要热情接待，不许有丝毫怠慢。你去跟张乡长说一下，会议让他们接着开，不要等我。我跟房老师说几句话，很快就过去。杨才俊让房老师喝口茶，不要着急，有什么话只管说。

房国春说：那我就长话短说。这次我回来，村里不少人向我反映，对房光民接替房守本当支书有看法，据说有百分之九十五以上的人反对房光民当支书，房光民的群众基础很差。

噢，房光民的群众基础这么差呀，你不说我还真不知道。我听分管房户营村的管片副乡长老尹说，房户营村的党员百分之百赞成房光民当支书，我还以为房光民在村里群众基础不错呢！

村里还有人说，是我向你推荐了房光民，乡党委才提名房光民作为房户营村村支书的候选人。在我的印象里，房光民还是一个光屁股的毛孩子，我对他一点儿都不了解，凭什么推荐他当支书！

杨才俊笑了一下，说那是忽悠人的。话说到这儿了，我自己认为，在房守本退下来之后，房户营村的党员当中房守良最适合当支书。我不是当着老师的面才说这个话，我对所有的人都是这么说。房守良正派，无私，与人为善，德才兼备，是不二的支书人选。我跟守良私下里也说过这个话，希望他把支书的担子挑起来，配合一下乡党委的工作。守良一听我这个话，急得都快要哭了，说话也结巴起来。守良跟我说，要是让他当支书，就等于不让他在房户营待了，要把他撵出去。要是让他在房户营还有一口饭吃，就千万别让他当支书。

房国春说：才俊，我来找你，不是这个意思，不是想让房守良当支书。要是让房守良当支书，我第一个表示反对。房守良哼哼唧唧，唯唯诺诺，连一句响亮的话都不敢说，他有什么魄力当支书！守良和他娘的性格一样，天生的死头绵羊，不能喝别人，只能听别人喝。

这时，有一个妇女走进乡政府大院，大声喊：才！才！

还是那个干事拦住了她，问她找谁?

妇女胖胖的，头上顶着手绢，汗水溻湿了后背的衣衫。妇女左胳膊上挎着一个竹篮子，右手提着三只捆绑在一起的小公鸡。小公鸡明显是当年的鸡，当地人称之为笋鸡。妇女说，她是来找她的表弟杨才俊。

杨才俊闻声从接待室里出来了，把胖妇女喊表姐，让表姐到屋里坐。

表姐说，不进屋了，她没什么事。她口说没什么事，却又说：我上次跟你说的你表侄今年想当兵的事，你别忘了。

到秋天才征兵呢，不会忘。

表姐把手里提着的三只鸡朝杨才俊扬了一下，说：自己家养的笋鸡，不值啥，我给你逮了三只，你炒着吃吧。

杨才俊说：表姐，这个要不得。我家里扔的笋鸡吃不完，我还想送给你两只呢。你还提回去吧，留着给孩子吃。

那可不行，鸡既然拿来了，就没有再拿回去的道理。人家看我把鸡拿回去，不笑话我才怪。表姐说罢，把三只鸡往杨才俊脚前一放，就走了。三只鸡提溜在杨才俊表姐手里时，它们头朝下，爪子朝上，低眉耷眼，都很乖。表姐一旦把它们放在一处陌生的地上，它们像是意识到前景不妙，一起扑着翅膀挣扎起来。有的公鸡还噢噢叫，仿佛在对表姐说：你不能扔下我们不管啊！又仿佛在对杨才俊说：你不要杀害我们啊！

杨才俊向那个干事示意了一下，让他把鸡还给表姐。

干事提起鸡刚要朝表姐追过去，就被回头看了一眼的表姐发现了，表姐说：才，你是嫌礼轻吗？你是看不起你姐吗？这几只鸡你要是不收下，我再也不敢认你了！

杨才俊只好说：好好，留下吧留下吧！他回到接待室对房国春说：房老师您看，在基层工作难不难。不知道的，以为我们处在主动的位置，实际上，在不少情况下，我们是被动的，也是无奈的。

房国春点点头，表示能够理解杨才俊的难处。他说：我这次专门来找你，是要跟你说一件重要的事情。如果不说，我觉得对不起党，对不起人民，也对不起你。

老师说得很严肃。

本来就是严肃的事。房守本、房光民父子支书擅自出卖国家的土地，挖良田的土卖给砖窑上烧砖，这事你知道吗？

杨才俊的样子稍稍有些吃惊，他说：有这等事情？中央有明文规定，不许任何地方挖可耕地烧砖。他们这么干，胆子也太大了吧！他们挖地的地方你看了吗？挖了多少亩？

看了，挖的有七八亩。

挖了多深？

平均一米五。

这可不行，绝对不行！国土资源是保证国计民生的高压线，谁碰了高压线是要挨电击的。谢谢房老师以对国计民生负责的精神为我提供信息！请老师放心，我马上派人到房户营村实地调查，情况一旦核实，乡里一定要对相关人员做出严肃处理，决不姑息！

杨才俊有这样的态度，让房国春感到满意。村里盛传杨才俊很尊敬他，很愿意给他这个当老师的长面子，此言是符合实际的。他想对杨才俊说一声谢谢，又觉得对自己的学生不必客气，就没说。他起身说：那我就不耽误你的宝贵时间了，你接着开会吧。

杨才俊说：我今天就不陪老师到街上转了，您随便到街上走走，中午回来，到这里用餐。我请老师喝酒，到时候敬您三杯。

房国春说：不用了，你知道我不会喝酒。

陈书记来了，反正也要吃饭，大家一块儿吃吧。

房国春还是说免了，劝杨才俊也要少喝酒，多注意身体。

杨才俊说：好吧，那就改日再请您赏光。

第十章

房户营村全村只有一部电话，电话原来安在房守本家里。房光民当上支书后，电话就转移到了房光民家里。黑不溜秋的电话机不是大印，但在交接的程序上，它几乎成了权力的象征，几乎具有大印的意义。是呀，房守本把房户营村党支部的印章交给房光民的同时，把电话机也交给了房光民，电话机和印章至少是配套的。权力的运行靠什么，靠的是上传下达，不断从上边接收信息，并不断向下边发布信息。如果一个地方信息闭塞，信息进不去，就等于权力所不及。房户营村的电话是畅通的，权力运行也是正常的。乡里有什么指示，一个电话就打到房光民家里去了。房光民需要向乡里请示什么事情呢，一个电话就打到乡里去了。电话除了用于权力的运行，有时还能派上一些别的用场。比如村里有一个人到城里捡垃圾时，偷了人家的井盖子，被城里人抓了起来。同去捡垃圾的人要给被抓者的家人说一下，就把电话打到房光民家里去了。房光民家里除了有电话，还有扩音器，和安在院子一棵椿树上的高音喇叭。房光民的老婆接到电话，问清对方找谁，通过高音喇叭一喊，接电话的人就一路小跑，到房光民家接电话去了。这样的电话属于传呼电话，接电话的人是要交钱的，接一个电话交给房光民的老婆一块钱。如果你不愿意交钱，那好吧，下次再来电话就不传呼你了。

这天下午，房光民的老婆杜兰妮接到一个电话。这里人接电话有一个习惯，都是先问：谁呀？

对方不说是谁，只说：我找房光民。

杜兰妮还是问：你是谁？

对方仍不说他是谁，只说了一个姓，说：我姓杨，让房光民马上到乡里来一趟。

一听说对方姓杨，杜兰妮的脸立即笑成了一朵花。不管她笑得多么灿烂，对方也看不见。但看不见她也要笑，只有脸上的肌肉是笑的形状，嘴里才能发出笑的声音。她说哟，你是不是杨书记呀？

对方没有回答她是不是杨书记，就把电话挂掉了。杜兰妮把电话听筒看了看，听筒发出一连串嘀嘀嘀的声音。她不敢怠慢，把电话扣好，马上到外面找房光民。她先来到公爹家，看房光民在不在那里。房光民在当支书方面好像还没有断奶，动不动就往爹娘家里跑，遇到什么事还是到爹娘那里讨主意。然而房光民这会儿不在公婆家。杜兰妮有些着急，嘀咕说：光民会到哪里去呢？杨书记打电话找他。

一听说杨书记来了电话，公公房守本和婆婆宋建英都重视起来，婆婆说：你这个兰妮，你瞎跑什么，不会在大喇叭上喊光民哪！

一句话提醒了杜兰妮，看来当支书的老婆也需要学习。她马上跑回家，打开扩音器，对着扩音器喊：光民，光民，乡里杨书记打电话找你！光民，光民，你在哪里？你听到了吗？扩音器的扩音效果和大喇叭的扬声效果都不错，杜兰妮在大喇叭上这么一喊，全村在家里和地里的人都听见了，连树上的鸟和地洞里的老鼠也听见了。村里人不知不觉仰脸往天上找，想看看乡里的杨书记是不是在房户营上空。鸟和老鼠被大喇叭的大嗓门吓了一惊，他们不知道光民和杨书记是谁，也不知道光民和杨书记是什么关系。此时从村东官路上路过的外村人，也听到了大喇叭所呼叫的内容，他们脑子里留下了一个信息，知道乡里的杨书记跟这个村的光民是有联系的。

房光民正在东南地里和房国坤干架。

房国坤家的麦子收完了，地也整好了，准备种玉米。这里的土地一般来说每年要种两茬庄稼，冬小麦是一茬，秋庄稼是一茬。小麦在夏季到来收割之后，人们不给土地任何喘息的机会，接着就给土地播下了新一茬种子。种子里有大豆、谷子、高粱、芝麻，等等。所谓夏收、夏种、夏管的“三夏”大忙时节，指的就是这一段时间。房国坤拉着一辆架子车，车上放着半口袋玉米种子，自西向东往地里走。砖窑上的人挖坑取土还在继续，一辆装满新土的大斗子三轮车正砰砰砰迎面开过来。三轮车烧的是柴油，发动机每嘣一下，便有一股子浓浓的黑烟放响屁般从烟筒里喷出来。

房国坤一看见拉土的三轮车，气就不打一处来。他拉着架子车，走在路中间，低着头，装作没看见对面来的车，只管往前走。他要看一看，开三轮车的人敢不敢撞他。

开车的人把车停下了，哎哎地提醒着房国坤，打着手势让房国坤靠边走。

这条田间小路错不开两辆车，房国坤若是靠边，若是为三轮车让道，就得把架子车拉到别人家的地里，这是房国坤不愿意做的。于是房国坤也站下了，他定定地看着开三轮车的司机，与三轮车形成了对峙。

司机把三轮车熄了火，从车上下来了，对房国坤说：你拦着路干什么，让让嘛！

房国坤说：放狗屁！拦路的是你，不是我。

嘴里放干净点儿，你怎么能骂人呢！

我就是骂你了，怎么着。你们挖我们的地，你们是强盗！房国坤把车把往地上一支，坐在车杠上，掏出烟袋，吸开了烟。

司机一看房国坤这架势，没有再说什么，到村里找房光民去了。

房光民过来了，问房国坤怎么回事？

房国坤翻了房光民一眼，没说话。那天三哥从镇上回到家，对他说，在乡里见到了杨才俊，把村里挖坑卖地的事对杨才俊说了。杨才俊态度很明确，说对挖可耕地的行为一定马上制止，并对相关责任人做出严肃处理。三哥还对他说，杨才俊要留他在乡里吃饭，向他敬酒，因时间还早，他就没在乡里吃饭。三哥已经回到县里去了，可房户营村挖地的事并没有得到制止，房光民的支书仍坐得稳稳当当的，连一点被严肃处理的迹象都没有。房国坤不明白这是怎么回事。

房光民对房国坤说：你坐在这里干什么，给人家让开路嘛！

房国坤说：天是房户营的天，地是房户营的地，路是房户营的路，要让路只能是他们给我让路，我凭什么给他们让路！

房光民说：路上都是轻车让重车，人家是重车，要是退回去的话，说不定会翻车。

翻车活该，谁让他们来挖我们的地呢！

你这样说话就不讲道理了。有理走遍天下，无理寸步难行。

谁不讲道理！你这孩子，怎么跟我说话呢！我跟你爷是一辈，我是你四爷！

什么四爷不四爷，在我眼里，你就是一个普通村民，在房户营村，你就得听我指挥。现在我命令你，把架子车拉到一边去，把路给人家让开！

我听你指挥，狗屁，你算老几！我告诉你，房户营指挥我的人还没生出来呢！你干吗胳膊肘子往外拐，人家给你什么好处了？

房光民动手了，他推起架子车的车尾，使劲往旁边的麦茬地里推。

房国坤当然不会相让，他收起烟袋，抓紧车把，不让房光民把车推走。但房国坤毕竟岁数大了，不如房光民力气壮，房光民三推两搡，就把房国坤连架子车带人推到旁边的麦茬地里去了。

已经跳上三轮车，伺机而动的司机，赶紧把车开跑了。

房光民这时从空中听到老婆呼唤她的声音，听到老婆说杨书记打电话找他，转身就回家去了。

房国坤有些气急败坏，他骂了房光民的娘，说：你横什么横，你的支书还在狗尾巴上提溜着呢，让你干，你还能干几天，不让你干，立马把你从狗尾巴上拽下来。房国坤也从大喇叭里听到了杨书记找房光民的信息，他想，杨书记总算开始找房光民的事儿了。房光民好小子，你就等着拉一筐再溅一筐系子吧！

房光民回到家，见爹娘已来到他家里等他。爹娘要帮他分析一下，杨书记电话召他到乡里会是什么事。房光民说：我先打电话问一下。他打通了杨书记的电话，自报家门说：我是房光民，杨书记找我？

杨书记说：你马上到乡里来一趟。

杨书记有什么事儿吗？

杨书记口气有些严厉，说：没事儿不会找你，你来了再说！

房光民放下电话，神色有些不宁。房守本笑了笑，缓解气氛说：没事儿，我估计是因为房户营卖土的事儿。我跟你说两条儿你记着。第一条，卖土的事是上一届党支部决定的，有啥事儿我顶着。第二条，卖土的钱是为了翻建学校，我们一分钱都不往腰里揣。你只要咬住这两条，就不会有什么大事儿。这些事儿我经得多了，没有迈不过的坎儿，没有过不去的桥。

宋建英说：是不是房国春那个老东西把咱们给告了？

房守本说：先不说这个。他对房光民说：你骑上自行车，马上到乡里去吧。见到杨书记，你就说我向他问好。

房光民到乡里见到乡党委书记杨才俊，杨才俊对房光民毫不客气，上来劈头就说：房光民，你好大胆，你敢和中央对着干！

不敢不敢。我不知道杨书记指的是什么事。

你少跟我装糊涂，装糊涂还轮不到你，你还嫩点儿。我让你自己说，我找你是为什么？

房光民挠了挠后脖梗子，脖子里忽地出了一层汗珠子。他说：我们村最近向砖窑上卖了一些土，这事儿跟我没关系，那是上一届党支部领导班子定下来的事。

什么上一届党支部，不就是房守本嘛！你少拿你老子顶缸，顶缸是顶不了的，只会把缸摔碎在地上。你是新任党支部书记，我只拿你是问。

第一条咬不住，房光民拿出了他爹交给他的第二条，说村里卖一点土，换一点钱，是为了翻建村里的学校，给村民办一件实事。至于卖土所得到的钱，他一分都不会往怀里揣。

谁让你们翻建学校的？谁批准你们翻建学校了？你们打着翻建学校的旗号，目的还是为了私利。关键问题是，土地是国家的，你们有什么权力出卖国家的土地！守土有责，作为新任的党支部书记，你的一个重要职责就是守卫好国家在房户营村的土地。你不但没守卫好国家的土地，还擅自出卖国家的土地，要你这个党支部书记干什么！

房光民不光脖子里出汗，脑门儿上也出了汗。他没想到问题这么严重，也没想到杨书记训起人来这么厉害。别看他让房国坤让路时一身的霸气，到了杨才俊面前，他像一只被人拔去气门芯儿的自行车轮胎，变得软塌塌的。他的救命稻草是谁呢？还是他爹。他说：我爹让我向您问好。

杨才俊把手挥了一下：不要再跟我提你爹，谁都不能代替你。杨才俊像房光民的爹一样，也是跟房光民说了两条：第一，立即停止挖坑卖地；第二，就卖地一事向乡党委写出深刻检查。乡党委将视检查情况再考虑对你如何处理。好了，你可以走了。

房光民垂了头，没有马上就走。他想问问，房户营卖土的事杨书记是怎么知道的。他试探着问：房国春前几天回来了，他到乡里来了吗？

杨才俊冷冷地说：你问这个干什么？房国春来不来乡里，跟你有什么关系！我告诉你，一事当前，首先要端正自己的态度，要从自己身上找原因。要想人不知，除非己莫为。怀疑这个，怀疑那个，对你没什么好处！

房光民骑车回到家，见爹娘还在他家里坐着等他回来。爹吸烟，娘也吸烟，两个人把屋里吸得烟气缭绕。房光民一回来，他们都把烟从嘴上拿下来，张着眼看房光民的脸。他们都是会察言观色的人，一看房光民的脸色，就知道杨才俊没给房光民好果子吃，给房光民吃的不是酸果子，就是苦果子。房光民的老婆杜兰妮也看出房光民脸色不好，倒了一杯水，递给丈夫，让丈夫坐下歇歇吧。房光民对杜兰妮说：不喝，滚一边去！

娘说：光民，你这样不对。一个男人家，不管遇到啥事，要担得起，放得下，不能拿家里人撒气。

房光民也吸烟。爹抽出一支烟，递给房光民，让房光民抽支烟，沉住气，慢慢说。

房光民抽了两口烟，才把杨才俊给他说的两条跟爹娘说了。

爹又笑了。凡是需要缓解气氛的时候，爹都要笑。爹笑得有些勉强，有些干，但他嘿嘿的，确实在笑。爹说：杨才俊给你说的这两条，都没出我的预料。我知道他，他对每一个新上任的支部书记都要给你来一个下马威，都要在你面前树立他的威信，让你害怕他。他这种做法完全可以理解。他当书记时间也不长，威信还没有树立起来。他的家就是杨庄寨的，在本地亲戚很多，熟人很多，如果大家都跟他套近乎，嬉皮笑脸，他不拉下脸子，就无法开展工作。

房光民问爹：那，他跟我说的两条怎么办？

爹说：别说两条，一百条都不怕。他说几条，咱有几条等着他。第一，土该挖只管让人家挖，人家都交过钱了，总不能再把钱退给人家吧。你们不知道，杨庄寨的砖窑就是杨才俊的堂弟办的。如果没有杨才俊在背后撑腰，谁敢在咱们这块一马平川的土地上办砖窑！砖窑张着大嘴，它吃什么？屙什么？它不吃风，也不屙沫，只能是吃土，屙砖。土从哪里来？从河里挖行吗？不行，河里不是稀泥，就是砂姜，烧不成砖。从河堤上挖行吗？也不行，河堤上的土早在修大寨田的时候就挖光了。烧砖的材料从哪里来，只能挖地里的土。我们卖一点土给杨庄寨的砖窑，其实是对杨才俊堂弟的支持。杨才俊的堂弟不是傻子，他烧砖窑赚的钱肯定会分一些给杨才俊。这样算下来，我们对杨才俊堂弟的支持，也是对杨才俊的支持。我们支持他赚钱，他还有什么可说的。第二，写什么检查，一个字都不要写。不写空口无凭，构不成什么事儿。一写白纸黑字，想抹就抹不掉了。我当了几十年支书，从来没写过什么检查。

宋建英说：那是的，你一个瞎字皮都不识，写检查拿什么写。

这不是识字不识字的问题，是经验问题。经验多了，遇到事情才知道怎样处理。

房光民问爹：他跟我要检查怎么办？

爹说：等吃过晚饭，我去找他。我当支书的时候，他什么都不是。他入党还是我批准的，我不信他不给我面子。

宋建英问房光民：你没问问杨才俊，是不是房国春那个老不死的告了你的状？

房光民说：我问了，杨才俊不让我问，还把我熊了一顿。

宋建英说：不用问，肯定是那个老叫驴把咱给告了。你爹退下来之后，他光想让他儿房守良当支书。房守良没当上支书，他就气不顺，看你不顺眼。他这次回来，就是扎着找事儿的架势回来的，我跟他说话，不知他是嘴哼还是屁眼子哼，脸子难看得像驴鸡巴出溜过一样。

房守本没有说话，没有否认宋建英的判断。他上次找房国春说话，并没有把房国春说服，等于房国春把他的话一一驳了回来。他相信房国春不会善罢甘休，而且，房国春到杨才俊面前告状是有方便条件的，房国春也做得出来。生来就是一条咬人的狗，你想不让他咬人也难。

房光民说：还有房国坤，他竟敢骂我。

宋建英一听骂字，仿佛顿时来了精神，她问：什么时候？

房光民说：就是今天下午，他拦着人家拉土的车不让走，我说了他几句，他就骂我，还说要把我的支书从狗尾巴上拽下来。

宋建英长长惊叹了一声，说泥巴狗子作阴天，他也跳出来了。你爹当支书的时候，他成天追着你爹，舔你爹的屁股沟子。你爹刚不当支书，他的舌头就缩到老鳖肚里去了。哪天见了他，看我不骂死他个断子绝孙的老王八。

吃过晚饭，房守本骑上自行车，到乡里找杨才俊去了。乡政府大院最前面一排房子的东南角，有一个封闭起来的、自成一体的小院，小院有铁门，有院墙，墙头上方还镶嵌着尖锐的玻璃碴子。杨才俊的老婆、孩子，都在小院里吃住。杨才俊从书记办公室里下班后，不用再回到杨庄寨的家，他往前一走，往右一拐，用钥匙打开铁门，就回到了自己的家。乡政府大院等于就是他的家。有记者报道说，杨才俊同志非常爱岗敬业，非常忠于职守，是党的好干部。房守本去见杨才俊时，给杨才俊带去了三百块钱。那是 20 世纪 80 年代中期，杨才俊一个月的工资还不到五十块钱，三百块钱相当于杨才俊半年的工资还要多。房守本在小院里见到杨才俊时，杨才俊正在院子一角喂他的狗。杨才俊养的是一只巨型德国黑背狼狗，狼狗被杨才俊用铁链子拴在一棵枣树上。杨才俊喂给狼狗的不是白馍，也不是剩面条，而是一只活鸡。杨才俊把去掉捆绑的活公鸡扔给狼狗，狼狗一嘴就把活鸡咬住了，几扯几撕，就把活鸡撕成了粘着鸡毛的肉块。因房守本多次来过这个小院，狼狗是认识他的，只看了他一眼，没有冲他叫。

杨才俊对房守本的态度与对房光民的态度果然不同些，杨才俊称房守本为老支书，说老支书来了，欢迎欢迎，请屋里坐。

房守本一进屋就把三百块钱掏了出来，说：没给孩子带什么东西，不知道给孩子买点什么。这是三百块钱，你看着给孩子买点儿什么吧。

杨才俊说：不必，孩子都大了，他们什么都不缺。老支书，咱们之间用不着这个。你是谁，我是谁，没有你当年对我的栽培，我哪里会有今天。

房守本说：栽培说不上，主要还是靠你自己的能力和努力。沙发前面有一个茶几，茶几上放着一本大开本的书，房守本把钱夹在书本里了。

那本书是地委党校发给杨才俊的学习材料，杨才俊正在参加党校的函授学习。参加这样的学习是必要的，可以为下一步的进步打基础。杨才俊把房守本看了看，关切地问：老支书身体怎么样，我看你状态挺好的。

身体还可以，中午吃捞面条还能吃两碗。

杨才俊想跟房守本开个玩笑，说不错，只要能吃，身体就有动力。幸福生活保持得怎么样？

幸福生活对他们来说是一个隐语，指的床上夫妻之间的那件事。房守本无心跟杨才俊说笑话，但杨才俊把笑话说到了，他不配合又不行。人家跟你说这些话，表明人家跟你私交好，不外气。于是房守本笑了，笑得还不小，说不行了，拉了秧子的黄瓜，幸福不动了。

老支书谦虚了，我看你一点问题都没有。

我连孙子都有了，我这一张确实该翻过去了。我只是对光民还不太放心，光民毕竟年轻，经得少，见得少，没什么经验，以后还靠才俊书记对他多批评，多帮助。

这个没问题，老支书尽管放心。人的经验，包括政治经验，都是一步一步积累起来的，都是从小到大，从弱到强。我对年轻人有时要求严一些，正是希望他们能够加快成长的步伐。对光民也是如此。

狼狗突然叫了两声。因狼狗头大如斗，它的叫声也像斗一样大，共鸣很好。

房守本问：有人来吗？

杨才俊说：没事儿。这家伙耳朵灵敏得很，院子外面过一只老鼠它都听得见。

房守本想向杨才俊讨一个底，房光民是不是不用写检查了。想到问出来显得太直白，就没问。他只说：才俊书记这么一说，我就放心了。

杨才俊轻轻拍了拍房守本的腿，说老支书，基层工作难做，有一个问题，我不得不提醒你一下。

房守本刚说了放心，听杨才俊这么一说，他的心又提了起来，让杨才俊说吧。

杨才俊说：房户营村不是孤立的，它和周围的村子都是有联系的。房户营村的人也不是孤立的，他们和外界的人联系更多。有人和乡里有联系，有人和县里有联系，有人和省里有联系，有人说不定跟中央也有联系。村里发生点什么事，我们想捂是捂不住的。我的意思你明白吧？

房守本想了想，点头表示明白，说：房国春回来期间，村里有些事情我跟他解释过，我对他一直很尊重。

我只是一个泛指，具体人就不要提了。杨才俊说的是不提具体人，但他后面的话一点儿都不抽象，针对性很强。他说：有些人是很自负的，也是很爱管闲事的，对这样的人最好不要得罪他，大家保持一团和气为好。你看，只顾说话了，忘了给你倒茶喝。杨才俊喊他妻子，过来给老支书倒茶。

房守本说：不用，我在家里刚喝过稀饭，不渴。

杨才俊的妻子还是从另一间屋过来，给房守本倒上了茶。

杨才俊又把房守本叫成了老兄，说老兄，我跟你说实话，对于房户营的事，我心里确实有点儿打鼓。什么事就怕有人往上捅，一捅上去就麻烦了，到时候恐怕谁都保不了谁。

我知道，有时鬼来了，你想躲都躲不过去。

人不能和鬼纠缠，能躲还是想办法躲开好一些。

第十一章

这天吃早饭之前，公鸡在叫，炊烟在冒，房户营村的人一递一句传递着一句话：开始了，开始了，快去看吧！这家的人隔着院墙对另一家的人说：开始了！另一家的人刚从茅房里站起来，就迫不及待地跟另一个从茅房里站起来的人说：开始了！一时间，好像整个村的人都在说开始了。孩子说话口齿还不清，把开始说成开洗，也在说开洗了，开洗了！

什么开始了？让房户营村的人如此兴奋？是耍猴子的来了吗？是唱大鼓金腔的来了吗？是要搭戏台唱大戏吗？不是，是宋建英骂房国坤开始了。在他们看来和听来，宋建英骂房国坤，比耍猴子、唱大鼓金腔和唱大戏的效果一点儿都不差。演那些节目的人，房户营村的人都不认识。而宋建英和房国坤，他们都很熟悉，看熟人表演，总是好玩一些。从戏剧冲突的强度来讲呢，宋建英和房国坤的冲突恐怕更有潜力，刀枪剑戟都会派上用场。

宋建英看见房国坤肩扛着一张铁锨从村口走过来，远远地就开始骂。宋建英骂人造诣颇深，技巧娴熟，堪称是一位骂人的专家。如果骂人也评职称的话，宋建英的职称应该是顶尖的那一级。她并没有到专门的学校参加过培训，也没有拜师学过艺，完全是无师自通，不知不觉就达到了炉火纯青的程度。人们评价说，一棵刚生发的桐树长得好好的，被她骂上几句，桐树的叶子就会脱落，桐树就会死掉。人们还说，她能把一只活蹦乱跳的蛤蟆骂死，还能把死去的蛤蟆骂活，并把蛤蟆骂出尿来。宋建英骂人的特点是善于联系实际。她骂谁，不一定指出那个人的名字，但她一联系实际，别人一听就能对上号，就知道她骂的对象是谁。宋建英骂人不像别的妇女那样，骂来骂去老是重复自己。宋建英的骂是创造性的，一般不重复自己。比如别人骂狗日的，她就不再骂狗日的，骂成驴日的，猪日的，老鳖日的，兔子日的，老鼠日的，长虫日的。反正她可借助的资源多得很，嘴里的词儿也有的是，一骂就别开生面。宋建英的骂富有想象力，原本没有的事，经她一想象，似乎就有了事。另外，宋建英的嗓子也很好，骂声传得远，吐字清晰，骂上半天嗓子都不待卷刃的。这里说一个人唱戏唱得好，其中一个评估是唱腔能打出棚，宋建英完全可以和一个好演员媲美，她的"唱腔"不仅可以打出戏棚，还可以直冲霄汉。宋建英站在她家门口一开骂，全村的人都能听见。宋建英一上来就抓住了房国坤的实际，说你个恶鬼，你娶过两个女人，两个女人都不跟你过。你为人不凭良心，老天爷在天上看着你呢，老天爷让你断子，让你绝孙，一个根根芽芽都不给你留下。你不得好死，下雨遭雷劈，出门遭车碾，吃饭得噎食，喝凉水也塞牙。你哪天咔吧死了，连一个给你摔恼盆的人都没有，连一个给你烧纸的都没有。

宋建英虽然没有点房国坤的名，但房国坤一听就听出来了，宋建英是在骂他。房国坤也是一个有脾气的人，或者说是一个脾气粗暴的人。娶第二个老婆时，为一点小事，曾把老婆吊在梁上暴打，把老婆打得鬼哭狼嚎。听见宋建英骂他，他眉头一皱，肚子里很快鼓起了一个疙瘩。疙瘩在迅速成长，越结越大，好像从一个砸蒜用的小碓头，变成了一个在碓窑子里舂米的大碓头。要是换成别的人，房国坤或许会把“碓头”掏出来，向骂他的人头上砸去，把对方砸得头破血流。但目前的骂人者是宋建英，这就有点不大好办。如果和宋建英对骂，他当然不是宋建英的对手。如果上去抽宋建英两个嘴巴子呢，宋建英也许会老实一会儿。但他明白，宋建英背后站的是房守本和房光民。宋建英在门口骂人时，说不定房守本和房光民就在门里站着，他稍有动作，他们父子会随时冲出来，把他打倒在地。算了，他伸伸脖子，把疙瘩压下去，回到家再慢慢消化。宋建英又没提他房国坤的名，他干吗接过恶屎盆子往自己头上扣呢！他听说过鸡不跟狗斗、男不跟女斗的说法，自己是一个男人，和一个女人斗什么劲呢！房国坤往回走，不合适；站下不走，也不合适，他只好耷下眼皮，硬着头皮，想溜着墙边走过去。

站在高子明小卖店那里的房守现、房守彬、房守云、织女等人有些着急，要是房国坤溜走就完了，就没戏了。一只巴掌拍不响，一只鸡压不成蛋。只有两只巴掌拍在一起，才能发出响声来。

只有一只公鸡跳到另一只母鸡背上，才会出现压蛋的过程。房守现急得自己的手指不知不觉间捻在一起，好像大拇指代表宋建英，食指代表房国坤，两个手指正在互相掐。

还好还好，宋建英不放房国坤走。宋建英盯着房国坤骂道：你个不要脸的东西，耷着你的狗眼干什么！把脑袋缩到鳖肚子里干什么，你以为把头装裤裆里我就不认识你了，就不知道你是你们家的第四个坏蛋了。

宋建英这样骂，已跟指名道姓差不多，房国坤不说话不行了，他问：你骂谁？

谁揽茬，我骂谁！

我是你的长辈，骂长辈是不对的。

你算什么长辈，你长到茄子地里去了，长到茅坑里去了！你不是骂房光民吗？你不是要日房光民的娘吗？房光民的娘就在这里，给你，你日吧，我看你个日娘的敢日不敢日！

村里看热闹的人群纷纷围拢过来，把宋建英和房国坤围在了中间。好比看耍猴儿的人都要围成一个场子，房户营村人也为宋建英和房国坤围成了一个场子。场子对猴子耍把式有一个促进作用，同时对猴子也是一个限制，防止调皮的猴子从现场逃走。村里人把宋建英和房国坤围在场子里，大概也是出于这样的动机。见不少人围过去了，房守现、房守彬们也不在小卖店门前站着了，向宋建英和房国坤所在的核心地带围拢去。房守现稍稍有些激动，连日来他所烧的底火总算没有白烧，总算收到了初步的成效。他希望房国坤拿出自己的胆气和豪气，尽快和宋建英骂起来，打起来。房守现注意到房国坤肩上扛着的一把铁锨，这把锨被房国坤打磨得亮亮堂堂，一点儿土都不沾，锨口那里闪着青光。这样的铁锨可以轻易斩断一条蛇，也可以斩断树根。倘若房国坤恼上来，能把铁锨当武器使用一下就好了。

然而，房国坤的表现让房守现失望了。房国坤的铁锨仍然扛在肩上，他说：鸡不跟狗斗，男不跟女斗，我不跟你一般见识。

宋建英及时捕捉到了房国坤所说的狗字，她骂：你才是狗呢，你是狗鸡巴日的，狗水门将的，狗娘养的！

这里说一个人骂人骂得厉害，说是骂得燎脸。宋建英的詈骂如口吐火焰，确实有些燎脸。房国坤的脸皮也许已经被燎破了，但他没有选择抵抗，伸着脑袋，匆匆走出了人们的包围圈。

宋建英犹不罢休，冲着房国坤的后背又骂了好几句。

其结果是，宋建英大获全胜，房国坤落荒而逃。

晚上，房守现悄悄到房国坤家里去了。他去房国坤家，不必经过宋建英家的大门口，村子底部的坑里沿有一条小路，他沿着小路，走一条直线，就从自己家走到了房国坤家。见到房国坤，他叫了一声四叔，又叫了一声四叔，并不说话，只是长吁短叹，连连摇头。他的样子不像是同情四叔，倒像是需要四叔同情他；不是他来安慰四叔，倒是需要四叔安慰他。他作态作得有些过头，以致房国坤以为他遇到了什么难事，问他：守现，你怎么了？

四叔，我替你难过。理不公，气死旁人！她一个女人家，凭什么骂一个长辈，凭什么骂你骂得那样难听。这在房户营的历史上恐怕是头一份。

房国坤说：因为我骂了房光民，所以宋建英就骂我。

你骂房光民是应该的，谁让他向着外人呢！宋建英骂你就不应该，她骂你就是不讲理，就是欺负人。

碰见这样的恶道女人，你能有啥办法！

她没碰见我，她要是敢那样骂我，我就敢拿铁锨拍她。她有一口气，我也有一口气，她拿我出气，我干吗把气咽下去！她有一条命，我也有一条命，我拿铁锨拍了她，顶多是一命赔一命。

房国坤狠狠吸了一口烟，铜烟袋锅子里的烟红了一下，里面的粗烟麻麻叭叭一阵响，他的火气似乎也被激发出来。他说：你等着，我饶不了她！

关键是，她不是骂你一个人，她连三叔都骂了。三叔没招她，没惹她，她凭什么骂三叔！三叔为村里办了那么多事，我们对三叔尊敬都来不及，她竟敢骂三叔，太不像话了，太让人气愤了！

我得去跟你三叔说说，让他再回来一趟，把房户营的事好好管管。

房守现心说：对，对，我来的目的就是让你去找房国春。别看你整天瞪眼巴叉的，好像把谁都不放在眼里，其实你不过是一个软蛋，一个屄包，根本不是宋建英的对手。能和宋建英匹敌的，只能是房国春。房守现嘴上说：是呀四叔，我就不明白，你怕什么！她宋建英的腰虽说有房守本、房光民撑着，给你撑腰的人更多，有三叔，有杨书记，还有房户营村的广大革命群众，我们坚决支持你！

提到杨书记，房国坤有些纳闷地说：上次你三叔回来找了杨书记，杨书记对你三叔很热情，说一定要对房光民进行严肃处理。你三叔回县里好几天了，处理房光民的事怎么没一点儿动静呢！

房国春到乡里找过杨书记，房守现是知道的。至于杨书记跟房国春说了什么，房守现这是第一次听说。他把脑袋向房国坤伸得近些，问：杨书记真的说过这个话？

这还会有假！那天杨书记非要留你三叔在乡里吃饭，说要向你三叔敬酒，你三叔没在那儿吃。这都是你三叔亲口对我说的。

你看，还是三叔厉害吧！只要三叔一出马，连杨书记都得给他牵马。好，只要杨书记说过这个话就好。昨天杨书记打电话让房光民到乡里去，我估计就是为了教训房光民。

联想到事情的前因后果，房国坤好像突然明白过来，他说对了，一定是乡里要处理房光民，宋建英听说了，气没地方出，就拿他撒气。

房守现说：鸡急上房，狗急跳墙，这有可能。这些情况你都要及时向三叔汇报一下。

房国坤坐上汽车，到县城找三哥去了。爹娘死了，大哥死了，二哥死了，现在只剩下一个三哥。房国坤一直跟着三哥、三嫂生活，对三哥是依赖的。见到三哥，他似有满腹委屈要对三哥诉说，尚未开口，两眼已泪花花的。他们弟兄都是大眼睛，眼珠都有些外突，白眼珠上的血丝状如不规则的闪电线路。弟兄的心是相连的，房国春见弟弟眼里含了泪，他的眼睛也有些湿。不过房国春以硬汉自诩，他不允许自己流眼泪，也不喜欢别人流眼泪。“文化大革命”中，他曾被造反派打断过两根肋骨，但他仍然高呼毛主席万岁，一滴眼泪都没掉。他问房国坤：村里的情况怎么样？

宋建英骂我。

我问你村里的情况。

我说的就是村里的情况。

挖可耕地的事停了吗？

没停，该挖还是挖。

房光民受到处理了吗？

没有，他身上连一根毛都没掉，该怎么奓毛还怎么奓毛。

什么事情都要有一个过程，不能着急。宋建英为什么骂你？

我骂了她儿子房光民，她就骂我。她骂我骂得很难听，我都说不出口。千不该，万不该，她连你都捎带上了。她说我是咱家的第四个坏蛋。

浑蛋，她才是坏蛋呢！房守本呢，他是什么态度？

他老婆拦着路骂我，房守本连一个面都不露。我敢肯定，宋建英骂我是房守本指使的。

杨才俊是什么态度？宋建英骂你的事他知道吗？

我不知道他知道不知道，可能不知道。

你可以跟杨才俊说一下。

我可跟他说不上话。你当过他的老师，我又没当过，他哪里知道我是谁。

房国春指点着房国坤说：你呀，我看你就是个短捻子，窝儿里横，见不得当官的。一看见当官的，你就软了秆子。你就说我让你去找他，你怕什么！

我才不去找他呢，他当了书记之后，尾巴都撅到天上去了。

你怎么能这样说话呢，怀疑一切是不对的。

不是我怀疑，我听说杨庄寨的砖窑就是杨才俊的堂弟杨才广承包的。不给鸡喂食，鸡就不会下蛋。不往砖窑里装砖坯子，就没法烧砖。砖坯子哪里来，还不是用土摔成的。不光房守本、房光民往砖窑上卖土，外村的人也有往杨庄寨的砖窑上卖土的。

你听谁说的？

村里人都这么说。

别人这么说，你不要跟着瞎说。凡事要讲根据，没有根据的事不能听风就是雨。

房国春带四弟到学校的澡堂洗了澡，给四弟买了一件雪白的针织半袖汗衫，还安排四弟到县剧团的剧场看了一场戏。

房国坤到县城找房国春期间，房户营村风传着两条消息。一条是，乡里杨书记说了，要对房光民进行严肃处理。房光民的支书是兔子的尾巴，长不了啦。另一条是，宋建英骂过房国坤之后，房国坤咽不下这口气，到县里找他三哥告状去了。房国坤临走发下狠话，要不把房光民的支书拿下来，他就头朝下倒着走路。既然两条消息都对房光民不利，人们甚至开始讨论下一步谁当支书的问题。他们扒着人头，把房户营村所有的党员又扒拉了一遍，好像都不行，不是歪瓜，就是瘪肚梨，都不适合当支书。

房守现想起，老队长房守成曾跟他说过，可以让他的大儿子房光金当支书。在房守成没说这个话之前，他从来没敢想过可以让自己的儿子当支书，好像支书是天上的一颗星星，望望可以，要把星星摘下来是办不到的。房守成那么一说，他心里明亮了一下，就牢牢记住了。是呀，儿子房光金三十多岁了，跟房光民的岁数差不多，长得五大三粗，不呆也不傻，房光民能当支书，房光金为什么就不能试一把呢！什么事情先是敢想，然后才是敢干。如果你连想都不敢想，敢干就谈不上。房守现这么一想，仿佛支书已经离他很近，如老子跟儿子一样近，伸手就可以抓到。又仿佛儿子房光金已经把支书当上了，房光金奓着膀子，在村里走来走去，那是相当风光。儿子风光，他当然也风光。到那时候，房守本到一边凉快去吧，他就成了房户营的第一爹。

房守现到小卖店里找高子明去了，就下一步谁当支书的问题，他要听听高人高子明的主意。一开始，高子明跟他打哈哈，似乎不愿意跟房守现谈这个问题。高子明说到香烟的牌子，说到新出的打火机可以防风，还说到酱油的价钱，就是不跟房守现往谁当支书上扯。也许在高子明看来，别人到小卖店，多少都花点钱，买点东西，而房守现到小卖店，常常是空手来，空手去，一分钱都不花。要说房守现到小卖店里什么都不买，那就错了，他到小卖店里买的是高子明的主意。上次就是因为得到了高子明的好主意，他们到房国春家里，一起鼓动房国春出来说话，事情才有了转机，才有了美好前景。只不过，高子明的主意是无形的，不是香烟、酱油等具体的商品，他没法付给高子明现钱而已。也许高子明不这么认为。他的主意虽然是无形的，但每一个主意都很值钱，都是千金难买。现在资产有两种，一种叫有形资产，一种叫无形资产。如果他商店里的商品是有形资产的话，他给房守现出的主意就是无形资产。两相比较，无形资产含金量更高，一样无形资产的价值可以抵得上小卖店里的所有商品都不止。目前还有一个说法叫投资，投资是要求回报的，年终是要分红的。他拿无形资产给房守现投了资，房守现能不能分给他红利呢？房守现也做生意，他虽然在心里骂高子明是狡猾的家伙，但对高子明心里的小九九还是理解的。在一台样板戏里，有一个叫鸠山的日本人说过，人不为己，天诛地灭。谁不为自己着想呢，谁起早贪黑不是为了利呢！房守现说：子明，你的小卖店太小了，赚钱也有限。我要是有权力的话，我批给你一块宅基地，让你另建一个大一些的商店。

高子明笑了，笑得眼角的皱纹堆在一起，他说：嗬，嗬！

你嗬什么，不相信你叔吗！

这可是你说的，我可记住了，别到时候不认账。高子明早就想要一块宅基地，并多次找过房守本，房守本至今也没批给他。

房守现很喜欢听高子明说的到时候，到时候就是有时候，有时候就是有希望。他说：你叔说话算数。

高子明说：你说的这叫期货交易，你知道吗？

房守现不知道什么叫期货交易，他说：我知道你学问大，你不要跟我转文词儿。

高子明否认他转了文词儿，解释说：期货不是现货，你许给我一个货，这个货还没到手，我只能期待着。等货到了，你就把货给我了，这就叫期货。

房守现还是不懂期货是什么，脑子里分不清是七还是八。他干脆实话实说地问高子明：听说房光民的支书快当不成了，我想让你弟弟光金试一试，你看有没有可能？

支书都是人干的，怎么没可能，我看有可能。

那你看我和你弟弟该往哪里使劲呢？

往墙上使劲。

你这孩子，又跟你叔说笑话。我跟你说的是正经话。

心里有主意的人，不把主意说出来也急，他说：很简单，你要舍得投资。权力是什么，说白了，权力就是效益。你想得到效益，必须先进行投资。过去说三年清知府，十万雪花银。你想得到十万雪花银，至少得花三万五万雪花银，先把知府买下来。如果不把知府买下来，是没人给你送雪花银的。这叫吃小亏赚大便宜。

投资可以，那我投给谁呢？

对了，投资的确存在着一个方向问题，找准方向特别重要，方向正确，一本万利；方向错误，血本无归。你当然不能投给房守本，不能投给房国春，也不能投给我。房守本是过景的人，房国春不吃那一套，我嘛，也给你办不了事。

投给杨才俊吗？

投给杨才俊倒是可以，我怕你找不到杨才俊的庙门。

有话直说好不好，我最怕你跟我转文。

有一个关键人物，尹华。你只要能抓住管咱们这一片的副乡长尹华，把尹华喂饱，事情起码就成功了一半。

这个人物倒是房守现没有想到的。尹华分管的行政村有好几个，他骑着一辆摩托车，日地一下来了，日地一下又跑了，村里人很少看见他，他能起什么作用呢？

高子明看出了房守现的疑虑，说：你千万不要小看尹华，尹华是上边派下来的一张嘴，他的嘴跟老灶爷的嘴一样，等着老百姓往他嘴里喂祭灶糖。你把糖喂够了，他到上边才能帮你说甜话。你不给他喂糖，或者说糖喂得不够，他是不会帮你说话的。

尹华又不是黄嘴燕子，怎么喂他呢？

我再说就有点多余。你只要想喂，总会有办法。尹华爱喝酒，你儿子光金也爱喝酒，这是多么好的条件。让你儿子请尹华喝上几顿酒，把尹华灌晕，把感情联络上，他们之间就可以谈买卖了。高子明提到了织女，说房守现把织女都喂得很熟，房光金喂起人来，也不会错到哪里去。

房守现说：子明，一码是一码，你不要把正经话当笑话说。

正经话都是为笑话预备的，正经话是最好的笑话。

房守现到大儿子房光金家里去了，他上来就说：我听说房光民的支书快要当不成了，你想没想过把支书当一当。

房光金的样子有些惊奇，摇头说：没想过。

为什么？

房光金的回答是：俺爷没当过支书，你也没当过支书，我怎么能当支书！

这话房守现很不爱听，他说：你这叫什么道理！上辈人没当过支书，难道下辈人就不能当吗？毛主席他爹还没当过国家主席呢，毛主席怎么当了！房守本他爹还没当过支书呢，房守本怎么把支书当上了！支书又不是一棵树，栽到谁家就一栽栽到底。就算支书是一棵树，树也可以换换地方。

房光金说：我看咱家老坟地里没长那棵蒿子。

以前没长没关系，到你这一辈，咱争取把蒿子栽上。

栽上我也不当，麻烦。

房守现急了，骂了房光金的娘，说：什么不麻烦，你娶老婆还麻烦呢，养孩子还麻烦呢，难道你就不娶老婆了，不养孩子了！人生在世上本来就是麻烦事，怕麻烦就别在世上走。

不走就不走，你跟我急什么！

什么，你敢说不在世上走了，那你还活着干什么！我急是你逼的，要不是看你也是当了爹的人，我还揍你呢！你他妈的成天价就知道喝酒，喝酒也喝不到正地方。

喝酒怎么了，酒造出来就是让人喝的。你没喝酒，我看你说的都是酒话。我连个党员都不是，怎么当支书！

不简单，你还知道不是党员不能当支书呀！

你以为我什么都不懂，我还知道党章呢。

好，我儿子比我有出息，今后我支持你喝酒。

房光金的眼睛亮了一下，问：真的吗？你怎么支持我？

你每喝一顿酒，我给你五十块钱。

房光金高兴得几乎有些搓手，他要求与爹打手击掌。

房守现没有跟儿子打手，他说他有一个条件。

房光金问：什么条件？

每次喝酒，你必须和尹华乡长一块儿喝。

我跟尹乡长一块儿喝过，他喝酒不行。

儿子的话有点儿出乎房守现的意料，他问：什么时候？

什么时候记不住了，反正一块儿喝过。

谁掏的钱？

你问这么多干什么？

下次再喝酒，你一定要掏钱，把酒给他管够。让他喝上瘾，让他找着你跟你喝。等你们喝得掏出鸡巴乱撒尿的时候，你就可以把要求入党的事对他提出来。你只要入了党，离当支书就不远了。等你当上了支书，就等于得到了宝葫芦一样，你把“宝葫芦”一亮，还不是要什么就有什么！

房光金把手一伸：那你现在就把钱给我。

等你跟尹华喝了酒，还得证明确实是跟尹华一块儿喝的，我才能给你钱。

那我不喝了。

房守现想说不喝拉倒，但他没有说出口。父子俩互相看看，僵持了一会儿，房守现还是做出了妥协。房守现腰间常年带着一只黄牛皮做成的钱包，是他爹传给他的。他把钱包从腰侧拉到腹前，打开钱包上的铜扣儿，从里边数出五十块钱，给了房光金。

第十二章

房户营村除了有党支部书记，还有一个村民委员会主任。如果说党支部书记是村里党的一把手的话，村民委员会主任就是村里的行政一把手。村民委员会主任叫房光和。村里人喜欢简单明了，不习惯把房光和叫什么村主任，习惯把房光和叫成村长。省里有省长，县里有县长，乡里有乡长，村里当然也应该有村长。这天下午两三点钟，党的一把手到行政一把手家里找房光和去了。季节到了暑天，天气越来越热。知了在树上叫，猪在水洼子里打泥，小孩子在水塘里扑腾。房光民来到房光和家，见房光和的老婆在堂屋当门铺了一领凉席，正躺在凉席上睡觉。房光和的老婆只穿了一条裤衩，没穿上衣，两个奶子和白肚皮都在外面露着。见房光民进来，房光和的老婆醒了，她赶紧把两个奶子抱住，说等等，我穿上衣服。

房光民说：穿什么衣服，你那玩意儿我又不是没见过。

你啥时候见过？

你忘了，那一次咱俩在玉米地里，我在下边，你在上边。

胡扯，谁跟你上过玉米地！房光和的老婆还是到里间屋把一件半袖汗衫穿上了，说光和没在家，他到镇上买化肥去了。

二哥还买什么化肥，难道二嫂这块地还不肥吗，还不是肥得天天流油吗！

你老婆杜兰妮那块地也很肥，你为啥还要天天给她上“化肥”？

我是不是天天给她上“化肥”，你怎么知道？照你这么说，我岂不成了“化肥”制造厂了！哎，二嫂，咱俩不外气，你跟我说实话，二哥的输精管结扎之后，他的家伙还好使不好使？

二嫂脸上红了一下，说：只要你自己的家伙好使就行了，别人的家伙好使不好使，关你什么事！

房光民说：不，谁让你是我的好二嫂呢，谁让你长得这么白呢，谁让我喜欢你呢，我同情你，想帮二嫂解决一下困难。房光民说着，走到二嫂身边，推着二嫂的腰，把二嫂往里间屋里推。

二嫂的脸更红些，她扭身看着房光民，说：死光民，你真不要鼻子，你作死呀！

别拿捏了，来，快点儿，干一盘。闲着也是闲着，不干干什么！

你也是干部，光和结扎，你为啥不结扎？

我才不结扎呢，我全靠它享受呢，我要让它始终保持金枪不倒的状态。

什么叫金枪不倒？

傻二嫂，你尝尝就知道了。抽水机扎上了管子，喷不出水来，地干得多难受啊！来，好好配合，我给你浇点水，顺便再给你上点儿化肥，保证让你滋儿得绷不住嘴。

那你得快点儿，你二哥回来看见就不好了。

跑马射箭，你想要多快，我就给你来多快。

乡里杨书记又给房光民打来了电话，让房光民马上到乡里去一趟。这一次杜兰妮接到电话后没有像上次那样，说是杨书记打电话找房光民，只通过高音喇叭喊房光民回家接电话。杜兰妮知道了，杨书记找房光民没有什么好事，她不想让村里人知道杨书记找房光民。另外，她的公婆若是听见杨书记找房光民，又该坐不住马鞍桥了，又该到她家来给房光民出主意了。婆婆宋建英太厉害，她不想让婆婆动不动就到她家里去。

房光民听到老婆在高音喇叭里喊他时，他给二嫂"浇水施肥"刚刚结束。二嫂说：我日他姐，坏了，忘了让你戴上套子了，我要是再怀上孩子咋办！

你就说二哥结扎没扎好，有个别漏网之鱼跑了出来。

你倒会说，我看你就是漏网之鱼。

过两天我再来找你。

你老婆喊你呢，滚你的。

等二哥回来，你让他去找我，我有事儿跟他商量。

我才不管你们的蛋事儿呢！

房光民回到家，杜兰妮看着他的脸问他：你又到哪里去了，去这么长时间？

房光民说：政治上的事，你少过问。

杨书记又给你来电话了，让你马上到乡里去。

什么事？

你们政治上的事，我哪里知道！

房光民心中忐忑，给杨书记打通了电话。杨书记问：房光民，我每次给你打电话你都不在家，你干什么去了？

我到地里看了看。

上次我让你写检查，你写了吗？

我以为——

你以为什么，以为你的江山已经坐稳了是吗？带上你的检查，马上过来吧。

让我爹一块儿去吗？

你是支书？还是你爹是支书？你爹过来干什么！还不如让你娘过来呢，你是幼儿园的小孩子吗？

去乡里之前，房光民先拐到了爹娘家，说：杨书记又打电话要我去。

爹说：杨书记和你是上下级关系，让你去你就去吧。以后这些事你不用再跟我说，要学会独立自主。

他让我带上检查。

带什么检查？

就是他上次让我写的检查。

宋建英看着房守本问：你上次怎么跟杨才俊说的，他收了咱的钱，写检查的事不是说不提了吗？

房守本说：官一大，脾气就见长，这个杨才俊，真让人拿他没办法。他对房光民说：好了，他让你去，你就抓紧时间去吧！

那检查怎么办？

你这孩子，你去了再说嘛，天不会塌下来。

宋建英说：不行我去找他，他要是还让你写检查，我就把他收咱家三百块钱的事给他说出来。

房守本把眼一瞪说：你敢！妇人见识！你只会添乱。你添的乱还少吗！

房光民骑车来到乡里，见到杨才俊，杨才俊倒没有马上跟他要检查，却给他一样东西，要他看看。

房光民接过东西看了一遍，又看了一遍，说：我拿回去念给俺爹听听吧。

杨才俊说：这个东西你不但不能拿回去，也不要对别人说我给你看过，你能做到吗？

房光民点点头，表示能做到。

杨才俊给房光民看的是县纪委批转给吕店乡纪委的一封检举信。检举信点了房守本、房光民的名字，称他们为父子支书。说他们父子支书打着筹资翻建小学校的旗号，对抗中央 1986 年第 7 号文件精神，挖可耕地烧砖。可耕地已经挖了八亩，使良田变成了深坑。大家不知道这些地卖了多少钱，也不知道所卖的钱到了谁的腰包里。村民们敢怒不敢言，只能给县纪委写信，举报房户营村无法无天的父子支书。广大群众盼望县纪委能够为老百姓做主，惩治那些为非作歹的人。检举信最后说，如果县里不严肃处理房守本和房光民，他们就向省里和中央写检举信。检举信不是手写体，是用打字机打在蜡纸上，再用油印机印出来的油印件。检举信是匿名的，下面署的吕店乡房户营村广大群众。杨才俊问房光民：感觉怎么样？

房光民说：我敢肯定，这封信是房国春写的。

你凭什么得出这样的判断？

村里卖了一点儿土，他认为挖土的地方离他家的祖坟太近了，毁坏了他家祖坟的风水。他上次回来，我没去巴结他，他对我有意见。还有，俺娘骂了他弟弟房国坤，房国坤到他跟前告了状。

别管谁写的信，反正县纪委对这封信有批示，要求乡里尽快调查处理，并把处理结果报告给县纪委。事情捅到上边去了，这一次我估计你的支书是当不成了。

不料房光民说：当不成，就不当。俺爹当了几十年支书，为党工作了几十年，除了得罪了一大堆人，我看没啥好处。当支书，是种地过日子。不当支书，还是种地过日子。俺爷一辈子没当过支书，也不见得比别人活得岁数小。

这话可是你说的。

是我说的。

你把事情想简单了，你以为当支书跟做游戏一样，想当就当，不想当就不当。我告诉你，你这个事情是要提交乡党委会集体研究的，当与不当，由乡党委会决定。在党委开会之前，你还是要配合一下，把你的书面检查交上来。这是一个程序，也是给你一个改正错误的机会。年轻同志嘛，犯点儿错误也是难免的，不能因为你犯点儿错误就一棍子把你打死。你写了检查，对写检举信的人是一个交代，对县纪委也是一个答复。怎么样，检查带来了吗？

没有，还没写。我不知道怎么写，我以前从来没写过检查。

你以前没写过检查，当了支书就得学会写检查，这也是你当支书的一个基本功。

俺爹说，他当了几十年支书，从来没写过检查。

你怎么又提你爹，你爹是什么文化水平？他大字不识一个，写检查拿什么写。他没写过书面检查，肯定做过口头检查。他做过的口头检查不知道有多少呢！我限你两天时间，你必须把检查给我交上来。我不再给你打电话，不再敦促你，就看你的党性如何。两天之后，我要到地委党校学习半个月。好了，你可以走了。不要让你爹再来找我。

骑车回家的路上，房光民满脑子都在想，肯定是房国春写信点了爹和他的名，告了他们的状。他似乎看到，房国春站在告状信的落款处，正得意扬扬地看着他。房光民想骂人，他觉得房国春真是太坏了，坏得头上长疮，脚底流脓。房光民想揍人，倘是房国春在眼前，他会一拳捣在房国春脸上，把房国春捣得满脸开花。这样想着，他一手离开车把，做了一个冲拳的动作。他冲拳冲得有些猛，以致自行车晃了好几下，差点冲到路边的玉米地里。地里的玉米已经长起来了，伸展的玉米叶子如一把把大刀，充满了杀气。地里的豆子也长起来了，化不开的浓绿盖满了地皮。豆子地里冒出的气息有一点腥，血腥。

房光民没有回自己家，直接到爹娘家里去了。他开口便骂：

房国春太坏了，我日他八辈儿祖宗！

房守本让房光民冷静，冷静，坐下慢慢说。

房光民说：我冷静不了。房国春点了咱俩的名，说咱俩是父子支书，把咱俩告到县里去了。

你看到告状信了？

杨才俊给我看了。我说拿回来念给你听听，他不让我拿。

告状信上落的是房国春的名字吗？

落的是房户营村广大群众。狗屁，哪里有什么广大群众，肯定是房国春一个人干的事。只有房国春才能干出这样没屁眼子的事。

房守本说：我没得罪他呀，他为啥在背后对咱下这么狠的狠手。

宋建英说：你怎么没得罪他，你没让他儿子当支书，还不算得罪他吗！

房光民说：他在告状信上要求撤销我的支书，开除咱俩的党籍。

宋建英咦了一声，立起眼睛开骂：咱是把他家的祖坟挖了，还是把他家的孙子扔到井里去了，他这样对咱下死嘴。我去骂他，我骂死他个老不死的老东西。

房守本也说：这个房国春，是太过分了。他问房光民，杨才俊是什么态度？

房光民说：杨才俊还是让我写检查，说把我的检查拿到党委会上研究，还说我的支书可能当不成了。

宋建英说：你要是不当支书，我看哪个鳖孙敢当！不行让你爹再去找杨才俊一趟。

杨才俊说了，不让我爹再去找他。他说他要去地委党校学习。

房守本说：上次杨才俊跟我说过，什么事情就怕有人捅到上边去。树有树遮，人有人管，捅到上边他也害怕，他也得想办法保他的乌纱帽。

说到底，病根子还是在房国春那里，要挖病根子只能挖房国春。怎么挖呢，宋建英的舌头就是挖土机，她只能用“挖土机”去挖房国春。她再次说：我去骂他，骂死他个老龟孙。

房守本说：他又不在家，你骂他他也听不见。

宋建英说：他不在家我也要去他家里骂他，我骂得他心里长毛，耳朵根子发烧。

宋建英去骂房国春，拉房光民的老婆杜兰妮跟她一块儿去。杜兰妮不想去，说她不会骂人。宋建英说：不会我教你，我骂一句，你学一句。

杜兰妮说：你教我，我也学不会，我张不开嘴。

张不开嘴，你长嘴干什么！长一张嘴，光留着吃饭吗？房国春那老叫驴欺负你男人，你不帮你男人出气，谁帮你男人出气！好儿子不如好媳妇，里壮强似表壮，你去也得去，不去也得去！

杜兰妮只好跟随婆婆到房国春家去骂人。

这一次，宋建英骂人不必再指桑骂槐，指鸡骂狗。房国春不是在告状信里点了房守本和房光民的名字嘛，那么，她也直接点着房国春的名字骂。可她点的又不是房国春的大名，而是房国春的小名，奶名。这地方的文化传统，人们对一个人的小名是避讳的。特别是晚辈人对长辈人，提人家的小名是大不敬，是犯忌的，跟揭老底骂人差不多。而晚辈人叫着长辈人的小名骂呢，它比任何恶毒都要恶毒，已不是恶毒二字所能概括。房国春的小名叫眼，宋建英以动物的眼作比，上来就骂了狗眼、猪眼、兔子眼、黄鼠狼眼等一大串子眼。接着她以人身上的眼子作比，这眼那眼又骂了一大堆眼。村里人之所以一听到宋建英骂人就兴奋，盖因为宋建英骂起人来总是能借题发挥，总是有创造性，总是能给人带来意想不到的惊喜。于是，村里在迅速传递着一个信息：又开始了，又开始了！还有一个说法是：不一样了，这一次升级了，升级了！他们所说的升级，是指宋建英骂到房国春的家门口去了，还指宋建英骂人时叫了房国春的小名。村里有不少年轻人并不知道房国春的小名，当听宋建英骂这眼那眼时，他们并没有把眼和房国春联系起来，不清楚眼指的是谁。宋建英骂狗眼时，他们以为骂的是狗。宋建英骂猪眼时，他们以为骂的是猪。宋建英骂屁眼时，他们还以为是人身上一个放屁的器官呢！终于知道了眼是那个高中老师房国春的小名时，他们心中的秩序受到很大冲击，传统的忌讳受到很大颠覆，谁说长辈人的小名晚辈人不能叫？现在看来，不但可以叫，叫着小名骂都是可以的。宋建英以前是支书的老婆，现如今是支书的娘，她的叫骂具有带头的意义，等于开创了房户营村新的历史。

宋建英到房国春家门口叫骂时，房国坤正在家里。房国坤没有站起来迎敌，没有和宋建英对骂，他甚至连问一句你骂谁都没问，就像一只见到猫的老鼠一样，贴着墙根溜走了，溜到别的地方去了。惹不起，躲得起，房国坤的策略是躲，不让骂人的魔王宋建英看见他为好。

房国坤一溜出来，就被宋建英看见了，宋建英暂时按下房国春不骂，临时性加进一个项目，把房国坤骂了一大串。宋建英骂的也是房国坤的小名，房国坤顿觉颜面扫地，浑身起燥，燥得实在有些受不了。他背对着宋建英站下了，像是在进行激烈的思想斗争，看要不要像房守现说的那样，和宋建英拼了算了。比如他返回去，二话不说，抽宋建英两个嘴巴子；或者扑上去掐住宋建英的脖子，一直把宋建英掐得翻白眼儿，看宋建英还骂人不骂！然而房国坤的想象没有付诸任何行动，他还是低着头，伸着脖子，溜掉了。因为房国坤溜走得有些匆忙，他连门都没顾上关。他家屋当门靠后墙放着一张硬木条儿，条儿当中靠墙摆放着一个镜框，镜框中镶嵌着两位老人的黑白合影照片，一位是房国春的父亲，一位是房国春的母亲。房国春的父亲光头，留着长长的胡须。房国春的母亲头戴黑色绒帽，鬓角那里露出的是白发。人们站在门外，就把照片看到了。两位作古的老人似乎也听到了宋建英的骂声，并看到了正在骂不绝口的宋建英，但他们说不出话来。

房国春家里还有一个人，那是房国春的老伴儿皇甫金兰。皇甫金兰在灶屋里，正弯着腰在案板上揉面，准备蒸馍。宋建英在她家门口叫着丈夫的小名骂第一声，她就听见了，她脸上一赤一白，吃惊不小。丈夫的小名她是知道的，但她讳莫如深，从来不敢叫，什么时候都不敢叫。有时不得不说到那个字的意思时，她宁可以孔和窟窿代替。这样让人家喊着小名骂到家门口，对他们全家来说恐怕是最大的侮辱。丈夫做什么事，从来不跟她商量，她也不过问。丈夫是有大学问的人，她一个字都不识。她历来尊重丈夫，相信丈夫做什么都是对的。她不知道丈夫怎么得罪了宋建英，惹得宋建英骂人骂得这样难听。皇甫金兰知道，村里很多妇女都挨过宋建英的骂。但宋建英总算没有骂过她。她对村里每一个大人孩子都很友善，都很和气。哪怕对一只狗，或是对一只鸡，她说话也是轻轻的，从不大声呵斥。对宋建英，她总是笑脸相迎，不笑不说话。宋建英叫她三婶子，她叫宋建英他嫂子。每次遇见他嫂子，有桥都是让他嫂子先过，有花儿都是让他嫂子先戴，有东西都是让他嫂子先尝。这一次不是在路上遇见他嫂子，是他嫂子骂到门上来了，她让都让不开，这可怎么整？不过，皇甫金兰的笑脸还是有的。她虽然笑得有些勉强，有些苦涩，但她毕竟是笑，不是哭。等宋建英骂了一会儿，她从灶屋里走出来了，笑着说：他嫂子，你累了吧，到屋里歇会儿，我给你烧茶。

宋建英没有叫三婶子，她说：我不累，我骂三天三夜都不累。我就是骂他个眼子货，就是骂他个驴将的。我骂得他三天三夜睡不着觉，九天九夜尿不出尿。

前来看热闹的人听见宋建英骂人骂得新鲜，都笑了一下。他们在戏台上和电影上也听见过骂人的，但都不如宋建英骂得新鲜，好玩。有的小孩子站得离宋建英很近，他们站在宋建英对面，仰着脸看宋建英的嘴。宋建英的牙一切一切的，舌头一跳一跳的，宋建英的两个嘴角还起了两点白沫，都让他们觉得不错。

皇甫金兰问：你三叔成天价不回来，你为啥骂他呢？

宋建英说：坏人不分在家在外，他个堵不住的屁眼子，比天底下所有的坏人都坏。他给县里写告状信，不光告了俺男人，还告了俺儿子。你看他屙血不屙血，你看他屙的血有多黑。他不让俺好过，我也不让他好过。

宋建英说到儿子时，不少人都朝杜兰妮看去。杜兰妮没有跟婆婆一块儿骂，她的确跟婆婆学不来，也不愿学，脸上一直很不自在。见有人看她，她不知不觉往后退了一步。她很想离开，但不敢离开，她怕被婆婆发现后骂她。

皇甫金兰说：不听你说，我还真不知道。都在一个村住着，又都姓着一个房字，告啥告呢！好了，别骂了。他又不在家，你骂他，他也听不见。

他听不见，你听得见。你是他老婆，你们一个鼻子眼出气！

皇甫金兰无话可说，也不敢再说什么。她要是再多说一句，说不定宋建英会连她一块儿骂。她回到灶屋，接着蒸馍去了。

这天下午，房守现没能到现场听宋建英骂人。他在村头碰见了副乡长尹华，把尹华拉到他儿子房光金家里去了，要房光金晚上请尹华喝酒。他既然把酒钱提前付给了房光金，得看着房光金把请尹华喝酒的事落实下来。此前他经过多方打听，已跟尹华扯上一些亲戚关系。这里方圆几十里村庄的男女互有嫁娶，你中有我，我中有你，你只要有心，总能跟某个人扯上一些亲戚关系。东扯葫芦西扯瓢，扯上的亲戚关系多是表亲：表姑奶、表姨奶、表舅奶；表姑爷、表姨爷、表舅爷等。房守现七拐八拐，跟尹华扯上的是平辈表亲关系，称尹华为表弟。他喊着尹乡长，表弟，伸手就把尹华所骑摩托车的后座子拍上了，说：你家俺表叔，表婶子的身体还好吧！

老表是遍地草，一抓一大把，尹华是懂得的，他说还好还好。

房守现说：走，回家歇歇，我请你喝两盅，咱们好好叙叙。我记得我小时候跟着我娘还到你们村走过亲戚呢！

尹华是喜酒的人，听不得喝字，一听说喝酒，他舌根似乎泛起一些酒味，脸上也有些热。但作为一个分管一大片行政村的副乡长，不是谁的酒都能喝的，喝得不好，麻了舌头，想管住舌头恐怕不那么容易。对于房守现的情况，尹华了解一些，知道房守现以给妇女治不孕症和换胎为名，骗了一些钱。还知道房守现喜欢搞女人，常搞的一个女人外号叫织女。尹华认识织女，织女看人时小眼儿一勾一勾的，跟村里别的女人的确不大一样。但尹华说不了，他找房光民有点事。

房守现劝尹华表弟这会儿不要去找房光民，房光民这会儿顾不上接待他。房守现对尹华说：你听。

尹华听了听，听到村子北头有女人叫骂的声音，村街上也有些空，人们好像都到村子北头看节目去了。

房守现告诉尹华，那是宋建英堵着房国春的家门口骂房国春去了。

尹华惊奇了一下，问：房国春回来了吗？

没有。房国春没回来，也不耽误宋建英骂他。房国春的小名叫眼，宋建英骂的是房国春的小名。走吧，跟我回家去吧。你往我家里一坐，什么都听得清清楚楚，正好可以掌握一些情况。

去不去房守现家，尹华还是有些犹豫。他心里清楚，房守现这么热情邀请他到家里去喝酒，一定是有事求他。别看这些农民老模喀嚓眼，表面上木头木脑，其实他们都鬼精鬼精，个个无粪不起早。要不是在某些事情上用得着你，他们才不愿搭理你呢！当然了，这些农民也懂得礼尚往来的道理，你给他一瓢面，他必不忘记还给你两个馍。而房守现家的“馍”要比一般农民家里的“馍”多一些，也大一些。

房守现看出了尹华的犹豫，说：我的大儿子房光金跟你一块儿喝过酒，说你是好酒量。

喝酒的人忘性大，记酒不记人，尹华说：噢，噢。

房守现抓住摩托车的车把，要帮助尹华推摩托。

尹华说：摩托好骑不好推，还是我自己来吧。

第十三章

房守良的女儿小瑞，正在村里小学上二年级。这天早上，小瑞背着书包，像小麻雀一样蹦蹦跳跳去上学，去了不一会儿，却哭着回家来了。娘问她怎么回事？小瑞说，老师不让她上学了。娘问：你上得好好的，为啥不让你上？

小瑞哭得声音更大些，说：我也不知道。

房守良的妻子姓晏，村里人都叫她晏子。晏子领着女儿到学校找老师去了，问为啥不让她女儿上学？

房户营村的小学是民办的，只有一个女老师姓崔，老师是她，校长也是她。崔老师是村里从外村聘来的民办教师，她说，她接到村里干部通知，从今天起，不让房小瑞在这个学校上学了。

晏子很生气，一连向崔老师问了好几个为什么：小瑞学习不好吗？小瑞调皮捣蛋了吗？小瑞犯什么错误了吗？俺欠了学校学费吗？

崔老师说：房小瑞这个孩子各方面都很好，我也舍不得让她走。可是，村里有通知，我也没办法。你也知道，端人家碗，属人家管，我的饭碗在人家脚面子上放着，人家的脚轻轻一抬，我的饭碗就没了。所以，我只能听人家吆喝。

晏子问：是哪个村干部下的通知？

崔老师说：这还用问吗！

晏子说：崔老师，你看这样行不行？你让孩子先上着课，我去找房光民。说着把小瑞往前推了一下，意思是要把孩子留下。

崔老师说：那可不行，你要是把孩子留下，恐怕我就得走人。你还是领着孩子去找房支书吧，只要房支书一松口，你马上可以把孩子送过来。

晏子看看小瑞，见小瑞满眼含泪，也正在看她。此时的小瑞，好像成了一块刚出锅的红薯，扔舍不得扔，拿起来又有些烫手。烫手也得拿，晏子捉住小瑞的手，把小瑞拉走了。

小瑞不愿走，回头望着老师哭喊：我要上学，我要上学！

晏子把小瑞拖得踉踉头头，硬是把小瑞拖走了。

晏子没有去找房光民，而是把小瑞拖回家，往丈夫房守良面前一推说：都是你爹干的好事，他跟人家闹矛盾，人家连学都不让咱的孩子上了，你说咋办吧？

房守良苦着脸，苦得眼泪几乎流了出来。都是因为爹爱管村里的闲事，连累得自己的孩子连学都上不成了，这可如何是好！人只要吃饭，就得上学，孩子上学的事可是大事，不是闲事，无论如何，他也得想办法让孩子继续上学。房守良认为，他和当高中老师的爹虽说是父子关系，但他和爹是不一样的，长得不一样，性格不一样，为人处世的方法也不一样。爹自我评价过高，过于强势，性格也过于执拗。爹在村里办什么事，他从来不参与。他承认，他对爹有些害怕，有些排斥。从小跟着爹上学，他被爹骂怕了，也打怕了，能躲着爹，就尽量躲着爹。可以说，他和爹是两股道上跑的车，互相之间是有距离的，心理上也是有界限的。如果从遗传基因上讲，他的性格更像娘一些。娘从来不大声说话，从来不跟人争什么，他赞成娘的做法。这么多年，爹在村里是得罪人的，而娘在村里是相宜人的，维护人的。从这些意义上说，房守本和房光民不应把他和爹放在一个勺里烩，应当区别对待。不能因爹得罪了他们，他们就把气出在他的女儿小瑞身上。

房守良也没有去找房光民，他找房守本去了。房光民身上有一股子说不出来的盛气，他跟房光民没怎么说过话，好像说不上话似的。他要是去找房光民，说不定房光民三句两句就把他崩回来。而他和房守本是同辈，他一直喊房守本大哥。以前他常和房守本一块儿开会，二人的关系是不错的。他想，房守本也许会给他留一点面子，不至于把他赶出来。果然，房守良一见房守本，房守本就笑了。只是笑得有些可怕。是的，房守本的笑是可怕的。不能不说这是房守本的本事，他表面上笑得嘿嘿的，嘴巴、鼻子、眼睛、皮肤都是笑的模样，但笑的背后，却有寒气逼人的东西，让人生畏。房守本说：守良，我都下台了，你还找我干什么？

房守良说：大哥，在我眼里，你是我永远的大哥。

守良，你说句良心话，以前我对你怎么样？

这还用说吗，大哥对守良一直很好，守良什么时候都不会忘记。

既然如此，你爹房国春为啥跟我过不去呢？为啥在背后给我们上眼药呢？

大哥，我来正是要跟你说这个。我爹房国春，他是他，我是我。你是知道的，我爹做什么事，从来不跟我说。在他眼里，我什么都不是，连一只狗一只鸡都不如。

那怎么可能！他是你爹，你是他儿子，你们的父子关系是跑不掉的。

什么父子关系，以前我没说过，其实我就是他的一个奴隶。大哥，我求求你，请你高抬贵手，还是让小瑞留在学校继续上学吧！

什么上学不上学，你说的这是哪儿的话？

大哥不知道吗，学校不让我女儿小瑞在学校里上学了。

我跟你说了，我已经下台了，我这一章已经掀过去了，什么事我都不知道。

那孩子上学的事，我应该去找谁呢？

有一个大人物，你应该去找他。

谁？

房国春哪！房守本又笑了，说：房国春不是学问大嘛，你从小跟着他上学，不是很好嘛！

就是打死我，我也不会让小瑞跟着他去上学。房守良大概记起了他跟着爹上学时所受的折磨，鼻子抽了两下，哭了。他的哭是真哭，不仅眼睛流泪，眼泪还从鼻子里流了出来。他从鼻子里拧出了一把眼泪说：孩子还小，大人之间的事她什么都不懂……

房守本打断了他的话，让他不要再说了，房守本说：不光你的孩子没学上，以后全村的孩子可能都没有地方上学，因为房国春告了村里的状，反对翻建学校。一个搞教学的人，反对办学，真是天下少有。

宋建英对房守良说：你还有脸到我们家里来，我不骂你，就算你便宜。就因为房国春那个老屎壳郎想让你当支书，你没有当上，他就把粪球子往别人家里推。想当支书你当呀，到我们家里淌蛤蟆尿干什么！

房守良说：嫂子你别说了，我要是想当支书，我就不是人。我要是想当支书，让天打五雷轰我。

宋建英说：五雷不长眼，要是长眼的话，早就把房国春劈成八瓣子了。

还是跟人每天要吃饭一样，孩子上学的事一天都耽误不得。房守良只好跑到邻村的学校，求爷爷，告奶奶，并答应以交赞助费的名义给学校交一些钱，邻村学校的校长才同意接收他的孩子。

晏子不愿意交那么多钱，她说算了，不让小瑞再上学了。小女孩儿家多少识几个字，能认识自己的名字就行了。人上那么多学有什么用，上的学越大，人就越傻。她虽然没提小瑞的爷爷房国春，但她的话是指房国春说的，她的意思是说房国春就很傻。但小瑞却很喜欢上学，一听娘说不让她上学了，她就狠哭，狠哭，哭得跟要杀她一样。除了哭，她还不吃饭。爹说上学跟吃饭一样重要，她把上学看得比吃饭还重要，宁可不吃饭，也要上学。小瑞小小年纪，头脑里还没有绝食这个概念，可她的实际做法等于绝食，等于以绝食向娘提抗议。晏子只好做出妥协，答应交钱，让孩子到邻村去上学。

城门失火，殃及池鱼。大人相斗，委屈了孩子。可怜小小的女生小瑞，每天要独自一人往邻村的学校跑三趟。来回一趟四五里，三趟就是十多里。好天好地还好些，孩子有爱上学的心劲顶着，一天跑十几里路不当一回事。一遇到刮风下雨，水天湿地，孩子上学就有些难。不管什么样的天气，晏子从来不接送小瑞上学。你哭着闹着非要上学，就不能怕吃苦。吃苦是你自找的。

房守良也从不接送孩子上学。那时外出打工的潮流已经开始涌动，等收秋之后，房守良也准备外出打工。

一个周末的下午，房国春又踏上了回家的长途公共汽车。刚上车时，天有些低，云有些黑，似乎有一场雨要下。车开出县城的汽车站不久，雨就下来了。没有刮风，没有打雷，也没有打闪，什么前奏都没有，一开场，雨的大戏就倾天而来。车上的人们说声下雨了，躁动了一阵，有些害怕似的，就不再说话。坐在窗边的乘客很快把车窗关上了，雨水顺着窗玻璃平铺着往下淌，如同一道道瀑布。窗外的树木、庄稼都看不清了，成了绿色的模糊。如注的大雨打在车顶上是有些分量的，整个车身有些哆嗦。车前挡风玻璃外边的两个大雨刷子刷得很快，如快速摆动的两只船桨。但由于玻璃上的水浪一浪接一浪，“船桨”摆动越快，水浪就越汹涌。给人的感觉，这辆漆皮斑驳的公共汽车像是变成了一只船，不是在陆地上开，是在水里开；不是在路上开，是在河里开。司机把车速降了下来，他似乎有些犹豫，是把车停下来，还是继续往前开？司机大概意识到了，就算他把车停下来，大雨一时半刻是不会停的。他选择了把紧方向盘，慢慢地继续往前开。此时坐在车上的房国春，和车上所有的乘客一样，也没有了自己的意志。坐在别人开的车上，他的意志是无效的。他只能把自己的意志交给司机，以司机的意志为转移，司机走，他也走；司机停，他也没办法。

汽车开到一个小镇上，司机看见前面路中间站着一个人，在不停地对汽车招手。司机以为有人在雨中要求乘车，遂把车停了下来。雨中人如果想乘车，当车停下来之后，雨中人应迅速跑向汽车一侧的车门。可是，车停下之后，雨中人并没有移动的意思，他站在车头前面，倒是不向车招手，改为用一只手拍车前的挡风玻璃。雨中人身披蓑衣，头戴斗笠，打着赤脚，样子有些古典，也有些古怪。司机摁了摁喇叭，催促雨中人要上车就上车，不上车就滚开。然而雨中人既不上车，也不滚开，继续拍车玻璃。

这时车上有人提供信息，说这是一个傻子，他拦车是要钱的。

人们伸头看了看，见拦车人在咧着嘴笑，的确像一个傻子。

司机看了看女售票员，意思说：这事儿你来处理。

女售票员也看了看司机，意思是说：我才不管呢，我没钱给他。

雨仍在下，如同十亿人同时站在天上往下撒尿。事情僵住了。车上坐的不一定都是聪明人，但都是正常人，至少不是傻子。然而在这一刻，车的世界，也就是正常人的世界，要由一个满面固定笑容的傻子主宰，傻子是一夫当关，万夫莫开。

这怎么办？傻子的主宰何时才是尽头？

好多所谓扭转乾坤的英雄就是在这种情况下出现的。一贯具有担当精神的人民教师房国春站了出来。他说：我去给他钱。他从钱包里抽出一块钱，问：一块钱够了吧？

没人回答他。

房国春没有带伞，只有一顶草帽，他问：谁的雨伞借给我用一下？

还是没人回答他。有人带着雨伞，但他们把雨伞抓得更紧些。

房国春只得戴上草帽下车，把一块钱给了傻子。

傻子得了钱，把钱攥巴攥巴，攥到手心里去了。

拿到钱的傻子，该把汽车放行了吧？然而不，傻子还拦在汽车前面，伸出一根指头，啊啊的，一下一下往自己嘴里指。看来这个傻子同时还是一个聋子，一个哑巴。

这个傻蛋，他得了钱还不够，难道还要吃肉吗？

还是那个了解傻子的人说：他还要吸烟。

傻鳖还知道吸烟，他可真会享受。

房国春带的有烟，但整条的烟在提包里放着，不便拿出来。他说：谁有烟，给他一颗吧。

这时总算有一个人从烟盒里掏出一颗烟来，递向房国春。

房国春说：你直接送给他吧。

掏烟的人说：我没带雨伞。

房国春说，他也没带雨伞。他还是接过烟，第二次下车，把烟送给了傻子。

傻子接过烟，把烟按在嘴上，才退到一边去了。

草帽遮雨不行，房国春两次冒雨下车，身上的衣服差不多全湿了。

有人认出了房国春，问：你是房户营的房老师吧？

房国春说：出门在外的人要同舟共济。

那人又说：你很有名呀，恐怕吕店乡的人都知道你。

房国春没有承认，也没有否认。

由于车速慢，中途几个站点还要下人上人，加上傻子的干扰，七十多里路程竟开了四个多小时，车到了吕店镇，天已黑了下来。雨还在下，只是不如刚上车时下得那般紧，大一阵，小一阵。房国春想到商店里买一把雨伞再回家，一摸口袋，钱包竟没有了。他今天穿的是一件西式短裤，钱包就装在短裤右侧的口袋里，怎么不见了呢？他很快把全身的口袋摸了一遍，并打开提包找了一遍，还是没找到钱包。坏了，他的钱包一定是被小偷儿偷走了。他记起来，下车的时候，有人在后面挤了他一下，小偷很可能是在那个时候下的手。他又想起来，他拿出钱包给傻子掏钱的时候，定是被小偷儿盯上了。钱包里有四十二块钱，还有十五斤粮票，这下子全完了。天虽然下着雨，房国春身上一燥，却忽地出了一层汗。这次回来，他的心情本来就不好。被可恶的小偷儿扒走了钱包之后，他的心情就更糟糕，比遍地新起的烂泥还糟糕。

吕店镇的街面是用砸碎的砂姜铺成的。砂姜是这地方泥土里特有的一种矿物质，它呈姜黄色，样子奇形怪状，也像从地下刨出来的生姜。但它质地坚硬，不溶化，不透水，是铺路的好材料。这地方需要铺路时，用不起沙石、水泥和柏油，就动员当地的百姓到河堤上扒砂姜，或到河里捞砂姜。用碎砂姜铺成的路面虽说坑坑洼洼，不太平整，但它至少是硬的，不软和，不起泥。房国春走过吕店镇的街道，跨过一座小桥，一旦踏上向南的通往房户营村的泥路，路况就大不一样。是不是可以这样说，如果房国春刚才是走在路上，一踏上泥径，就等于掉进了泥坑。轻一点说，如果房国春刚才是走在稻田的田埂上，一走进泥地呢，就等于走进了刚和好的稻田。房国春生于斯，长于斯，从小就开始领教泥巴的厉害，他对当地的土性和泥性是熟悉的，对泥巴死缠烂打的纠缠力是了解的。也就是说，房国春对走泥巴路的艰难程度是有预见的，他的心是有准备的。在踏上泥巴路之前，他站在小桥上，把自己的装束和带的行李整理了一下。他把草帽的带子系紧了，以免风把草帽吹落。他这天没有穿袜子和布鞋，赤脚穿了一双泡沫塑料凉鞋。他把凉鞋的扣子拉紧，以免泥巴将凉鞋吸掉。扇子是用不着了，他把折叠好的扇子放进提包里。这里的泥巴起来得可真快，看着地还是原来的地，路还是原来的路，可房国春的双脚一踏进去，觉得往下一陷，就陷落进去。稀泥自下而上漫上来，并包上来，先漫过鞋底，再漫过脚面，继而把他的整个脚都包住了。房国春知道，走这样的泥巴路不能驻足，不可停留。你如果停留下来，就如同掉进布满淤泥的沼泽地一样，会越陷越深。房国春还懂得，走这样的泥路，最好是挑有积水的地方走，哪里有白白的积水，表明水还没有完全渗下去，所起的泥巴还不深。你要挑没有积水的地方走呢，看着是个便宜，实际上就上了泥巴的当，不动声色的泥巴就像潜伏在地下的泥鬼一样，伸手就把你的脚抱住。房国春以蜻蜓点水的方式，提着气，专挑有水的地方走，头几步总算走了过去。

不料雨水对泥土渗透的时间还不够长，表层虽说稀泥化了，稀泥下面的地还有些硬，有些滑。房国春一脚没踩稳，脚下一滑，双腿像是要劈叉一样，一下子趴在泥巴窝里。他趴倒时，手里的帆布提包先着地，提包上顿时沾满了泥水。他脱口而出，骂了一句粗话。这样的粗话，他好久没骂过了。当他的耳朵听到一个高级教师所骂出的粗话时，他自己都有些吃惊。当房国春从泥巴窝里爬起来时，他的样子就有些狼狈，身上沾满了泥水不说，当脚收回来时，他脚上的一只凉鞋却被泥巴没收了。赤着脚倒是利索多了，他小时候踏泥巴上学，从来都是赤脚。可是，他还是要向泥巴把他的凉鞋讨回来，不然的话，回家只穿一只凉鞋，是不像样子的。

房国春弯下身子，一手提着提包，一手像在泥巴里摸泥鳅一样摸他的凉鞋。此时天已黑透了，黑得非常结实。通常，人们多用伸手不见五指形容黑。到这种境地才知道，用这种常见的形容词来形容黑远远不够。它好比在黑夜里，用一口倒扣的铁锅把人扣在下面，锅里还涂满了锅烟子，黑得连一点儿气都不透。又好比把人放进一口棺材里，盖上棺材的盖子，上面又封了一大堆土，黑得像是与世隔离的状态。雨还在下，房国春看不见雨点，此时的雨似乎也变成了黑的，黑得像墨汁一样。一路两边都是长起来的庄稼，那些庄稼应该比人还要高。若是晴天，房国春会听见一些虫子在庄稼地里鸣叫。这会儿虫子的叫声没有了，满地里都是雨水打在庄稼叶子上的哗哗声。房国春摸了一遍，没有摸到他的凉鞋。如果是在泥巴里摸泥鳅，起码能看见水面，还能看见泥巴里冒出的水泡儿，而这里什么都看不见，只能凭手指瞎摸。

因为雨天泥巴深，也是因为天黑，此时路上已断了行人，庄稼夹岸的黄泥地里只有房国春一个人。房国春记起，他上次放麦假时回来，路上遇见了外号叫织女的张春霞。张春霞为他拉着提包，一路上还跟他说了不少话。这会儿张春霞不会出现了，所有的人都不会出现了，房国春完全陷入一种孤立无援的境地。有那么一刻，房国春产生了一个错觉，觉得自己好像走进了一个蛮荒之地，前不着村，后不着店；前不见古人，后不见来者，全世界只剩下他一个人。但房国春没有伤心，更没有落泪。他是一个意志坚强的人，以落泪为羞耻。他终于把自己的凉鞋摸到了，凉鞋陷在泥巴里，被泥巴吸得很紧。他抠住凉鞋的鞋底，才把凉鞋拽了出来。拽凉鞋时，他又滑了一跤，这一次不是往前趴，而是蹲坐在泥水里。至此，房国春浑身上下都湿透了，连耳孔里都存了水。他不仅是一身水，还沾了一身泥，使全县第一高中的高级教师完全变成了一个泥巴人。这就得感谢黑夜了，若是在白天，真不知房国春变成了一个什么样的形象。

既然泥巴地里不适合穿鞋，房国春把另一只脚上的凉鞋也脱了下来，把两只凉鞋都提在手里。沾满了泥巴的凉鞋比没沾泥巴时沉了若干倍，如同提了两块泥巴坨子。离房户营村的路不算长，但沉沉的夜还很长，房国春相信，今夜他一定会走到家里去。

走着走着，房国春走偏了方向，竟走到一块玉米地里去了。玉米地如陡起的一堵墙，房国春的头撞了“墙”，脸触到了宽如大刀、长如宝剑的玉米叶子，才意识到自己偏离了路线。房国春想起了关于鬼打墙的说法。按人们所说，在这样阴雨如漆的夜里，小鬼们非常活跃，也非常欢欣，愿意与路上的活人做一些游戏。它们在活人面前打起一道道墙，布置起一个个迷魂阵，让活人只在原地绕圈子，一整夜都走不出迷魂阵。房国春的头脑是数学头脑，也是科学头脑，他从来不相信有什么鬼，也不相信有什么神，只相信他自己。他及时调整好方向，继续在泥泞中跋涉。

当房国春终于回到家时，村子里的人都睡下了，处处黑灯瞎火，一片烂泥。谁家关在院子里的狗偶尔叫两声，听来拖泥带水，似有些遥远。院子的大门从里边插上了，房国春敲了两次门，都无人应声。敲第三次门时，妻子才把堂屋的门打开了，问：谁呀？

我。由于长时间淋雨，房国春浑身精湿，好像连嗓子也湿了，他的嗓子有些喑哑。

妻子没有听出他是谁，没有马上去开门。近日以来，不知什么人，在夜里，隔着院墙，往她家院子里扔瓦片、烂鞋，还有死长虫，把她吓得够呛。在没有弄清是什么人敲门之前，她不敢轻易开门。四弟早就睡下了，四弟在家里吃凉不管酸，不管谁敲门，从来不管不问。她又问了一声：你到底是谁呀？

房国春想骂人，说：我就是我，连我你都听不出来吗？

这一回，妻子听出是丈夫回来了，她有些慌乱，没顾上打伞，没顾上拿手电筒，连雨鞋也没顾上换，只穿了一双布鞋，说着来啦来啦，跑着就出去了。妻子打开院子的大门，说：我的老天爷，你咋这时候回来了？

房国春不说话，把提包和一双凉鞋往妻子手里一递。

妻子到堂屋放下东西，一边点桌上的煤油灯，一边对丈夫说：你赶快歇歇吧，我去给你熬点姜糖茶。

房国春还是不说话。由于他身上沾满了泥，使他几乎变成了一尊泥塑的神像。“神像”只接受别人烧香，磕头，当然不说话。

妻子把煤油灯点亮后，才照见了丈夫，她又叫了一声我的老天爷，说：你咋弄成了这样子！妻子暂时不去熬姜糖茶了，让丈夫赶快把泥巴衣服脱下来，她去打盆清水来，让丈夫先洗一洗。

在妻子的伺候下，房国春洗了手脸，擦了身子，喝了一碗姜糖茶，又吃了两碗鸡蛋面条，才渐渐恢复了元气。不管喝姜糖茶，还是吃鸡蛋面，房国春从来不到灶屋里去，都是妻子，蹚着泥巴，从灶屋里一碗一碗端到堂屋，送到他手上。他坐在椅子上，甚至连屁股都不用挪，都是妻子上前把他吃完的饭碗接过去，再把盛满的饭碗端到他面前。不仅仅这次是这样，几十年来，房国春每次回家，妻子都是这样伺候他。房国春接受伺候时心安理得，已经养成了习惯。吃完了饭，房国春才问了一句：老四呢？

房国坤在西间屋里嗯了一下，说睡了。

妻子没有跟房国春说家里发生的事，更没有说宋建英找上门来，叫着房国春的小名骂房国春，她只是对丈夫说：你累了，明天多睡一会儿，别起那么早。妻子像是犹豫了一会儿，又说：外边泥巴天泥巴地的，你明天最好别出去了，最好别让村里的人知道你回来。

为什么?

宋建英那人不好惹。

我这次回来，就是跟她算账的。

国春，我没问过你的事，这一回，你就听我一句劝吧。你就是一个教书先生，咱斗不过人家。

我不信。真理在我手里，我就是要和他们斗一斗。

斗来斗去，对谁都没好处。就算你不为自己考虑，也应该为孩子考虑考虑。都在一个村住着，一斗就没个完，祖祖辈辈都会变成仇人。要是那样的话，咱家今后的日子就没法儿过了。

房国春的话让他妻子皇甫金兰胆寒，他说：你不要管我，没法儿过，就不过!

第十四章

房国春冒雨回家的第二天早上，雨停了。经过一夜雨水的浸泡，遍地的泥巴已经泛起。这里对泥巴有一个特殊的称谓，被人们称为黄胶泥。泥巴和胶，本来风马牛不相及。但这里的人们的确把泥和胶联系了起来，愿意以胶为泥命名。这里的泥巴里真的含有胶性吗？也许有，不然的话，泥巴里为何有那么强的黏合力呢！小孩子们不会错过玩泥巴的机会，他们挖来泥巴，又开始捏做各种各样的玩具。

不知宋建英从哪里得到了房国春回家的消息，村里人刚吃过早饭，宋建英就一路骂着，向房国春家走去。这一次，宋建英不是走到房国春家门口才开始骂，她出了自己的家门口就开始叫骂。她这样做，大概是要预热一下，也是为自己增加一些胆气。另外，她出门时除了穿上踏泥巴的胶鞋，手上还拄了一根竹竿。竹竿至少有两个用途，一是用来防滑，二来必要时可当武器用。她还是叫着房国春的小名，先把房国春比作钻进枯树洞子里的一条长虫，说你就是钻进树洞子里，我也要用开水把你浇出来。她又把房国春比作地洞子里一只屎壳郎，说你就是钻进地洞子里，我也要用尿水把你滋出来。她还把房国春骂成蜷缩在鳖窝里的一只老鳖，说你就是趴在鳖窝里，我也要把你抠出来。这样一路骂来，就骂到了房国春的家门口。

房国春从家里出来了，手指宋建英大喝一声：住口！你骂谁？

宋建英愣了一下，说：就骂你！

你凭什么骂人！你骂一个长辈，是缺德的。你辱骂一个人民教师，是要负法律责任的。

你写黑信告俺男人，告俺儿子，我不骂你骂谁，我骂死你个屙血的。

宋建英，不许你血口喷人！明人不做暗事，我从来没写过什么信。你说我写信告了你男人，告了你儿子，你有什么证据？没有证据就是污蔑，我坚决不答应！

听房国春这么一说，宋建英有些吃不准，告状信到底是不是房国春写的。房国春问她有什么证据，她是没有的。听儿子房光民说，告状信上没落具体的人名，落的是房户营村广大群众。说是房国春写的信，只是他们一家人的推测。房国春不让人的气势，也是宋建英没有料到的。她骂房国坤，房国坤把尾巴夹进屁股沟子里，比老鼠溜得都快。她上次找上门来骂房国春，房国春的老婆还要给她烧茶喝。不光是房国坤和房国春的老婆，她骂过村里不少人了，那些人都像是被她打败的鹌鹑斗败的鸡，耷拉着膀子，连毛都不敢支奓一下。这一次，宋建英算是遇上对手了。嫁到房户营村许多年来，她是第一次遇到这么强劲的、敢于和她对着干的对手。给她的感觉，房国春的气势好像比她的气势还要大，房国春的火焰似乎比她的火焰还要高。可是，开弓没有回头箭，过了河的卒子没退路，宋建英是不会退让的。她说：全村的人只有你字墨深，只有你能够着县里的人，只有你对俺儿当支书有意见，写告状信的事只有你做得出来，你想抵赖是赖不掉的。

房国春大概也看出宋建英的气焰不那么盛了，他用手一指宋建英：你给我滚！你没资格跟我说话。你去把房守本给我喊来，我要问问他，是怎样教育自己家属的。

房国春让宋建英滚，等于骂了宋建英，宋建英哪里受得了这个！在村里，都是她骂别人，别人还从来不敢骂她。宋建英是一团烈焰，她这团烈焰虽然也燃烧过，但很少发挥到最佳的烈度。房国春的骂把宋建英给惹了，她心中的烈焰仿佛一下子被点燃，她泼了，她辣了，她疯了，她拼了，她在熊熊燃烧。房国春让她滚，她把滚字接过来，踢还给房国春。她让房国春滚出房户营，滚到这眼子里，滚到那眼子里，一连骂了一大串滚。她骂的最难听的眼子，既牵扯到房国春的母亲，又牵扯到房国春的父亲，是一般的骂人者所不能想象。除了骂不绝口，她还辅以动作，把手中的竹竿连连朝房国春指去。竹竿像是她延长了的手指，“手指”差不多指到了房国春脸上。要不是泥巴吸了她的脚，她一定会跳起来，像人们传说的那样跳断鞋底。尽管泥巴吸了她的脚，她的身子一纵一纵，还是做出预备跳的姿势。从另一方面说，正是由于房国春的抵抗，才给宋建英提供了骂人的舞台，才大大激发了宋建英骂人的能量。宋建英好久没有这样痛痛快快地骂人了，她骂得可谓痛快淋漓。

村里的泥巴那么深，那么烂，那么黏，一点儿都不影响村民们前来观战。有雨鞋的，穿雨鞋；没雨鞋的，穿泥屐子；没泥屐子的，赤着双脚就过来了。这段时间，地里又没啥活儿，人们不来看热闹，干什么呢！大人过来了，小孩子们丢下手中正玩的泥巴，也过来了。有的妇女出来时，顺手装了半口袋瓜子儿，一边听骂架，一边嗑瓜子儿。像往常到镇上听戏一样，他们的眼睛在享受，耳朵在享受，嘴巴也不能闲着。他们都是好听众，听得相当专注，不但没有人大声喧哗，连交头接耳的都没有。也就是说，没有一个人站出来做劝架的工作，既没人劝宋建英，也没人劝房国春。相反，他们担心有人出来劝架，好像一有人劝架，架就打不起来了，“戏”的高潮就不会出现。他们心里都鼓动着，手里都捏了一把汗。他们不是担心打起架来，而是担心打不起架来。如果一方力量过强，或一方力量过弱，一方是老虎，一方是蚂蚁，架都打不起来。而在村里人看来，宋建英和房国春都很强势，都是老虎，双方称得上旗鼓相当，势均力敌。过去多少年，他们老也不过招儿，以致房户营的日子一直波澜不惊，平淡无奇。现在好了，房户营的两大主力终于摆开了阵势，拉开了架势，终于要过招儿了，二十年等一回，不，三十年等一回，万万不可错过看热闹的好时机啊！

房守彬来了。房守彬非常关注事态的发展，觉得每一步发展都跟他有着紧密的联系，都少不了他的一份功劳。他相信，要不是他到房国春家里烧底火，房国春这锅水是不会开的。要是房国春的这锅水不开，就烫不掉宋建英身上的鹌鹑毛。房守彬后腰里别着鹌鹑袋子，一只鹌鹑在袋子里活蹦乱跳，似乎急于跳出来。房守彬喜欢养鹌鹑，把玩只是一个方面。更重要的是他喜欢看斗鹌鹑，当地说是叨鹌鹑。当两只鹌鹑在一个画定的圈子里叨起来时，那是相当精彩，扣人心弦。在房守彬看来，宋建英和房国春也像是两只鹌鹑，两只生性爱斗的鹌鹑。他希望“鹌鹑”不要老是叫号，老是奓毛，老是拉架子，要赶快真刀真枪地叨起来。如同观看任何体育比赛一样，房守彬心里是有倾向性的，他向着房国春。从“两只鹌鹑”力量的对比上，他认为“公鹌鹑”的力量会大一些，而“母鹌鹑”不过是一只叫货，玩的不过是嘴上功夫。一旦叨起来，“母鹌鹑”定会败得一塌糊涂。如果那样就好了，就把“母鹌鹑”的威风灭掉了。在玩叨鹌鹑的游戏时，如果鹌鹑斗志不旺，有些消极，他会把两只鹌鹑凑近，或唆使一只鹌鹑往另一只鹌鹑头上叨一下，以把另一只鹌鹑惹毛，激发其斗志。此一刻，房守彬很想拿起房国春的手，抽宋建英一个嘴巴子。那样的话，场面上会立刻发生新的变化，刀光会来，剑影会来，那就精彩了。房守彬心里稍稍有些激动，他心里跳得比他布袋子里的鹌鹑跳得还要快。房守彬没有雨鞋，他穿的是一双高脚的木制泥屐子。泥屐子大概为这个地方所独有，别的地方很难看到。泥屐子的用途就是在雨天时踏泥巴。它类似缩小的小板凳，只不过，小板凳是四条腿，它只有两条腿。小板凳的四条腿下面都没有长脚，而泥屐子的每条腿下面都安了一只横脚，以免泥屐子在泥巴地里过度下陷。站在泥巴地里的房守彬，脚下已经挪了好几个地方。他觉得泥屐子往下陷得差不多了，就倒倒脚，把泥屐子从泥巴里拔出来，就近换一个地方。他这样做，是准备随时开跑。不然的话，等房国春和宋建英真的打起来，溅他身上血就不好了。

房守云来了。房守云是个急性子，自己爱吵架，爱打架，也喜欢看别人吵架，打架。房守云注意到了，风是雨的头，屁是屎的头，别人打架之前都是先刮风，先放屁，好比吵架是打架的前奏。而他的风格是，吵架和打架往往同时进行。他和自己的老婆常常打架，嘴里开骂的同时，拳就上去了，脚就上去了。听见宋建英和房国春一开吵，他就在心里喊：打，打，打它个海阔凭鱼跃，打它个天高任鸟飞，打它个头破血流，打破头做尿罐子。见房国春和宋建英老是动嘴不动手，他急得手心痒痒，直转腰子。老婆也来了，他老婆和一帮妇女在一个墙根站着。他真想把老婆抓过来打上一顿，给房国春和宋建英做一个示范。但他想到了，如果他和老婆打起来，会有喧宾夺主之嫌，还是看看再说吧。

高子明来了。高子明让他老婆在小卖店里守着，他到外面看一看。老婆不干，说她还想看呢。高子明说：没什么可看的。老婆噘着嘴说：光兴你看，不兴别人看是不是？没什么可看的，你去干什么！高子明说好好好，把小卖店的门锁上吧。高子明站在一个略微隐蔽的地方，离房国春家门口有一点距离。在这里，他可以听见宋建英和房国春吵架的内容，吵架的双方又不会看见他。高子明听出来了，事情正沿着他所预见的轨道往前走。当年被打成右派时，他还年轻，预见能力还不行。现在他觉得自己终于成熟了，很多事情超不出他所预见的范围。宋建英和房国春撕破了脸皮，事情闹得已经有些大了。它的灿烂前途在于，事情闹到这个地步，等于机器真正发动起来，就再也刹不住车，精彩的大戏会一幕接一幕上演。我在城楼观山景，忽听城外乱纷纷，这未免有些好，有些他妈妈的。作为一家外来的外姓人，高子明家在房户营一直受排挤，受欺负。老房家人多势众，一遇到什么事儿，姓房的总是沆瀣一气，最后受伤害的都是他们高家的人。这下形势发生了变化，姓房的人互相掐了起来。他们同房一操戈，就顾不上欺负姓高的人了。但高子明很快意识到，他这么看境界有些小了，有些过于看重一己之利了。相比高家和房家的利益之争，两房相斗的意义要大得多，深远得多。如广播里常说，这件事不仅具有现实意义，还具有历史意义。它的意义在于，可能会开创房户营历史的新纪元。从古代历史上看，社会要改变，一般要伴随着农民起义。农民起义，须先有民意基础，还要有发起人。房国春的行为，虽说算不上什么起义，但对于房户营村来说，却有着起义的意义。房国春的“起义”是有民意基础的，房国春本人也是很好的带头人。从发展势头来看，房国春的“起义”有可能会把房守本和房光民推翻，换成新的人物掌权。从现代历史上看，社会的改变也离不开混战和动乱，从乱到治，才能走上新的循环。以此类推，房国春的正义行动，有可能会打破房户营村原有的平衡，建立起新的平衡。无论怎么说，斗争的双方会一败一伤，或两败俱伤。这对于房户营的村民来说，都是值得观赏的，值得欢呼的。在这场可以预见结果的争斗中，高子明不打算站队。至少在表面上，他要保持中立的立场，不偏向任何一方。

房守现也来了。要说关切，房守现对这场争斗最为关切。他是这场争斗的策划者，发动者，间接参与者，也有可能是这场争斗的最终受益者。那天，他让儿子房光金请尹华喝酒，喝得效果不错。尹华喝了酒，当场说了不少实话。一说权力就像长在地里的甜瓜，就看你敢摘不敢摘。敢摘，瓜就是你的；不敢摘，一辈子都吃不到瓜。二说他对房守本、房光民父子印象并不好，他们父子太骄傲，太抠门儿，好像支书那个瓜永远长在他们地里。三说房光金可以写入党申请，写完了不必交给房光民，直接交给他就行了。房守现说：光金要是入了党，我一定重重感谢你。尹华说：这个好说，这个好说。房守现所选择的是一个有利地形，可以把宋建英和房国春的一切言语尽收耳中，一切行动尽收眼底。双方的言语和行动，对房守现来说都是重要的，从中可以判断出他们的过去、现在和将来。比如说，宋建英一口咬定，是房国春给县里写了告状信，告了房守本和房光民。房守现也相信写信的事是房国春干的。可房国春却拒绝承认写了告状信，要把写信的事推掉。这里面露出的苗头就不太好，难道房国春被宋建英吓着了，要临阵脱逃不成！好汉做事好汉当，你房国春在关键时刻千万不要下软蛋。他真想走过去，站在房国春一边，要三叔一定要顶住，顶住。可他这会儿是不会走过去的，正确的做法只能是坐山观虎斗，既不影响两虎相斗，又不能被任何一只老虎所伤。

织女站的地方离房守现不远，房守现瞥见了，织女正一次一次向他递眼波。上次他和织女相会，还是在收麦之前。而现在秋庄稼都快要成熟了，玉米棒子都长得老粗了，他没有再和织女相会过。年年有个七月七，天上牛郎会织女。眼看七月七也快要到了，织女大概有些着急了。女人家就是这样，分不清哪是大事，哪是小事，只会感情用事。着急也不行，有痒你挠着，有尿你憋着，大事当前，我可顾不上和你钻玉米地。房守现像没有看见织女递上的眼波一样，没有做出应有的回应。这让织女多多少少有些失望。

房守现对于眼前这场争斗的期望值很高，不仅期望房国春和宋建英赶快交手，还期望双方背后的支持者都站出来，走上前台，参与交手。宋建英有丈夫，有两个儿子，有弟弟，有侄子，具有一定实力。而房国春也有两个儿子，四个侄子，再加上弟弟房国坤，实力略胜一筹。房守现相信，只要房国春和宋建英打起来，双方背后的人都会卷入其中，由双人舞变成集体舞，由两个人打架，变成打群架。不光男丁们奋勇当先，恐怕女眷们也不甘示弱。那样的话场面就大了，就壮观了。群架一打起来，往往不好控制，不可收拾，恐怕不打坏一个两个不会罢手。打群架的场面，是房守现最期望看到的场面。群架一起，遍地狼烟，离他儿子取得政权就不远了，离他在房户营村坐收渔利也不远了。

人的期望，总要有点根据。房守现的期望，不是一点儿根据都没有。因为房守现看见，房光民已经来了，房光民虎视眈眈，杀气腾腾，像是随时准备冲上去，助他娘宋建英一臂之力。房光民站在与房国春家大门口对过的另一家门楼子下面，手里提着一根电警棍。不用说，这根电警棍是房光民在乡里派出所当协警时偷藏起来的。房守现挨过电警棍的击打，深知这玩意儿的厉害。可以说被重量级的拳击手击一记直拳，都不如电警棍的冲击力强，电警棍轻轻一捅，就能把人捅倒，并捅得全身哆嗦，爬不起来。人说孙悟空的金箍棒好生了得，而在房守现看来，电警棍比金箍棒还了得。虽说金箍棒可轻可重，可长可短，但它不带电。而电警棍是带电的，一带电就不得了，就杀人不见血。房守现设想，孙猴子当初要是拥有一根电警棍的话，它大闹天宫会闹得更厉害，在保护唐僧去西天取经的路上，什么妖魔鬼怪都不在话下。房守现虽然对房光民和电警棍都很反感，还是暗暗希望电警棍能派上用场好一些。

在骂人方面，房国春与宋建英显然不是同一级别的选手。如果说宋建英是一流选手，或超一流选手的话，房国春连三流选手都谈不上。房国春的嘴皮子不如宋建英利索，掌握的骂人词汇不如宋建英多，那些村话脏话他也骂不出口。在教书方面，房国春堪称“高级”，堪称一流，但骂起人来，他的确不是宋建英的对手。房国春怎么办？作为房户营村的文化精英，作为该村的道德高地，作为一位一直受全村人尊敬的人民教师，同时作为一个视个人尊严为生命的人，难道就这样任人辱骂吗？任人践踏吗？一世的英名就这样毁于一旦吗？房国春实在不能容忍啊！房国春问房守良到哪里去了，大声喊房守良过来。

房守良不在现场。

作为房国春的大儿子房守良，当父亲遭到别人辱骂时，房守良应当守在现场，为父亲助阵。可是，房守良没有出现在现场，他可能还待在自己家里。房守良的家离父亲的家不远，当宋建英骂到父亲家门口时，房守良应该听得见。全村人都听见了，他怎么会听不见！就算他的耳朵有点儿背，宋建英骂人的调子那么高昂，也会敲响他的耳膜。也许房守良是害怕了，也许房守良是故意回避，反正他没有像房光民那样出现在人们的视线范围之内。

房国春开始骂房守良。他骂宋建英骂不出口，骂起房守良来却相当粗野。

房国坤自告奋勇，去把房守良喊过来。

房国春在调兵遣将，在寻求支援，房守现觉得这很好，事态正朝着他所期望的打群架的方向发展。

房国坤把房守良喊过来了。房守良穿着短裤，赤着双脚，脚上沾满了泥巴。

房国春对房守良说：你去，到乡里把杨才俊给我叫来。

房守良有些为难，心说我的爹呀，人家杨才俊是堂堂一个乡的书记，你想叫人家来，人家就能来吗！你以为杨才俊还是你的学生吗？人家叫你一声老师，不过给你一个面子而已。他说：泥巴这么深，杨书记怎么来？

房国春说：他既然当官，就不能怕泥巴深。我能踏泥巴，他年纪轻轻的，有什么不能踏的！我要让他过来看看，房户营村在他治下变成什么样子了！

宋建英不怕房国春拿杨才俊压她，她拎过话头接着骂房国春：把你亲爹搬来我也不怕，把你亲爷搬来我也不怕！

房守良说：我就是去喊他，他也不会来。

房国春说：你还没去喊他呢，怎么知道他不会来。

这时，房守良说了一句清醒的话，也是说了一句实话。这句话让房国春恼火，也让房守现、房守彬、高子明们有些不自在。房守良说：爹呀，我劝你别闹了。你看，这么多人在旁边站着，连一个劝架的人都没有，人家是在看你的笑话呢！

房国春不认为别人是在看笑话，群众是真正的英雄，这句语录式的话他记得很清楚，他认为群众都是他的支持者，也是事情的见证者。他说：看什么笑话，我是相信群众的。我让你去喊杨才俊，你就得给我去。

房守良站在泥巴窝里，没有动。他的嘴动了动，不知说的是什么。

你个狗日的，我日你小娘，我使不动你了是不是？你去不去，你要是敢不去，我抽死你！

你今天就是打死我，我也给你请不来杨书记。

宋建英找上门来劈头盖脸骂房国春，已经使房国春的忍耐到了极限，连自己的儿子也不听话，不争气，不给他台阶下，他没办法不爆发。房国春怒不可遏，朝房守良扑去。是的，他没有朝宋建英扑去，把扑打的目标对准了自己的儿子。见房国春气势汹汹地扑过来，宋建英噤了一下声，不由自主地让开了。

房守良没有束手就扑，他跑开了。

房国春骂着朝房守良追去。树上的一只知了大概受到了惊吓，吱的一声飞走了。人群随着房国春和房守良的转移而转移。房国春脚上穿的泡沫塑料凉鞋还是不适合踏泥巴，他在泥巴地里刚追了两步，凉鞋就被泥巴粘掉了，两只凉鞋都粘掉了。房国春顾不上在泥巴窝里抠凉鞋，赤着双脚，继续朝房守良追去。

众目睽睽之下，房守良像是有些犹豫，是继续跑好呢？还是让爹捉住打一顿好呢？继续跑显得有些孩子气，只会让别人看笑话。让爹打一顿也不好，须知爹打起人来没头没脸，是很厉害的。所以他是跑跑停停。当爹追他时，他就跑；当他和爹拉下一定距离时，他就停。房守良没有顺着村街朝南跑，他选择的方向是朝北边跑。房守良错了，北边不远处就是护村坑。下了一夜雨，坑里白水汤汤，增长不少。坑边的芦苇几乎被淹没，只有顶尖的叶子在水面漂动。水边的蛤蟆咯哇乱叫，像是对扩大的水面表示祝贺。房守良从小跟着爹在县城上学，没有学会游泳，跑到坑边，他就没了退路。爹知道他这个弱点，当他跑到坑边不能再跑时，爹伸着双手，像老鹰抓小鸡一样向他抓去。

房守良跳水是不行的，倘若跳下去，只能是灭顶之灾。还好，房守良没有选择跳水，当爹的“鹰爪”触到他的一刹那，他拨开爹的“鹰爪”，向爹的身后跑去。这一次他是向南跑，南边大路朝天，方向是正确的。

然而，让人意想不到的一幕出现了，斜刺里杀出一个房国坤，竟迎面拦腰把房守良抱住了。在房守良的孩提时代，房守良的四叔房国坤可能都没抱过房守良，可就在此时，四叔却把已经当了爹的房守良抱住了，抱得紧紧的，显得有些亲切。房守良不习惯被四叔抱，他觉得四叔抱得不舒服，很不舒服。于是，他使劲挣扎，想挣脱四叔的怀抱。一个要挣脱，一个不让挣脱，其结果，脚下的泥巴使了一个绊子，两个人都倒在地上。

房国春趁机赶到，两腿一跨，骑到了房守良身上。

房国坤帮三哥捉到了房守良，仍不罢休，爬起来朝房守良腿上踢了两脚，还把手上沾的泥巴甩在了房守良脸上。

如房守良所知，爹打起人来是很厉害的。爹一骑到他身上，就抡起巴掌，抽他的嘴巴子。房守良用手捂自己的脸时，爹就握起拳头，击打他的头。爹一边打，一边骂，你这个软骨头，你这个叛徒，我打死你，打死你！

房守良在泥巴窝里滚来滚去，滚得从头到脚、从脸到手，从嘴到牙，都沾满了泥巴。在夏天，怕热的猪喜欢到井台旁边的泥巴窝子里打泥，使黑猪变成泥巴猪。此时的房守良，身上滚的泥巴恐怕比猪身上的泥巴都多。房守良身上沾满了泥巴，骑在房守良身上的房国春，也难免被泥巴缠身。他昨天夜里从镇上回来时，身上沾的泥巴没被人看见，而这会儿是大白天，他泥巴涂身的形象一下子暴露在村人面前。人们有些吃惊，也有些怀疑，这是那个过年时在脖子上围长围巾的三爷吗？这是那个在夏天成天摇扇子的三叔吗？这是那个通晓国内外大事的高级教师吗？泥巴一涂，怎么跟换了一个人似的。

错了，完了，没意思透了！房守现所期待的不是这样的结果。在他看来，事情发展到目前，方向错了，目标错了，路线错了，一切的一切，全都他妈的错了。房国春所选择的攻击目标应该是宋建英，他骑的应该是宋建英的身子，抽的应该是宋建英的嘴巴子，事情阴差阳错，突然出现了这样糟糕的局面。大事情突然变成了小事情，村里的事情突然变成了家里的事情，严肃的事情突然变成了搞笑的事情，房守现摇头，他不想看了，想走。

高子明已悄悄退回到小卖店里去了，他的评价是：自我消耗，自相残杀。

连宋建英也没想到会出现这样的局面，看到滚成一对泥巴猪样的房国春和房守良，她几乎想笑。

房守良的女儿小瑞吓得哇哇大哭，她喊：爷爷，别打了，别打我爹了！

房守良的老婆晏子急得浑身打战，她说：有本事你把他打死吧，打死他大家都别过了。

最后，还是房守良的娘过来，抱住房国春的一只胳膊说：他爹，他爹，你不能拿孩子出气，孩子受的委屈已经够多了。她一个人拖不动丈夫，是织女上前帮忙，才把房国春从房守良身上拖开了。织女的样子像是有些生气，说：三叔，你这是干什么？打自己的孩子不算本事！

房守良躺在泥巴窝里，并没有马上起来。他失声号啕，好像已经绝望。

第十五章

如房国春所料，那块地被挖成深坑后，一下雨就积满白水，成了蛤蟆坑。蛤蟆在水坑里互相追逐，争妻夺子，甚是热闹。水面上还有一种被当地人称为“水拖车”的水生物，它们细胳膊细腿，在水面上驾轻就熟，滑行相当迅速。有的人家收过小麦，就近把麦秸抛进水坑里去了。麦秸在夏天的水里一沤，坑里的积水很快变色，由白色变成黄色，又从黄色变成黑色。一个小女孩儿在立陡的坑边玩耍，一不小心，掉进水里淹死了。

翻建学校的事无人再提，学校墙角的裂缝越来越大，说不定哪一天就会房倒屋塌。崔老师已经两个月没领到工资，她去找支书房光民，房光民让她去找村长房光和，两个人把她当成一个皮球踢来踢去，“皮球”给踢得都快要漏气了。房守良的女儿房小瑞还是天天到外村的小学去上学。老师问她将来的理想是什么，她没说出理想是什么，说出了理想不是什么，那就是将来不当老师。

房守良没等到收秋，就背起行囊，到外地打工去了。娘掏出五块钱，给他做盘缠。五块钱当中，大部分是毛票。房守良知道，娘的钱不是爹给娘的，是娘卖鸡蛋攒下来的。房守良不要，说他长这么大，还没给过娘钱呢，哪能花娘的钱。一句话说得娘满眼含泪，娘说有他这句话就够了。娘还是把钱塞进房守良的口袋里去了。娘叮嘱房守良，钱挣多挣少都没啥，身体全全活活才是最要紧的。

趁房光和不在家，房光民以商量工作的名义，又到房光和家去了几次，每次都和房光和的老婆干同样的“工作”。房光和的老婆果然怀了孕。她按照房光民的说法，对房光和说，可能是输精管儿没扎紧，有个别漏网之鱼跑了出来。房光和没怀疑自己的老婆偷吃嘴，反而觉得自己很有能力，希望老婆能给他生一个女儿。他对管计划生育的人说，这不能怨他，只能怨结扎手术没做好。他坚决拒绝让老婆去医院做流产手术，坚持让老婆把孩子生下来。他还说这是天意，是他命里还有一个孩子要报到。

房守现又数给儿子房光金五十块钱，让房光金再请尹华喝酒。房光金没有请尹华喝酒，他把钱花到一个外地来的女人身上去了。房户营村还有一户外姓人家，姓陶。陶家因为家底薄，陶家的儿子迟迟找不到老婆。陶家儿子的二姐夫是一个人贩子，时常从偏远的西南省份贩回一些女人来。二姐夫捎带脚，给陶家的儿子也贩回了一个老婆。这个外面来的女人与本地土生土长的女人相比，长得不一样，说话不一样，行事不一样，让村里的男人觉得大有异趣，都想把这个女人的滋味尝一尝。方便的是，这个类似外域来的女人是开放型的，她男人外出干活儿，她就在家里干活儿。

她的活儿明码标价，十一个活儿收五十块钱。像房光金这样手里趁五十块钱的男人，纷纷来到外来女人家里，如数把钱数给了人家。他们明明花了钱，流失了东西，但一个二个都好像占到了大便宜。他们都是活广告，说不一样，就是不一样；还说不尝不知道，一尝吓一跳。听说房光金把酒钱花在陶家女人身上，房守现把房光金狠狠熊了一顿，嫌房光金目光短浅，缺乏大志。房守现说：等你入了党，当了支书，全村的女人，你想跟谁睡都可以。到那时候，不用你花一分钱，说不定有的女人还倒贴钱给你。有两个年轻人，一个人拿不出五十块钱，两个人把钱凑到一起，才凑够了五十块钱。他们以为是买羊肉，花五十块钱买来一块煮熟的羊屁股，他们分着吃。不料陶家女人是活羊，不是死羊；是生羊肉，不是死羊肉，吃得分不得。第一个年轻人吃过之后，她不许第二个年轻人再吃。第二个年轻人有些着急，打算来硬的。陶家女人跑出去了，跑到支书房光民家要求评理，说两个人花的是一个人的钱，却要她干两个人的活儿，天下哪有这样的道理！房光民主持了公道，为陶家女人撑了腰，说干这事儿凑份子是不行的。但房光民马上指出，你这种行为属于卖淫，是要罚款的。我不罚你太多，只罚你五百，你尽快把罚款交上来！

吕店乡又收到了上级单位批转来的告状信，这一次不是县里批转的，是省里批转的。告状信里涉及的还是房户营村的事，但落款不再是房户营村广大群众，是县里高中的高级教师房国春。不管上一封告状信是不是房国春写的，这一封确凿无疑为房国春所写。这封信里增加了一些新的内容，说房户营村被挖毁的良田已变成了一个水坑。说匿名信不是他写的，但房守本、房光民怀疑是他写的，房守本指使他的老婆三番五次到他家门口叫骂，使他的人格受到极大侮辱，精神受到极大伤害。房国春简单回顾了自己的人生经历，说是党把他从一个穷孩子变成了人民教师，他对党的感情像海一样深。他表示相信，党和政府一定会严肃处理房户营村的事，为老百姓伸张正义。他坚决要求，立即撤销房光民的支书职务，还房户营村的村民一个公道。房户营村的事如果仍得不到处理，他将保留到北京上访的权利。这封信他印了若干份，不仅寄给了省纪委，寄给了一些报社，还给在北京工作的房光东和在省会工作的房光东的弟弟各寄了一份。

房光东收到了房国春寄给他的告状信，他放下手头别的事情，先把房国春的告状信看了一遍。房光东所供职的报社每天都会收到一些群众来信，房国春的这封信也像是群众来信之一种。但房光东对房国春的来信更感兴趣一些。因为房光东的老家在房户营，他母亲还在老家的老房子里生活，他每年都要回去一到两次，他对老家发生的任何事情都很关注。除了油印的告状信，房国春还给房光东写了一封短信，希望房光东把他反映的情况在报纸上登一登。房光东笑了一下，认为这是不可能的。凡是不被采用的稿子，房光东都会在稿子的右上角用红笔批一个不用，放在一边。房光东没有在房国春寄来的东西上批任何字，也没有把信丢弃，他把信按原样折好，装进信封，放到自己抽屉里去了。

弟弟从省会给房光东打来电话，就收到房国春的告状信一事，兄弟俩在电话里进行了沟通。他们的共识是，房国春是一个正直的人，他的意见是对的。但对村里的事万万不可过问，不可参与，一参与就麻烦了，就再也不会安宁。最好的办法是，收到信跟没收到信一样，装作什么都不知道就完了。弟弟问：他要是到省会来找我怎么办？房光东说：这种可能是有的。他要是找到你，你还是要热情接待他，多谈谈和为贵就是了。

乡党委的决定下来了，决定撤销房光民房户营村党支部书记的职务。新的支书人选尚未确定，暂时由管片副乡长尹华代理。

房守现想放一挂鞭炮，庆贺一下。这里娶新媳妇，生孩子，过年，或死了人，才放鞭炮。为庆贺一个人下台放鞭炮，好像还没有先例，别人问起来也不好解释，就免了吧。房守现马上包了三百块钱，给尹华送去了。他没有让儿子房光金送，怕房光金雁过拔毛，把“毛”送给陶家儿媳。他亲自把钱交到尹华手上，祝贺尹华当了房户营村的支书。尹华说，他又不是当乡党委书记，有什么值得祝贺的。尹华还是把钱收下了，同时收下了房光金的入党申请书。尹华对房守现说：以后你让房光金直接找我。

在小卖店里，高子明嘴对着瓶口，自己喝了一瓶啤酒。小卖店进了一箱啤酒，村里无人问津。有人说，啤酒的味道跟马尿一样，没什么喝头。高子明说：你们不懂，现在城里人都是喝啤酒，外国人也是喝啤酒，喝啤酒才是真正的高级享受。有人以为啤酒的啤是调皮的皮，问高子明：人是不是越喝越调皮？高子明说：不要瞎说，这个啤不是那个皮。人问是哪个皮，是猪皮还是牛皮？高子明想说是脾气的脾，去掉一个月字，搭上一个口字，想到问话的人不识字，说得越多，对方越糊涂，干脆说：人皮。对方一听是人皮，就更不敢喝。别人不喝，高子明就自吹自擂，自己喝。房光民被撤掉了支书职务，这可是房户营村一件大事。这件事大到什么程度呢？至少可以在房户营村的历史上记下一笔。听说房国春一直在书写房户营村的历史，这一笔房国春是不会漏下来的。房国春记下这一笔时，一定会说成自己的斗争取得了胜利，会把功劳统统记在自己账上。房国春爱怎么记就怎么记吧，反正他不会与房国春争功，一分钱的功他都不会争。谁要是说在拿掉房光民的事情上，他高子明起到了至关重要的作用，他是不会承认的。不但不会承认，说不定他还会跟人家急眼。世上的无名英雄就是这么来的。有名英雄都是雷同的，无名英雄各有各的无奈。高子明喝啤酒，没让老婆给他炒菜，喝一口，就一个五香花生豆。有人来买东西，他把啤酒嗝打得大大的，表示舒服。他的相好也来买东西了，让高子明给她拿一盒火柴。按高子明此时的心情，他很想把相好拉进小卖店，并把相好的裤子脱下来。因为是白天，人来人往的不方便，他没有付诸实践。看暂时无人过来，他把啤酒瓶往相好面前一送，意思让相好也喝一口。相好摇摇头，不喝。他又抓了一把五香花生豆递给相好，相好也不接。高子明明白，相好来买火柴是假，想要另一种火才是真，他小声说：晚上你过来吧，我等你。相好说：你这儿地方太小了，晚上你还是到我家去吧，家里就我自己一个人。我买了一个西瓜，我给你切西瓜吃。高子明眏眏眼皮，答应晚上到相好家里去。

听说儿子被撤了职，宋建英气得哭了一场。她边哭边骂，除了骂房国春，还骂了杨才俊，骂了尹华。她骂杨才俊拿了钱，不替人消灾。骂尹华不该当支书。哭完了，骂完了，她连晚饭都不做了。她当了几十年支书夫人，应该是房户营村的第一夫人。虽然在三年大饥荒后的“民主补课”和“文化大革命”中也受过一些波折，但总算没有动摇她第一夫人的地位。儿子房光民接了支书后，她理所当然地成了房户营村的第一母亲。儿子才三十多岁，她本以为当几十年第一母亲没问题。谁知道呢，她当第一母亲连一年都不到，咔吧一声，就没她的戏了。宋建英肚子里满满的，硬硬的，鼓起了一个疙瘩。疙瘩里像是有一团火，她要用这团火把房国春家的房子烧掉。疙瘩里像是有一包炸药，她要用这包炸药把全村的人都炸死。

房守本比较镇定些。老婆不做晚饭，他没提出什么异议。晚饭不吃就不吃吧，一顿饭两顿饭不吃，不算什么事。儿子房光民这么快被撤职，是房守本没有想到的。凭他在房户营村的根底，凭他上上下下的人际关系，凭他给儿子撑着后腰，他原以为儿子的支书会稳稳当当干下去。虽说二代支书不如他这个一代支书资格硬气，有他这个一代支书仍像顶梁柱一样在那里顶着，房子大约不会塌下来。谁知道呢，老子不能代替儿子，一代支书也不能代替二代支书，儿子的支书说塌台就塌台了。朋友在远方，坏人在近处。之所以出现这样的结果，罪魁祸首只有一个，那就是房国春。过去多少年来，他对房国春一直很尊敬。每年春节，他拜年的第一个对象就是房国春。房国春每次回家，他都要登门看望。就连房国春家里的人出了事，也都是由他出面摆平。有一回，房国坤跟村里一个人打架，用锄头把人家的脸劈去了半边。当着房国春的面，他出面调解，只赔人家一些钱完事，避免了房国坤去蹲监狱。不论从哪方面讲，他对房国春一家都称得上够意思。反过来说，房国春对他的工作也一向很支持，两个人至少是相安无事。自从房光民当了支书，不知抻着了房国春哪根筋，房国春说翻脸就翻脸，一上来就跟房光民过不去。房国春把脸的正面翻成了反面，把人脸翻成了鬼脸，翻得血糊流啦，牛头马面，着实让人吃惊。房国春咬住房光民就不撒嘴，简直就是一只咬人的王八。好你个房国春，难道你就不想一想，房光民是谁，我是谁。我是房光民的爹，房光民是我的儿子。你反对我儿子，等于反对我；你跟我儿子过不去，就是跟我过不去。你既然对我不仁，就别怪我对你不义。从今以后，咱俩势不两立，有我没你，有你没我。你最好别再回房户营，别让我再看见你，只要看见你，我就对你不客气。

房守本有一个孙女儿天天跟着奶奶，在房守本家吃住。房守本不吃饭可以，他的孙女儿却闹着要求吃饭。房守本不知不觉就发了脾气，对孙女儿说：不许闹，再闹我揍你！孙女儿平时撒娇撒惯了，不会看爷爷的脸色，嚷着说：我就是要吃饭，我喝玉米稀饭。房守本抬手在孙女儿屁股上揍了一巴掌，对孙女儿说：滚，滚回你家去。孙女儿大概被揍疼了，吃了一惊之后，哇哇哭着，回自己家去了。房守本对自己也有些自责，认识到不卖那块地的土就好了。就是因为卖了土，才被房国春抓到了把柄，受到了房国春的攻击。可村里如果不卖土，就没有资金来源。作为一个基层政权，没有钱的支持，是无法运转的。政权分大政权，小政权。

大政权主要靠枪杆子和经济发展维持，而下面的小政权，主要是靠钱维持。村支书手里一点钱都没有，这个基层政权靠什么维持呢！手里没把米，连一只鸡都唤不来呀！

房光民被撤销了村支书职务，扩音器还暂时在他家里放着，高音大喇叭还在他家的树上绑着。这两样东西如果代表着房户营村的舆论工具和舆论阵地的话，舆论的权力还在房光民手里掌握着。房光民没有报纸，也没有电视台和广播电台。扩音机和大喇叭就相当于他的报纸、电视台和广播电台。别看房光民当支书时间不长，对舆论工具和舆论阵地还是知道运用的。这天晚饭之前，大概是北京的中央电视台开始新闻联播的时间，房光民打开扩音器，把麦克风嘣嘣弹了弹，呼呼吹了吹，开始对房户营的村民发表讲话。那时村里还没有电视机，连一台电视机都没有，个别家庭能有一台半导体收音机就算不错。房光东给他母亲买了一台收音机，引得不少人到房光东家从收音机里听戏。对于用电力放大的声音，乡下人是敏感的。房光民用手指把麦克风弹响第一声，村民们就听见了。太阳正在下落，扁嘴子陆续上岸。有人从地里往村里走，有人在家里做饭。房守成把羊放饱了，羊的肚子向两侧鼓着。往村里走时，羊在前面走，他在后面跟，不像是他牵着羊，像是羊牵着他。羊边走，边张开屁眼儿，播种一样拉屎。羊屎蛋儿是特殊的，每一粒羊屎都像一颗饱满的豆子，不是黄豆，是黑豆。“黑豆”落在地上嗒嗒直响，像有人弹琵琶一样。房光民开口没称同志们，没称村民们，没称乡亲们，也没称老少爷们儿，他用了一句江湖语言，也是卖大力丸的口气，说列位听真，列位听真了，现在我宣布，房户营村永远开除房国春的村籍，把他打翻在地，并踏上一只脚，让他永世不得翻身。房国春太坏了，他比害死岳飞的秦桧还要坏，比发动第二次世界大战的希特勒还要坏，比在中国搞三光政策的日本鬼子还要坏。他反对翻建学校，目的是把我们村的子子孙孙都变成睁眼瞎。他在背后告我的黑状，打我的黑枪，目的是让我下台，让他儿子当支书。我们要擦亮眼睛，认清房国春这个坏蛋的反动本质。我们要团结起来，坚决和房国春斗争到底，不获全胜，决不收兵。我保证，只要我在房户营待一天，就不许房国春再踏进房户营。他胆敢踏进房户营的领土，我就把他的狗腿打断。我房光民说到做到，决不放空炮！最后，房光民采用“文革”期间流行的做法，通过大喇叭呼了口号：打倒房国春！房国春死有余辜，遗臭万年！

房光民发表讲话时，房守彬正在家里和外村的一个人玩叨鹌鹑，两只鹌鹑正叨得难解难分。大喇叭一响，房守彬做了一个手势，让叨鹌鹑暂停下来，他说：人叨人比鹌鹑叨鹌鹑更好玩。房守彬边听边骂，说房光民放屁，放的屁连鹌鹑屁都不如。外村人有些惊奇，问房守彬：这是什么人讲话，怎么和“文化大革命”时的红卫兵是一个腔调。房守彬说：他本来就是红卫兵出身。

不难设想，这个时候房国春如果不是待在县城的学校，而是待在房户营，那热闹恐怕会闹大。以往到房国春家挑战，都是宋建英一个人出马，顶多拉上另一个女将杜兰妮。这时若房国春在家，房守本和房光民也会出马。宋建英挑战时，主要方法是骂，是动嘴不动手。倘男将出马，那就不是动嘴骂的问题了，恐怕手是要打出来的。因为男将和女将相比，男将的优势不是嘴，是手；不是骂，是打。在最要紧的关头，冲突另一方的主角不在家，冲突不能很好地发生，不能掀起高潮，这让大家感到不够满足。

宋建英大概有些等不及了，她一改以往动嘴不动手的风格，找一个薄弱环节为突破口，率先和房国春的妻子皇甫金兰打了起来。

宋建英不再满足于在她的家门口拦截房国春家的人骂，也不再满足于到房国春的家门口叫骂，只要她乐意，房国春家的人下地干活时，她可以追到地里去骂。房国春家在西南地里种了一片豆子，豆子成熟了，这天下午，房国坤和皇甫金兰到地里割豆子。皇甫金兰下地时，宋建英还在家里睡觉，没看见皇甫金兰。等房国坤下地时，就被宋建英看见了。房国坤在前边走，她一路骂着在后边跟。房国坤的办法是不还口，也不回头，加快脚步往前走。见房国坤加快了脚步，宋建英也把速度加快，紧追不舍。房国坤来到自家豆子地的地头，他没有下地割豆子，而是继续往前走，走到河边去了。到了河边，他沿着河岸，向北边走去。他在和宋建英兜圈子。骂不过宋建英，他似乎要在兜圈子方面跟宋建英比个高低。宋建英像是看透了房国坤的用心，叫道：你想甩开姑奶奶，没门儿！除非你一头扎进尿窑子里淹死。继续朝房国坤追去。一个男的在前边快走，一个女的在后边紧追，这构成了田野里的一道风景线，引得不少人暂时停止了干活儿，打着眼罩子向他们观看。夏天在地里割麦子时，人们常常会看见狗撵兔子，那也是一道风景线，能给辛勤割麦的人们平添一点乐趣。宋建英追骂房国坤，虽然不如狗撵兔子跑得快，但看起来效果还可以，也能给大家添点乐子。房国坤没有一头扎进尿窑子里淹死，前面有一条从村里流过来的小河沟，房国坤一个箭步，从河沟上跨越过去。跨过去之后，他朝吕店镇的方向走去。跨越河沟，为宋建英所不能，她终于还是被房国坤甩掉了。直到这时，房国坤才敢回过头来看宋建英，仿佛在说：你不是母老虎嘛，有本事你也跳过来呀！他掏出烟袋，装了一锅子烟，开始吸烟。

宋建英被彻底激怒了，追不上房国坤，她回过头来跟皇甫金兰算账。皇甫金兰在地里割豆子，她站在地头骂人家。说来像皇甫金兰这般有涵养的人真是少有，宋建英一迭声地叫着她的名字骂她，她蹲在地里只管割豆子，一声都不吭。她仿佛在说：豆子可是好东西，磨成面可以擀面条，泡在盆里可以生豆芽。

前面说过，宋建英是骂人的高手，她骂人的其中一个特点是富有想象力，能把无骂成有。在骂皇甫金兰时，见对方无动于衷，她的想象力就开始发挥。她想，房国坤作为一个寡汉条子，天天跟嫂子住在一个房子里，而房国春又天天不在家，这两个人肯定有问题。于是，宋建英就骂皇甫金兰不要脸，天天偷小叔子。还说房国春和房国坤两个男人娶一个老婆。她为自己有了这个思路而兴奋，都是因为灵感突然爆发，才有这样的好思路。沿着这个思路，她又骂出了一连串不堪入耳的下流话。

皇甫金兰实在听不下去了，她的脸由红变白，身上也哆嗦起来。豆子割不成了，再割有可能会割在自己手上，自己腿上。皇甫金兰站起来了，她的仪态像一个从容就义的烈士所做的那样，没忘拉拉自己的衣服，整整自己的头发。有一点必须指出来，皇甫金兰站起来时没有拿镰刀，她把镰刀放在了地上。如果她一直手持镰刀的话，也许宋建英不敢扑打她。也许她担心镰刀会伤到宋建英，就提前把镰刀放下了。她还是把宋建英称为他嫂子，说：他嫂子，你骂人不能这样骂法，不能血口喷人！

看看看看，挖到你的病根了吧，把你的人皮扒下来了吧！别看你成天装得像个人儿似的，一个女人让两个男人日，最不要脸的就是你。

皇甫金兰说：我不会骂人，谁骂我，就是骂她自己。谁把我骂成什么人，她自己就是什么人。

我骂你，骂你，就是骂你！宋建英冲上去了，舞着一只手，要抓皇甫金兰的脸皮。

皇甫金兰个子高，宋建英个子低，皇甫金兰脸一仰，往后退了两步，没让宋建英抓到她。

宋建英没抓到皇甫金兰的脸，手往下一走，拉住了皇甫金兰的裤腰，欲扯皇甫金兰的裤子。

这可使不得，万万使不得！皇甫金兰的裤子是她最后的底线，她决不允许宋建英把她的裤子扯下来。她的裤带不是皮带，是一根用碎布条搓成的布带，布带系的是活扣儿，经不起拉扯。她两手死死抓着系裤带的地方，不让宋建英把裤带扯开。她看见邻边地里一些干活儿的人向这边走过来，顿时非常紧张，紧张得像一个处女遇到了色狼一样，把裤带抓得更紧些。在这种危急关头，皇甫金兰还保持着自己应有的尊严，她没有哭喊，没有央求宋建英，只是说：他嫂子，咱都是女人，都是要脸的人，你这是干什么！

你要是要脸，就不会拱着你男人，坏俺家的事！宋建英扯不下皇甫金兰的裤子，用头猛地一顶，顶在皇甫金兰的胸口上，把皇甫金兰顶翻在地。她继而压住皇甫金兰的腿，继续锲而不舍地撕扯对方的裤子。她找到了问题的关键，关键在于皇甫金兰的手，如果掰不开皇甫金兰的手，就解不开裤带，扯不掉皇甫金兰的裤子。她两手上去，集中力量掰皇甫金兰的手。她掰住皇甫金兰右手的食指，使劲掰，使劲掰，咔吧一声，把皇甫金兰手指的骨头掰断了。皇甫金兰说：坏了，你把我的手指头掰断了，我割不成豆子了。

宋建英也听到了咔吧声，干脆得如同折断一根干柴，或折断一根豆茬，她说：活该，谁叫你不松手呢！

皇甫金兰当然不会松手，骨头可断，血可流，她誓死也要保住自己的裤子。

皇甫金兰的右手肿了起来，肿得像一只抵御蛇吞的气蛤蟆一样，不仅地里的活儿不能干，连做饭都做不成了。她的大儿子房守良外出打工不在家，二儿子也不在家，出嫁到外村的大女儿闻讯赶来，把她送到乡里的医院去了。乡医院的医生看过，说断了骨头的手指头保不住了，需要把手指头连根锯掉。如果锯得晚，恐怕连整只右手都要锯掉。可是，乡医院没有做手术的条件，建议伤者赶快到县里医院去吧。皇甫金兰的大女儿赶紧带着娘到县里找爹去了。

和房国春结婚将近四十年，皇甫金兰这是第二次到县里找丈夫。第一次是送房守良到县里读书，这一次是到县里治伤。皇甫金兰不想去县里，她一直觉得自己和房国春不般配，怕给房国春丢面子。大女儿说：你要是不去，我就不管你了！皇甫金兰只好随女儿去县里。

第十六章

见妻子的手指被掰断，被掰断的手指肿得像一根紫茄子，房国春非常气愤。他没有马上带妻子去医院，而是带妻子到县政府去了，他要让县里领导看看，一个叫宋建英的女人是多么凶残，他为反映群众的呼声，付出了多么惨重的代价。然而，县政府大院的门卫没让他进院，门卫让他到在另一个地方的信访接待办公室，说那里有人专门接待群众上访。房国春说了一个副县长的名字，说副县长是他的学生，他要找那个副县长。门卫问他，事先和副县长约了吗？房国春说没有。门卫又问他，知道副县长的电话吗？房国春没有回答知道不知道副县长的电话，他说：你给他打一个电话吧，就说我找他，我是房国春。门卫说：那不行，县领导都很忙，你事先没跟领导约好，又没有领导的电话，是不能进来的。你还是到信访接待室去吧。房国春有些生气，说：人民政府不让人民进，算什么人民政府，我看你们这里简直就是衙门，官僚衙门！门卫拉下脸子说：老同志说话注意点儿，说气话对你没啥好处。

县信访接待室在一个背街的小巷子里，房国春领着妻子、女儿，问了两三个人，转了两条巷子，才找到地方。其间女儿曾说：爹，我看还是先去医院，给俺娘看伤吧。房国春把眼一瞪说：弄不清责任怎么看伤！

河里没鱼市上看。房国春他们到信访接待室一看，见前来上访的人还不少。接待室门口有一道大铁门，大铁门里边还有一道小铁门，大铁门是开着的，小铁门是关闭的。小铁门旁边有一间小屋，小屋开有一扇像是医院的挂号窗口那样的窗口。窗口内有一位上岁数的妇女在小屋值班，凡有人来上访，须在妇女那里挂一个号，领一个号码。领到号码后，在小铁门外的候访厅里等待。轮到谁了，由妇女喊一个号码，并打开小铁门，把上访的人放进去。其形式跟到医院看病差不多。候访厅里靠墙置有一些连椅，中间放着一台比乒乓球台略小的桌案。候访的人有的在连椅上坐着，有的靠墙根蹲着。有的在吸烟，有的在发呆，也有的正在桌案上写申诉材料。房国春见妻子疼得脸色发白，出了一头汗，跟当值的妇女商量，能不能先放他们进去。妇女的态度是温和的，说：到这里来的人，都是有难处的人，不遇到难处，谁都不会到这个地方来。我看你像是一个有文化的人，还是耐心等一会儿吧。

别的上访的人见皇甫金兰的一只手肿得不成样子，问她怎么了？是不是被人打了？

皇甫金兰说没有，她下地干活儿时抻了一下，可能抻着筋了。

事到如今，妻子还为恶人遮着瞒着，岂有此理！房国春当即纠正妻子说：什么没有，她就是被别人打了，是支书的老婆打的，把她的手指头都掰断了。

听房国春这么一说，别的人纷纷围过来看皇甫金兰的手，有人说：这还得了，告她，让她赔医疗费，让她吃官司，蹲监狱。有人说：骨头断了可耽误不起，还是先到医院看伤要紧。还有人提供信息说：像这样的伤必须做手术，要是做手术的话，不交几千块钱的押金，医院是不会接受的。

一听说看伤要先交几千块钱押金，皇甫金兰说：算了，我不看了，指头断了一个，不是还有九个嘛。

房国春说：胡说，谁打断别人的骨头，我必须让她出血！别人敢欺负你，就是因为你太软弱。

终于轮到房国春的号了，拿看病作比，房国春和妻子、女儿终于可以见到“医生”了。不料那把守小铁门的妇女只让房国春一家三口派一个代表进去，不能全都进去。进去的人多了，说话乱插嘴，容易引起吵闹，对接访不利。房国春说：那不行，我带我老婆来，就是为了提供一个证据，让领导看看我老婆受到的伤害。妇女说：那就让你老婆进去吧。房国春说：我老婆没见过世面，不会说话，事情的来龙去脉她说不清楚。皇甫金兰也说，她不会说话，一句话都说不囫囵。妇女见皇甫金兰满眼含泪，不像是一个会说谎话的人，大概动了点恻隐之心，才同意房国春带皇甫金兰进去。

房国春对接访的工作人员讲了事情经过，提出了三项要求：第一项，立即开除房守本和房光民的党籍。第二项，把打人者宋建英抓起来，并绳之以法。第三项，宋建英必须赔偿伤者的医疗费、交通费、误工费和精神损失费。工作人员对房国春的叙述和所提的三项要求作了记录，并现场一一做出答复：第一，是否开除房守本和房光民的党籍，县信访办要和吕店乡沟通，向吕店乡了解情况，最后由吕店乡党委做出决定。第二，是否把宋建英抓起来，并绳之以法，信访办管不着这一段，房国春可直接向乡里派出所报案，也可以向县法院递诉状。第三，是否对伤者进行经济赔偿，由法院裁决，或通过民事调解解决。答复之后，工作人员认为房国春可以走了。可房国春不走，让工作人员再看妻子受伤的手，提出妻子住院治伤谁交押金的问题。工作人员说：谁住院，谁花钱，这个问题不是问题。房国春想让信访办出一封信，证明他妻子是被宋建英打伤的，安排他妻子在不交押金的情况下先住院治疗。工作人员断然拒绝，说这个证明信访办不能出，因为他们没有调查，不知道伤者受伤的真正原因。听工作人员这么说，房国春好像也受了伤，他问：你为什么不相信我的话，难道我在说谎吗！工作人员说：我没有说你在说谎，但我们的工作必须实事求是。好了，你的问题就这样吧。工作人员在喊下一个。妻子推了一下房国春的胳膊，小声说：他爹，咱走吧。房国春对妻子发了脾气，说：咱的什么问题都没解决，走什么走！工作人员制止他说：这里是工作场所，希望你不要在这里大声喧哗。房国春问工作人员：我什么时候再来问情况？工作人员说：你不用再来了，有什么新情况，你直接和吕店乡联系就行了。你的事情归属地处理。

此后，房国春又到信访接待室问过两次，回答都是已经和吕店乡联系过了，吕店乡正在调查。房国春打电话找到了杨才俊，杨才俊一口一个房老师，对他还是很客气。杨才俊说：房老师怎么老也不回来，再回来一定到乡里坐坐。房国春说：你不要光跟我说好听的，要帮我解决问题。杨才俊说：按照您的要求，不是已经把房光民的支书撤销了嘛，您还有什么问题？房国春说：他们在实行打击报复，宋建英把我老婆的手指头都掰断了，在县医院锯掉了手指，光医疗费就花了两千多块。杨才俊一听表示吃惊，说这可不行，打伤人是要负法律责任的。房国春问：这个情况你不知道吗？杨才俊说：不知道，一点儿都不知道。房国春说：这个情况我跟县里信访接待室说过，他们没有跟乡里沟通吗？杨才俊反问：尊敬的房老师，我有什么对不起您的地方吗？房国春说这个这个，你还是认我这个老师的。杨才俊说：您有什么事，直接跟乡里说就行了，没有必要通过上级机关往下压。你反映到上级机关，上级机关还得转回来，最后还得由乡里处理。房国春说：我要求开除房守本、房光民的党籍，乡里不理睬，我不往上反映怎么办。杨才俊说：乡党委经过集体研究认为，你的这个要求有些过分，房守本和房光民的错误还没到开除党籍的程度。乡党委的意志是集体的意志，集体的意志不能以你一个人的意志为转移。房国春说：你们认为过分，我认为一点儿都不过分。我听说，房光民在村里通过大喇叭发表讲话，宣布开除我的村籍，永远不许我再回房户营村。这是什么行为，他们也太霸道了吧，太无法无天了吧！我一定要和他们斗争到底。你们不把他们清除出党，我还要继续向上反映。杨才俊说：那你就反映好了，还给我打电话干什么！杨才俊把电话挂断了。

应当说，房国春到县里信访办上访，效果并不好。可是，他却以到县里信访办上访为开端，从此踏上了漫漫的上访之途。他从县里上访到地区，从地区上访到省会，又从省会上访到北京，一访就是十多年。在这十多年里，他的时间几乎都花在了写上访材料上。除了写材料，印材料，寄发材料，就是在上访的路上奔波。

如果仅仅因为房户营村的事，房国春也许不会这么来劲，形不成持续上访的动力。在去地区行署的一次上访中，房国春偶尔碰上了一个上访群体。群体的带头人是一个妇女，名叫马兰生。在信访接待处一碰面，马兰生认出了房国春，房国春也认出了马兰生。马兰生把房国春叫房老师，房国春把马兰生叫马主任。原来马兰生也是吕店乡的，她的家在吕店乡的田楼村。马兰生当过童养媳，土地改革时当了干部，官至公社的妇女联合会主任。公社里只有马兰生这么一个女干部，全公社的社员差不多都认识她。因为马兰生的丈夫一直是一个农民，马兰生退休后，又回到了田楼村。马兰生带领部分村民集体上访的原因大概说来是这样。有一年麦收之后，田楼村以修桥、建学校为名，向村民多收了十万多斤小麦。结果不见修桥，也不见建学校，多收的小麦却不知去向。村里二十多位村民到乡里说理，要求乡里调查多收小麦的去向，给村民一个说法。村民们情绪激动，吵吵嚷嚷，使乡里正在召开的夏粮征购会议被迫停止。夏粮征购是大事，影响为国家征购粮食可不行。乡里领导一边让二十多位村民到会议室开会，以便稳住他们。一边紧急通知邻近三个行政村七十多名基干民兵和治安队员到乡政府集合，由乡派出所牛所长分工，每三个民兵或治安队员包一个村民，分头进行询问，搞笔录。在询问过程中，对村民有捆绑、抽耳光、罚跪、脚踢、电警棍击打等粗暴行为。当天下午，乡里决定，把所有二十多名村民集中到粮店仓库办法制教育学习班。学习期间不准回家，每人交纳食宿费八十元。学习过程中，为每人挂牌照相，取指纹，建档案，长的“学习”九天，短的也“学习”了一天半。在参加“学习”的人当中，就有马兰生的大儿子。她的大儿子被包干的民兵左右抽了耳光，两边的脸青紫，回到家目光呆滞，像傻了一样。马兰生也当过干部，知道乡里这么干是不对的，对村民构成了非法拘禁。为了替自己的儿子也是为乡亲们讨回公道，马兰生牵头组织了集体上访。马兰生对房国春讲了上访的原因，房国春也对马兰生讲了上访的原因，原来他们为了一个共同的目标走到了一起。如同革命时期的地下工作者对上了接头暗号，又如同在困难时刻遇到了志同道合的同志，马兰生显得有些兴奋。马兰生马上对田楼村的上访者说：过来，你们都过来，我给你们介绍一下，这位是县高中的高级教师房老师，房老师可是有学问的人。马兰生虽然当过公社干部，但她不识字，不会写上访材料。一见到房国春，她即生出一个念头，要抓住房国春，利用一下房国春的学问和智慧，让房国春替他们写上访材料。马兰生使用的办法，跟房户营村房守现们所使用的办法如出一辙，那就是：欲取之，必先予之；欲用之，必先抬之。马兰生没有什么物质性的东西给予房国春，她只能对房国春来点精神贿赂，抬抬房国春。当了多少年干部，马兰生抬起人来是有一套的，她说：我了解房老师，房老师非常具有正义感，非常乐于助人，而且非常具有同情心。别人有困难，如果求到房老师，房老师从不拒绝。她这样说着，望着房国春，问房国春是不是这样？

此时，房国春还没想到马兰生想让他帮助写上访材料，想把他拉入上访同盟，他说：这个啥呢，马主任说高了。不过，我对中央精神是了解的，中央三令五申，要求减轻农民负担，田楼村为啥还要多收那么多粮食！而比起田楼村多收粮食来，吕店乡党委、政府所犯的错误更加严重。不，他们已经不是犯错误的问题，性质已经变了，他们触犯的是非法拘禁他人罪。你们就紧紧抓住这一条进行上访，一定能取得最后的胜利！

马兰生差点鼓起掌来，说看看，我没说错吧，房老师就是懂政策，懂法律，水平就是高。我们就按房老师的指点，抓住重点，进行上访，一定能把杨才俊他们告倒。这时，马兰生说了一个可是，她说：可是，我们都不识字，不会写上访材料呀，房老师能不能帮我们写写上访材料呢？房老师要是能帮我们写上访材料，我们一定好好感谢您的大恩大德。

马兰生说着，眼巴巴地看着房国春。其他围在房国春身边的上访村民，也都眼巴巴地看着房国春。这地方的人求人或谢人，都愿意下跪。倘若房国春不答应马兰生的请求，说不定会有人对房国春下跪。事情到了这个节点，房国春有些不好推辞，他说：好吧，你把事情经过再讲详细些，我来帮你们写。

马兰生双手上去，抱住房国春的一只手，说谢谢谢谢，谢谢房老师！

就这样，一波未平，一波又起，一场纠纷尚未结束，房国春又卷入了另一场纠纷。如果说房国春是完全被动地卷入第二场纠纷，也不尽然。他觉得房户营村和田楼村所发生的事都不是孤立的，相互之间是有联系的。最大的联系在乡政府。由于乡里的纵容和包庇，下面的村干部才如此胆大妄为。马兰生提到杨才俊，房国春也认识到了，杨才俊表面上喊他老师，实际上并不把他当回事，杨才俊是一个口蜜腹剑、阳奉阴违的人，他也希望田楼村的人能把杨才俊告倒。也就是说，房国春加入了马兰生所带领的田楼村的上访队伍，并充当了其中的智囊和秘书角色，有偶然性，也有必然性，归根结底是性格使然。

房国春的上访之旅不是良性循环，是恶性循环。每一个循环，其恶性都会增加一些。最后恶到什么程度，大大出乎房国春的预料。

他请假外出上访，不能按时回校，等于脱离了教师岗位。学校做出决定，除了扣发他的部分工资，还把他预备党员的预备资格取消了。扣发部分工资无所谓，取消他的预备党员资格，让他大为光火。须知他非常热爱党，一直渴望成为党的一员。为此，他从参加工作那一年起，就开始写入党申请书，每年都写一到两份。他的岁数不到六十岁，入党申请书却写了六十多份。好不容易成了一名预备党员，现在又把他的预备资格取消了。这意味着党把他关在了党的大门外，他永远失去了成为一名真正共产党员的机会。房国春想哭，党啊，亲爱的党啊，您不知道我多么忠于您啊，您怎么舍得把我这样的先进分子拒之门外呢！房国春想骂人，骂学校的校长，骂学校的党委书记。再写上访材料时，他顺便把学校的党委书记也告上了，使上告的对象越来越多，告状的雪球越滚越大。同时，他从反面获得了继续上访的新的动力，下面的官僚们这么不讲理，不上访真不行啊，不上访真的对不起党啊！

房国春的上访，不能说一点好的效果都没取得。在省里信访办的催促下，吕店乡责成宋建英赔偿皇甫金兰两千元医疗费。宋建英没说不赔，但她又哭又闹，说房国春是讹诈她。到头来，她连一分钱都没赔给房国春家，而且从没有停止过对房国春家人的辱骂。

到北京上访，房国春是和马兰生带领的上访团队一块儿去的。上访之余，房国春到煤炭工业部的办公大楼找到了房光东。

房光东正在编稿子，大门口传达室的值班人员给他打电话，说有人找他。他问是谁？值班人员答：他说是你爷爷。爷爷？他爷爷早死了。他爷爷弟兄四人，大爷、四爷也早死了，现在活着的只有一个三爷。三爷岁数大了，一个字不识，不可能到北京来。他脑子飞快搜索，很快把房国春搜到了，是了，自称是他爷爷的人一定是房国春。房国春有文化，有工资，有条件到北京来。他手握电话听筒有些犹豫，是不是见房国春？房国春每次寄告状信都寄给他一份，他知道房国春和房守本的矛盾在不断加剧，房国春这时候到北京来找他，是不是要把他拉入矛盾之中？房光东只是犹豫了片刻，就放下电话，到楼下迎接房国春去了。介入不介入房国春和房守本的矛盾，取决于他自己的态度，而不在于房国春的意志，房国春既然来了，房国春作为与他同村、同姓、同宗的一位长辈，他不见人家是不合适的。

房国春这是第二次来北京，也是第二次找房光东。房国春第一次来北京时，和房守本父子还没有产生矛盾，他是作为老教师的代表，参加学校组织的观光团，到北京观光的。那时，房光东刚从地方一个煤矿调到北京不久，住在建国门外，一家四口只有一间房。尽管如此，房光东还是热情接待了房国春，并在过厅里支了一张钢丝折叠床，留房国春在家里住了一晚。房光东记得很清楚，房国春第一次到他家时，还给他两三岁的儿子买了一些看图识字的画片。他觉得房国春不愧是当老师的，到哪里都不忘记教育的本职。房光东对房国春的尊敬，源于房光东的祖父对文化人的尊敬。房光东的祖父不识字，他一生最大的爱好就是请识字的人念书给他听。房国春的父亲识字，房国春也识字。在房光东还很小的时候，祖父就抱着他，请房国春的父亲念书听。房国春的父亲死后，祖父就让房国春给他念书听。不能说房国春念书对房光东有什么启蒙意义，但至少，打记事起，房光东对房国春这个三爷就是熟悉的。房国春对房光东的祖父夸过房光东聪明，说不定这孩子将来会有点出息。“文化大革命”刚开始的大串联时节，房光东第一次走进县城，就奔房国春而去，住进了房国春有电灯的宿舍。串了一大圈儿回到县里，房光东还是在房国春那里落脚。房光东后来听说，房国春因卷入两派争斗，当时在学校挨打挨得很厉害，处境很不好。但他找到房国春时，房国春照样接待他，还是给他买热馍，买肉菜。为了回报房国春当年对他的接待，他也要热情接待房国春。房国春第一次来北京找他，他就是这么想的。但这一次情况不大一样，房国春二次来京找他，不用说是带着任务来的，不能不让房光东有所警惕。他在心里叮嘱自己，见到房国春，一定要出言谨慎，不要对村里的事情表态，不要让房国春误以为他是站在房国春的立场，不要被房国春所利用。

这是一座工字形的办公大楼，分前楼后楼。中间有工字的一竖，把前楼后楼连接起来，连成一体。房光东的办公室在后楼的四楼。他从四楼下来，走过那一竖，刚走到前楼冲大门口的楼梯口，就把房国春看见了。他站在高处，房国春站在传达室窗外的墙角，他能看到房国春，房国春却看不到他。房国春留的还是短发，头发差不多白了一半。房国春脚边放着一只有些发白的黄帆布提包，手里提着一个透明的塑料袋，袋里装着几个桃子。房光东走到房国春跟前，叫了三爷，替三爷提上帆布提包，说来吧，到办公室喝茶。

房国春把手里提着的桃子往上提了一下，说：没啥带的，给孩子买了几个桃子。北京的桃子不错，比咱们老家的桃子大。

房光东说：来就来了，还花钱干什么！他没有接房国春手里提的桃子。

来到办公室坐下，房光东给房国春泡了茶，说三爷，我看您气色很好，身体不错。房国春明明灰头土脸，面色憔悴，样子落魄，房光东无话找话，却说房国春的气色很好。他没有问房国春这次来京干什么，是不是又来观光，他怕一问，引得房国春说出来京上访的话来，只能拿房国春的身体说事儿。房光东猜到了，房国春此次来京，一定是来上访，也就是老家的人所说的告状。他要尽量回避这个话题。

房国春虽然身负重任，对自己的身体状况好像并不关心，只说了一句还可以。他问房光东：我给你寄的信，你都收到了吗？

房光东不能说没收到，说没收到是说不过去的。他说收到了。但他马上说：我每天事情很多，对房户营的事儿不是很关心。

房国春提出，他写的信能不能在房光东所编的报纸上登一登？

房光东断然拒绝，他说：这不可能，绝对不可能。不是因为别的，因为我们的报纸是行业性的报纸，报纸只发本行业的消息，别的行业和社会性的消息一般不发。就算发了，外行业的人一般也看不到，不会产生什么影响。要是想发，我建议你拿到综合性、权威性强的报纸去发，那样才会引起有关部门和有关领导的注意。

房国春提到，他有一个学生在农民报当编辑，在农民报登是不是好一些？

房光东巴不得让房国春赶快去找他的学生，他当即对房国春的想法表示赞赏，他说那当然对路，那当然好。因为农民报所关注的正是农村的事，三爷所反映的事情恰恰属于农民报的报道范围，能在农民报登再好不过。他跟三爷说了农民报所在的大体方位，并说了坐几路车可以到那里，挺方便的。他的意思这会儿就想让三爷到农民报去。见三爷没有任何动身的意思，他掏出钱包，从钱包里掏出三十块钱递给三爷说：这月的工资还没发，我手里就剩这么多钱了，您拿上当路费吧。

房国春没有接钱，他说：不急，等你发了工资再说吧。

这让房光东顿感不悦。房国春没说不要钱，只说等他发了工资再说。房光东意识到了，房国春是嫌他给的钱少，等他发了工资，就可以多给一些。房光东一个月的工资不过一百来块钱，三十块钱差不多占了月工资的三分之一，已经不算少了。他又不欠房国春钱，凭什么要多给房国春钱呢！给房国春三十块钱，房国春不要，他连三十块钱都不会给房国春了。

下班之后，房光东把房国春领回家，招待房国春吃了顿饭。房国春倒是好招待，他不喝酒，炒几个菜，有一碗捞面条就可以了。房光东的家已从建国门外搬到了静安里，住房也从一居室变成了两居室。但房光东这次没有留房国春在家里住。

房光东估计，过一两天，房国春还会到煤炭部找他。他不想再见房国春。他跟办公室的同事交代，凡来了电话，请同事先接，如果是传达室来电话找他，就说房光东不在，到外地出差去了。

两天之后的一个下午，房国春果然又到煤炭部找房光东去了。房光东的同事接到传达室的电话，按照房光东的交代，回说房光东不在北京，临时到外地采访去了。房光东知道，只要说他不在北京，传达室的值班人员是绝对不会允许房国春走进办公大楼的。

房光东想到，房国春到工作单位找他被拒，有可能会到家里找他。因为房光东领着房国春去过他的新家，房国春知道路径。于是，房光东给在另一个单位上班的妻子打了一个电话，告诉妻子说：如果房国春到咱家里去找我，你就说我没在家，别开保险门，请他走就是了。房光东解释说：他来北京告我们村的支书，我不想参与他们之间的矛盾。妻子答应了，但妻子说：好人的名声都是你落，得罪人的事你都推给我。房光东说：咱俩不分你我，咱俩是一个人。

别人都下班走了，房光东还不走，继续在办公室里逗留。为了避开房国春，他只能采用这种战术。又过了一个多钟头，房光东才悄悄下楼。不知为何，房光东有些心虚，还有些紧张，他担心房国春看穿了他的谎言，还在大门口等他。他小心翼翼，未曾下楼，先站在楼梯口，向大门外边观察，观察了左边，观察右边，直到确认大门外的小广场上一个人都没有，他才到存车棚里取出自己的自行车，骑上自行车向家里骑去。

你不佩服房光东的心眼子多真不行，他骑车骑到半道，突然想到，房国春会不会在半道上拦截他呢？要是他骑着骑着，房国春突然出现在他面前，喊他一声光东，那他就躲不开了，就尴尬透了。房光东本来骑车骑得比较快，想到这里，他就放慢了速度，一边骑，一边向前方观察。房光东捏了车闸，从自行车上下来了。你道怎的，房光东果然远远地瞅见，房国春正坐在半道的路牙子上等他。房光东不只是紧张，简直有些害怕。在他看来，房国春不像是一个人，像是一只饥饿的老虎，他要是不小心走到房国春面前，房国春一口就会把他咬住。房光东赶紧掉转车头，绕了一个圈子，从另一条路上回家去了。房光东有点笑话房国春还是不了解北京，北京的路多得很，你堵了这条路，他改走另一条路，照样可以到达目的地。

第十七章

房国春在外边来回奔波上访，在房户营村，房守现终于如愿以偿。他的大儿子房光金不但入了党，同时还当上了村里的支书。房守现高兴得不知怎样庆贺才好，他命老婆给他备了纸筐，纸筐里盛了黄表纸、金元宝、银锞子，还有刀头肉、白馍、橘子、苹果等几样供品，提上纸筐，到父母坟前烧纸去了。家里有人当了党的支部书记，他得让父母知道。在父母坟前摆上供品，点了纸，放了炮，房守现跪下，给父母磕了三个头，他说：爹呀娘呀，你们醒一醒，我给你们说说咱家的大喜事。你们的大孙子光金当上支书了，从今以后，房户营村的事就是咱说了算，谁都不敢小瞧咱了。爹呀娘呀，我给你们送的钱，你们该花就花，别再省着了，咱们家现在不缺钱了。爹呀娘呀，你们怎么也不会想到，咱们家会过到这一步，人老几辈都不敢想啊！爹呀娘呀，你们一定多操点儿心，保佑你们的孙子长期干下去，千万别让别人把你们孙子拱下来啊！

在房守彬、房守云等人的催促下，房守现兑现了事前的承诺，请房守彬们喝了酒。房守现让新任支书房光金亲自出马，把老队长房守成也请到家里来了，并把房守成安排在上座。房守现平时不怎么喝酒，为了敬料事如神的房守成大哥，他也喝了几杯。席间难免提到房国春，他们都知道，房国春替田楼村的人写了状子，并卷入田楼村的上访事件当中去了。房守彬，房守云，包括房光金都认为，房国春是一个大傻瓜，比西瓜都大的大傻瓜，你管管房户营村的事就完了，还管外村人的事干什么！只有房守成不说话，似乎有不同看法。至于有什么不同看法，房守成仍然没有说。

房守现本来也请了高子明到家里喝酒，高子明不去，一说他不会喝酒，又说他家里有事，离不开。房守现明白，高子明不是一顿酒两顿酒就能打发的，高子明有更高的需求。他曾向高子明许诺，如果有朝一日房光金当了支书，他就让房光金给高子明批一块宅基地，让高子明建一个大一点的小卖店。房守现原想不过是给高子明开一个空头支票，房光金当支书不知要等到猴年马月。不承想也就是几年工夫，房光金果然当上了支书。好吧，大丈夫说话算话，房守现真的捏着儿子的头皮，让儿子给高子明批了一块宅基地。高子明当即在村东官路的路边，新建了一座有两间门面的小型超市，超市以高子明名字的后两个字命名，叫子明超市。子明超市开业当天，房守现前来祝贺。高子明把房守现叫成太上皇，说太上皇驾到，欢迎欢迎！

房守现对织女不像以前那样来劲了，好像把织女忘了一样。织女拿着手电筒，在他家房后照来照去，他装作没有看见，不再跟织女到地里野合。织女在集上碰见了他，问他：你怎么回事，你儿子当了支书，你怎么摆起谱儿来了？房守现否认自己摆谱儿，说他退步了，干不动了。其实际情况是，他也被外边来的陶家儿媳迷住了，一高兴就跟陶家儿媳干一回。他对陶家儿媳说：我到你这里来，是看得起你。陶家儿媳说：你这个老家伙，比你儿子房支书还厉害！

村里留有一些机动地，这些机动地被村民称为村干部的钱罐子，村干部缺钱花了，就把机动地卖一些。房光民卖了几亩机动地，把地里的熟土掏空了，把自己的钱罐子填满了。把钱罐子填满之后，把自己的支书却弄丢了。房光金接受了房光民的教训，他不再明目张胆地卖地，也不再把地卖给砖窑上烧砖，村里人不是需要新的宅基地给儿子、孙子盖新房嘛，房光金就在宅基地上做文章。有人找房光金批宅基地，房光金总是说：很难啊，国家不让在可耕地上盖房，批给你宅基地，我要担很大风险啊！人们明白房光金的意思，就悄悄送给房光金一些钱。房光金说：这不好，你这是让我犯错误啊！等等吧，等政策松一点儿再说。人的皮只会越来越松，不会越来越紧。而政策只会越来越紧，不会越来越松。想要宅基地的人就再给房光金送钱，一次又一次往房光金的钱罐子里填钱，等钱填得到位了，房光金才会把宅基地批给你。

房光金的权力是房守现费了九牛二虎之力，从别人手里争取过来的，他的投资是预期性投资，跟押宝差不多。如今押宝成功，他把“宝葫芦”一亮，想要什么都可以。比如在宅基地的问题上，他不必给房光金钱，也不用通过房光金审批，自己在好地段挑了一块地，四间瓦房就盖起来了。老宅的老房子还在那里留着，他从老房子里搬出来了，搬到了新房子里。新房子跟高子明的子明超市一样，也盖到了村东官路旁边。他把新房子盖到这么显眼的地方，主要是为前来找他看病的人提供方便。以前，找他看病的小妇女要打听房先生家住在哪里，找到他的家要穿过整个村街，来一个小妇女，弄得全村的人差不多都知道。现在好了，小妇女前来看病，不用进村就把房先生的家找到了。儿子房光金当了支书，没人再催他到县里卫生局办医疗许可证了，没人再诈他的钱了，他完全解除了后顾之忧，可以大张旗鼓地为前来求医的小妇女看病。

说着说着，又有一位小妇女到房守现家里来了。小妇女胖胖的，脸上红红的，满脸的羞怯。房守现问她看什么病。她低下眉，像是有些不好意思开口。房守现说：我是医生，你是病人，在我面前不要碍口。

小妇女这才说，她结婚一年多了，老也怀不上孩子，不知道为什么？

房守现说，有一个妇女，结婚两年多怀不上孩子，到他这里只看了三次，只吃了三服药，就把孩子怀上了，生了一个大胖小子。他让小妇女把胳膊放在桌面上，摸到小妇女的手腕子，开始为小妇女号脉。号脉时，他微微眯着眼，似乎在用心体会小妇女的脉息。号完了脉，房守现说：我说说你的症状，你别不好意思。你们的房事有点儿多，头天晚上配一次，第二天早上还要再配一次。你身上来喜的时候，你们还有房事。房守现大概把症状说准了，小妇女的脸红得比刚开的鸡冠花还红，她说，都是她男人不要脸。

房守现正色道：话不能这么说，年轻人嘛，房事多一点是正常的。他从方桌后面的条几上拿过一本书，开始在那里翻看。那是一本大开本的书，书很厚，书里除了密密麻麻的文字，还有一些人体的剖面图。前面说过，房守现并不识字，他不但不认识文字，连插图都不会看。他看书是装样子，是装给小妇女看的，在蒙小妇女。他看了几页，眉头微微有些皱，说：你这个病比较少见，我还要给你检查一下。他戴上听诊器，戴上口罩，让小妇女随他到里间屋里去。

里间屋靠墙角放有一张单人床，床上铺着像是医院用品的白布单子，床边上挂着一道布帘。房守现把布帘拉上了，手一指床铺，让小妇女躺床上，把裤子脱下来。

小妇女一惊，不由得抓住了自己的裤带，问：你不是号过脉了吗？

房守现说：号脉归号脉，检查归检查，号脉不能代替检查。如果不检查，就找不准病因，不能对症下药。如果下不准药，恐怕还怀不上孩子。我跟你说了，我是医生，你是病人，在医生眼里，病人不分公母。

小妇女问：裤子全部脱掉吗？

全部脱掉，最好连袜子都脱下来。

在房守现的注视下，小妇女只好把裤子和袜子都脱了下来。

哎，这样很好，医生需要病人的配合。房守现没有洗手，也没有戴橡皮手套，就分开小妇女的腿，为小妇女做检查。

小妇女闭上了眼，身上有些哆嗦。

房守现一边检查，一边对小妇女讲病因：你看，你的水道太浅了，子宫离水道口太近，这样男人的精子在水道里存不住，你就不容易怀孕。

检查完了房守现所谓的水道，他的检查该结束了吧？没有，他好像对病人很负责似的，用一根手指头点住小妇女水道口上方的一个凸起部位，在那里揉。揉了几下，他问小妇女：怎么样？有感觉吗？

小妇女嘴唇紧闭，没有回答医生的问话，她大概担心一张嘴会发出声音来。

房守现说：这是一种技术，行房前你让你家男人先给你揉揉，这样你会舒服一些，也容易怀孕。另外，行完房事后，你不要急着下床，更不要去撒尿，要趴在床上，把屁股撅起来，撅得越高越好。这样男人的精子在你的水道里活动得时间长一些，才会找到子宫的门口，钻进子宫里坐胎。

房守现给小妇女包了三包药，收了小妇女六百六十块钱。他的药是碾碎的柿树皮，掺上一些红薯面，再掺上一些别的东西制成的。这些药什么病都不能治，但也吃不坏人。小妇女临走时，房守现说：等你怀了孕，别忘了跟我报一下喜。

房光民被撤掉了支书，见村里没有什么利益可以捞取，就到外地打工去了。他去了一段时间，把老婆杜兰妮也招去了。

房守本的身体出了毛病，咳嗽得很厉害。但他拒绝到医院看病。他说他自己的病自己知道，就是吸烟吸多了。好比一杆烟袋用长了，烟油子会糊在烟袋杆的眼子里，再吸烟就不那么顺畅。既然知道毛病在哪儿，宋建英让他把烟戒了。他不戒，该吸还是吸。他说他不会死，也不能死。只要房国春不死，他就不死。只要他不死，房国春就别打算再进房户营。

只要看见房国坤和皇甫金兰，宋建英还是张口就骂。出村时，为了避免从宋建英家门口走过，为了避免被宋建英看见，房国坤在村后的护村坑上搭了一块板子，支成了一架独木桥，来回从独木桥上走。不知是谁，夜里把木板拆掉，扔到水里去了。拆独木桥的人还用铁锨刨了坑边的土，把护村坑搭桥的地方辟宽，使房国坤再也搭不成独木桥。俗话说，惹不起，躲得起。而房国坤和皇甫金兰遭遇到的情况是，他们躲宋建英，都躲不起。

房国春上访的路程是艰难的。不管是中央纪委的信访接待室，还是检察院、农业部的信访接待室，他们只接待上访，不管上访人员的吃住，谈完了你就走人，想到哪里吃饭，想到哪里住宿，都是自己解决。刚到北京时，房国春作为田楼村上访队的师爷，跟上访队一块儿活动，一块儿吃饭。他们谁都没有上访经费，买火车票的钱，吃饭的钱，都是自己掏。房国春没能从房光东那里拿到钱，他连吃饭的钱都没有了。他认为自己帮了田楼村上访队的忙，田楼村的人应当管他吃饭。马兰生每次张罗买饭时，也的确没落下房国春的一份。他们当然不会买什么好饭，买一碗面条，再买一个馍就行了。谁都舍不得买矿泉水，更舍不得买别的甜饮料，渴了，他们就到厕所洗手池的水龙头那里喝点自来水。这种状况维持三顿两顿可以，维持三天两天也勉强过得去，时间一长就不行了，谁都掏不出买饭的钱来。他们打的粮食，大部分都被村里强行收走了。为了凑上访的路费，他们又不得不卖粮食，谁手里能有多少钱呢！他们原以为，到了首都北京，就有人管他们吃，管他们住，谁料想，上访也是需要付出成本的。

田楼村有两口子在北京的城乡接合部拾破烂，据说他们卖破烂挣到了不少钱，在老家盖了瓦房。马兰生他们打听着，在郊区大兴县的一个垃圾场旁边，找到了那两口子。两口子对他们还算热情，接连煮了两三锅面条子给他们吃，把他们一个个吃得汗流浃背。吃完了饭，天都黑了，他们还不走，意思要在两口子那里住下。两口子用木条子、塑料布、油毡等破烂材料搭了一间小屋，小屋很狭小，睡两个人都拥挤，哪里住得下那么多人呢！好在上访的人并不讲究，他们就地取材，把两口子拾来的废报纸、废塑料布铺在地上，天当房，地当床，就在垃圾场旁边睡。

两口子知道了房国春是房户营村的，他们向房国春提供了一个信息，说房户营也有一个人在北京拾破烂，名字叫房守宽。房守宽住的地方离他们住的地方不远。房国春说，他认识房守宽，但他没到房守宽住的地方去，还是跟着集体活动。

这期间，马兰生所带领的上访集体在农业部的信访接待室得到一个消息，说在北京相关部门的干预下，县里组织了调查组，已对田楼村上访群众所反映的吕店乡的问题进行了调查处理：县里责成吕店乡的党委书记、乡长写出书面检查；退还办法制学习班所收的钱；撤销为参加学习的村民所建的档案。听到这个消息，田楼村参加上访的村民脸上都露出了笑容。有的人有些激动，差点儿流了眼泪。现在不兴喊万岁了，要是还兴喊万岁的话，说不定有人会喊万岁。他们被逼多交了粮，挨了骂，挨了打，现在总算讨回了公道，得到了正确的说法。他们一致的看法是，来北京上访，真是来对了，来值了。说到天上，还是北京厉害啊！全国各地方都归北京管，北京方面一发话，下面的干部就慌了手脚。

房国春却不大满意。按他的要求，县里应该把吕店乡的党委书记、乡长开除出党，撤销党内外一切职务，然后还要追究杨才俊和乡长的刑事责任。写个书面检查算什么，轻描淡写，不痛不痒，处理跟不处理差不多。马兰生也认为，县里对责任人处理得太轻了，不但起不到惩戒作用，只会助长乡干部的嚣张气焰。他们有心继续上访，但北京的接待部门动员他们最好回去，说问题既然已经得到处理，他们就不能继续滞留在北京。北京接待上访的压力很大，任务很重，如果大家都留在北京不走，会给北京的稳定造成不利的影响。接待人员还说，如果他们愿意回去，接待方可以为他们买火车票，再发给每人十块钱的生活补助费。他们当中的多数人正为无钱买回家的火车票发愁，听说北京方面愿意为他们买火车票，还给他们发钱，这当然好，当然求之不得，多数人当即表态，愿意回去。这多数人当中，不包括上访的带头人马兰生，也不包括上访团队的秘书房国春。也就是说，两个上访的核心人物还没表态，别的非核心人物差不多都表了态。前一段的情况不是这样，刚出来时，那些人遇事都是先看马兰生和房国春的眼色，在两个核心人物没说话之前，他们是不说话的。这一次情况有变，马兰生和房国春还没说话，还没使眼色，他们已经管不住自己的嘴了。马兰生和房国春看出来了，这些小生产者就是这样，他们容易满足，见不得一点蝇头小利，给他们一个蝇子头，他们以为得到了一只猪头，马上抱住“猪头”不放。马兰生和房国春知道，阻止他们已来不及，天要下雨，地要起泥，想回去就让他们回去吧。其实，带着他们上访也无益，他们呆头呆脑，连句话都说不好，连厕所都找不到，几天来已生出不少龌龊。

那么，马兰生和房国春怎么办呢？他们要做上访队伍的中流砥柱吗？要继续留在北京上访吗？不，他们也是缺钱的人，也想领取免费的火车票，也想要生活补助费。马兰生说：想回去就回去吧。县里既然做出了处理决定，短时间内不可能有进一步的处理，回去等等再说吧。她问房国春：房老师，您说呢？房国春不说，他想等拿到火车票和生活补助费再说。他的打算是，等他拿到火车票和生活补助费，他就把火车票退掉，继续留在北京上访。这是因为，田楼村的村民有上访任务，他自己也有上访任务。他的上访要求是：开除房守本、房光民的党籍；追究宋建英打人致残的刑事责任；恢复他预备党员的资格。田楼村上访的问题得到了初步处理，而他上访的要求还没有任何进展。他不能因为帮着种了别人家的田，荒了自家的地。

房国春退火车票的打算未能如愿，不知道火车票上有什么特殊标记，反正火车站的退票人员说，这样的火车票一律不退。房国春本来想得一份退火车票的钱，火车票退不掉，钱就得不成了。

他跟田楼村的人一块儿上了火车，坐了一站地后，他说到站台上买点东西，就来了个一去不返。

房国春在郊区找到拾破烂的房守宽，在房守宽简陋的小屋里住了下来。房守宽的老婆没有跟房守宽一块儿到北京拾破烂，房守宽跟外村一个拾破烂的女人好上了，两个人白天到城里拾破烂，晚上回到住的地方一块儿做饭吃，过起了临时性的夫妻生活。他们在小屋门前种了辣椒、茄子、豆角、荆芥等蔬菜，这样吃菜就不用花钱了。他们还在笼子里养了两只兔子，等兔子长大了，他们大概要吃兔子的肉。房守宽一见房国春，就生出了一种抵触情绪。他回家过年时听说了，房国春在和房守本闹矛盾，矛盾闹得很厉害，两家差不多成了仇家。房国春到北京找他，若是让房守本知道就不好了，说不定宋建英会骂他。在房守宽以往的印象里，房国春是一个高贵的人，也是一个骄傲的人，见面喊他一声三叔，他爱答不理，根本不把你放在眼里。现在房国春放下架子，到这个破烂不堪的地方找到他，一定是遇到难处了，不是没钱花了，就是没饭吃了。房国春灰头土脸，胡子拉碴，白汗衫穿得发了黄，背后还破了几个小洞。不知房国春多少天没洗澡了，身上的汗酸味差不多能熏倒驴。他从到城里拾破烂起，便开始每天刷牙。而房国春以前是刷牙的，现在连牙都不刷了，形象大大退步。房守宽以为，房国春走到今天这一步是自找的，是自作自受。放着高级教师的高级生活不过，乱管闲事乱操心，告罢这个告那个，结果把自己弄到泥坑里去了吧。房户营村在北京工作的有房光东，房光东是国家干部，各方面都比他房守宽强得多。要找人帮忙，房国春应该找房光东，找他这个拾破烂的人干什么！房守宽靠拾破烂挣点儿钱很不容易，看着破烂一大堆，换不到三毛两毛，仨核桃俩枣儿。挣钱难，他过日子很节省，能省一毛是一毛，能省一分是一分，能在垃圾桶里捡到面包，自己就不买馍了。另外，房守宽也不想让房国春看出来他和外村的女人相好，若是被房国春发现他和外村女人的关系不同寻常，并传回老家去，他的老婆恐怕会跟他闹事。由于这一系列原因，房守宽只在中午礼节性地给房国春做了两顿面条，就不再给房国春做饭吃。房守宽的办法是，一大早就提着拾破烂的蛇皮袋子和一根铁钩子出去了，自己不吃早点，也不给房国春买早点。他中午自己在外边随便吃一点，不再回到住的地方做饭。晚上，他卖掉一天所拾的破烂，在外边躲过吃饭时间，直到垃圾场边电线杆子上的电灯亮起才回到小屋。电灯是需要烧电的，不烧电电灯就不亮。人是需要吃饭的，不吃饭心里就发慌，腿就发软，生命就不能长期维持。房守宽不给房国春饭吃，意思是把房国春饿走。在老家时，对待挨门要饭的人就是这样，你伸手要饭，我不给你，你就得走。

然而，当房守宽走街串巷拾了一天破烂，拖着像空蛇皮袋子一样疲惫的身子回到住的地方时，发现房国春并没有走，房国春正在电灯光下往一个小本子上记什么东西。难道房国春不怕饿吗？是不是房国春身上带的还有钱，自己到外边饭馆吃了饭？他问：三叔，你吃饭了吗？

吃过了。村里土地改革那会儿，你爹当会计。你爹光会打算盘，不会记账，还是我教会他怎么记账的。

提我爹干什么！我爹跟你学记账，我又不跟你学记账。房守宽说：我爹早就死了，死了十多年了。

我知道，我和你爹同岁。你爹很聪明，就是从小不好好上学。看见树，他爬上去掏老鸹窝。看见水，他下去摸鱼。

房守宽还是想问房国春吃饭的事，他有些挖苦似的说：那是的，全房户营的人，谁都没法儿跟三叔比，三叔是高级人。你中午到外边下馆子去了吧？

下什么馆子，中午我把你晾在外边的干面包煮了一点儿。

房守宽有些惊奇，不由得啊了一声。他从垃圾桶里捡了一些面包和馍，把面包和馍掰开，晾在门口的一块木板上，是给兔子吃的。以前他知道兔子吃草，到了城里才知道，兔子不光吃草，吃菜，也很爱吃面包和馍。他说：那是我给兔子吃的，你怎么能吃那些东西呢！那是我从垃圾桶里捡回来的垃圾，上面不知都沾了些什么脏东西，你吃坏了肚子怎么办？我可负不起责任！

房国春摆了摆手说：我可没有那么娇气，我从小受的苦比你们受的苦多得多。

房守宽说：你回家见到房守本，千万别说你在我这里住过，房守本那一家人，我可得罪不起。我劝你一句，你千万别生气。你挣着国家的工资，吃不愁，穿不愁，管那么多闲事干什么！

话不能这么说，我管的那是闲事吗？那都是正事，大事。房户营村的土地要是都挖成了坑，都种不成庄稼了，后来的人吃什么，喝什么！要是都像你这样想，看见坏人坏事不管，不问，看见跟没看见一样，这个国家还有什么希望呢！

房守宽心说：你少跟我说大话，我才不管它什么国家不国家呢！我关心的是能不能拾到破烂，能拾到破烂，我就能卖钱，拾不到破烂，国家连一分钱都不会给我。他没有立逼着让房国春走，但建议房国春去找房光东，让房光东给他安排吃住。

房国春说，他找过房光东，房光东不在北京，到外地采访去了。

房守宽悄悄把大部分已经晾干的面包和馍塞进兔笼里去了，只给房国春留一小部分。等房国春把剩下的面包和馍吃完，看房国春还吃什么！

房国春继续留在房守宽自己搭建的暂栖身的小屋里，修改、补充和完善他的上访材料，或在小本本上记点儿东西，或睡觉。饿了，他就把干面包和干馍掰碎，从门口的菜地摘点菜，添上水，在锅里煮。面包和馍吃完了，他发现房守宽的小屋里还有面粉，他就摘些豆角，掐些苋菜，切巴切巴，放在锅里煮。菜煮熟了，再下点面粉，放点盐，做成咸糊涂喝。在学校，房国春从来不做饭。回到家里，他连灶屋都不进，都是他妻子伺候他。在上访的征途中，他不得不给自己做饭吃，不得不吃嗟来之食。

房守宽的相好与房守宽住的小屋紧挨着，小屋是房守宽帮着搭建的。小屋里放有一副房守宽从垃圾场捡来的席梦思床垫子，垫子上是他们两个时常“做梦”的地方。房国春这个不速之客的到来，对他们“做梦”造成一些干扰。最后和房守宽相好的女人大概实在不能容忍房国春继续在这里住下去，她出面对房国春说，门口的菜是她种的，房国春不该偷她的菜。她要房国春把偷吃的菜吐出来，如果不能吐出来，拿钱抵也是可以的。要是不拿钱，就不要怕挨骂。

房国春在老家挨了宋建英的骂，跑到这么远的地方，不能再挨另一个女人的骂。他自知理亏，只好一走了之，继续到城里上访。他这样三番五次、五次三番地上访，就从一名离休教师变成了上访专业人士，被各级信访接待室称为永不满足的“老上访”。

第十八章

有两个时间段，房国春是必定要上访的，一是教师节期间；二是全国人民代表大会和全国政协会议召开前夕。选择教师节期间上访，是由他的身份决定的，他不会忘记，全国教师的节日，也是他的节日。在节日里上访，接待人员看在他是人民教师的面子上，会对他热情一些，优待一些，对他所反映的问题也会重视一些。起码不会见他是个“老上访”，让保安人员把他推出去。在“两会”召开前夕上访呢，因为每逢“两会”召开，人大代表和政协委员会集中反映一些问题，全国各地和世界各地云集在北京的记者，会把有的问题报道出来。这时候，中央和国务院各部门上访接待室的工作人员会稍稍放下身段，做出虚心听取群众意见的样子，尽量平息事态。起码不会像平日那般厉害，那般“老爷”。而此时，各地的官员最不愿意让本地的上访人员到北京上访。上访人员上北京跟上天差不多，他们不是灶爷灶奶奶，“上天”不是言好事的，是反映问题的，是说坏话的，是给当地官员脸上抹黑的。

哪个地方上访的人员越多，给当地官员脸上抹的黑就越多。为了避免上访人员给自己脸上抹黑，影响自己的仕途，每年二月份，各地的官员都会安排手下人对本地惯于上访和准备上访的人员进行摸底排查，对排查到的对象晓以利害，给予好处，进行安抚，让他们尽量留在本地，不要外出。

这年过春节，房国春没有回房户营。他知道，回房户营过春节肯定不愉快。他已经连续几年没回房户营过春节了。有一年，他试着回房户营，刚走到村北边的小桥，碰见了房户营村的一个人，那个人劝他千万别进村，因为房守本早就准备跟他拼命。过春节总要有一个地方。有家不能回，他只好到已出嫁到外村的大女儿家过春节。说话已经到了公元1991年，这年的春节，房国春仍是在大女儿家过的。按照中国传统文化的要求，当父亲的是不能在女儿家过春节的，在女儿家过春节会被人认为不懂礼仪，是会被人笑话的。房国春的女婿也不欢迎老丈人在他家里过春节，出来进去都拉着脸子。但房国春为了避免在房户营村挨骂，挨打，让全村人笑话，他只好硬着头皮在大女儿家过春节。

县里派人在房国春的大女儿家找到了房国春，见面就给了房国春三百块钱慰问金。来人说，这是县委、县政府领导的意思，领导说春节前事情比较多，没能顾上慰问房老师。这次特派他代表县委、县政府，对德高望重的房老师表示慰问。

房国春问过了，坐着小轿车来的人是县里信访接待室的一位副主任。副主任代表县领导登门慰问他，让他觉得很有面子，失去的尊严似乎挽回了一些。他把女婿、女儿都叫到跟前，把副主任介绍给他们，也把女婿、女儿介绍给副主任。副主任掏出随身带的名片，给了房国春的女儿一张，说今后有什么事只管给他打电话。副主任没有给房国春名片，他说：房老师有我的名片。房国春没有这位副主任的名片，他本来也想要一张，听副主任这么一说，他说是的，他有。

副主任这才把此次慰问房国春的本意说了出来，副主任希望房老师今年别再去北京上访了，有什么问题，在县里都可以谈，都可以协商解决，何必舍近求远呢，何必给上级领导添麻烦呢！

房国春还没说去不去北京上访，他的大女儿先替他说了话，大女儿说：我爹身体不太好，他不去上访了，哪儿都不去了。

副主任对房老师的身体状况表示关心，他说，人上岁数了，必须把身体健康放在第一位，不能跟自己的身体较劲。他问：房老师的身体哪儿不太好？

还是房国春的大女儿答话：我爹腿疼，头疼，心口也疼，心口疼起来就是一头汗。

副主任就说：我可以跟县领导汇报一下，让县领导安排房老师到县人民医院，对房老师的身体做一个全面检查，有什么病就针对性地治疗。房老师，您看这样行不行？您今天就跟我的车回到县里去，到县里的一切食宿费用由县里负责，并尽快安排您住进县人民医院病房，为您全面检查身体。

把房国春接走，女婿和女儿都求之不得，他们心里说：快走吧，快走吧，不然的话，他们的日子被爹折磨得也快过不下去了。女婿说：给领导添麻烦了。

房国春活到六十多岁，还从未坐过县里的小轿车。县里派小轿车来接他，证明他是正确的，真理在他这一边，县里领导对他是重视的。他自己坐小轿车不算什么，让房户营村的人知道才有意义。他想象，若县里的小轿车到房户营一停，村里人一定会说，看哪，县里的小轿车来接房国春了，在房户营村，房国春的地位还是最高的，还是房户营的第一人。什么房守本、房光民，包括现在的支书房光金，统统不在话下。于是，房国春说，谢谢县里领导对他的关心，他到县医院治病是可以的，但他有一个要求，希望副主任能答应他。

副主任很怕房国春提要求，他的要求往往是过分的要求，一提要求就把车挡住了。而他此行的目的是千方百计把房国春这个上访油子弄到县里去，在可控制的范围内把房国春控制起来，以免房国春在“两会”前夕再到北京给县里捅娄子。但不让房国春提要求又不行，他让房老师说说看。

房国春的要求是，车往房户营村拐一下，把他的老伴儿捎上，让老伴儿跟他一块儿到县里去，他住院治病的时候，老伴儿可以照顾他。

这个要求倒是不太过分，车拉一个人是拉，拉两个人也是拉。副主任问：这里离房户营村有多远？

房国春说：不太远，也就是十几里路。

路好走吗？车过得去吗？

天要是不下雨的话，应该能过去吧。

爹的心思女儿理解，女儿说：爹，你最好别去房户营了，宋建英看见你回去了，拦着车骂你，不让你走，那多不好。

房国春说：县里的车，她敢拦吗！她要是骂我，正好可以让县里来的同志听一听，说明我所反映的情况是真实的。

副主任说：房老师，这样吧，天不早了，你收拾一下要带的东西，咱们准备出发吧。我在车里等你，跟司机师傅研究一下去房户营村的路况。

房国春上了车，车拉着他一路向北，往县城的方向开去。路过吕店镇时，房国春哎哎地指着窗外，让车往房户营拐。车没有停，也没有拐，开车的司机说话了，说去房户营的路况极差，小轿车根本过不去。要去房户营的话，坐直升机还差不多。司机说话很牛，恐怕比所有拉车的牛都牛。房国春没有再说话。

房国春在学校的那间办公室兼卧室还上着锁，钥匙还在房国春的裤腰带拴着。他打开房门，在学校里只住了一天，县里果然安排他住进县人民医院的病房里去了。院方按房国春住的病床号给他编了号，喊他时不喊房国春，也不喊房老师，只喊他的代号。护士拿来一套病号服，让他换上。病号服是白底蓝条，一闻一股香水味，比他自己的衣服干净多了。病房里有暖气，比在女儿家温暖多了。虽说窗外的墙根还有积雪，树的枝头还没有一点春的消息，但房国春似乎感到了一股股春意。

在医院住了两天，检查身体还没怎么开始，房国春就发现了问题，这就是护士盯他盯得很紧，不管他去水房打开水，还是去厕所解手，护士都要问他去哪里。他说了去哪里，护士似乎还不放心，从值班的柜台里出来，在他后面跟着他。有一回，他在厕所里蹲坑蹲得时间长一些，从厕所里出来，见护士还在厕所门口等他。

他决定做一个试验。这天中午午睡之后，房国春从病房出来，下楼向医院大门口走去。年轻护士跟着他，连声叫他的代号，问他到哪里去？房国春昂着头，不说话，只管往外走。眼看他就要走出住院部的楼房，护士急了，紧跑几步拦在他面前，说：你是病人，不经医生批准，穿着病号服是不能出去的。

我出去怎么了？

你的病会传染别人的。

我有什么病？

这个，我也不知道。走吧，回病房问一下主治医生。

我看别人可以出去，我怎么不能出去？

因为你是特殊病号。

房国春试出来了，原来他被列成了特殊病号，受到了特殊“照顾”。“照顾”他的办法，是让穿着白色外衣的护士处处监视他的活动，并限制他的人身自由。他突然觉悟出来，这原来是一个阴谋，这个阴谋从那个副主任登门去慰问他就开始了。其目的是以给他看病的名义，把他拴在医院里，不让他到北京上访。你们为什么怕我上访？怕我上访，就说明你们心里有鬼。我房国春是谁？我是一个不信邪的人。你们不让我上访，我偏要上访，绝不会让你们的阴谋诡计得逞！

这天半夜，他趁护士睡着了，悄悄爬起来，摸黑换上自己的衣服，轻手轻脚溜出了病房。两天之后，当旭日从东方升起时，斗志昂扬的房国春又出现在首都北京的街头。

北京某个部门的信访接待室主任给县里的信访接待室主任打电话，对县里的信访接待室主任进行了严厉的批评和质问：你们是怎么搞的？怎么做的工作？房国春怎么又跑到北京来了？现在“两会”期间有很多外国记者来北京采访，他们要是采访到房国春，给国家造成不良影响谁负责！现在我通知你们，你们马上派人把房国春接回去，不然的话，我们要追究你们县县委书记和县长的责任。

县里不敢怠慢，马上派了三个人到北京接房国春，一个是县信访接待室的主任，一个是县公安局的便衣警察，还有一个是房国春的大儿子房守良。他们按上级部门指定的地点，在农业部的招待所找到了房国春。主任一见房国春，就以向房国春报告好消息口吻对房国春说，县委领导对房老师反映的问题非常重视，县委第一把手拟在明天下午召开一个座谈会，专门当面听取房老师的意见，争取现场解决问题。主任拍着房国春的胳膊哈哈笑着说：房老师，我认为这是一个难得的机会，县委书记当面听取您的意见，等于直接接访，现场办公，您有什么话都可以说，有什么意见都可以提。我想房老师不会错过这个机会。主任还突然放低声音，凑在房国春的耳边，神秘地说：我给您透露一个消息，您先不要对外说，县里准备撤销杨才俊的职务，开除杨才俊的党籍，并把杨才俊送交司法机关依法处理。

房国春看着主任，问是真的吗？

主任说：这话可不敢瞎说，真不真您回去一看就知道了。

房国春被接回县里，县里并没有召开什么座谈会，他也没见到县委书记，反倒是被拉到一个偏僻的地方去了。这个地方让房国春吃惊不小，原来他被送到县公安局的一个看守所给关起来了。

房国春问：不是要开座谈会吗，送我到这里干什么？这是什么地方？

那个一直不怎么说话的便衣警察这才露出了笑容，说：这是好地方，这地方很安静，你先休息一下吧。

房国春一看，这是一间很小的小屋，墙角铺着一块谷草苫子，草苫子上胡乱扔着一条破被子，旁边放着一个便盆。小屋的四壁都没开窗户，只有门口的铁门上方有一个小窗，小窗还用挺粗的铁栅栏封着。房国春猜出来了，这是公安局的看守所，只有犯罪的人才被关押在这里，等候提起公诉和审判。他什么罪都没犯，凭什么把他关在这里！县里的人说是让他回来参加座谈会，原来是欺骗他，是又一个阴谋诡计，他们太无耻了，太卑鄙了！被关押在只有犯罪的人才待的地方，这是房国春万万没有料到的。他震怒了，向那个便衣警察大声提出了抗议：我抗议！我抗议！我是中华人民共和国的合法公民，我什么法都没犯，你们凭什么逮捕我，凭什么限制我的人身自由。你们逮捕我，有逮捕证吗？经检察院批准了吗？你们这样做，本身就是违法行为，我要上访，我要控告你们！

便衣警察说：这里是肃静的地方，你嚷嚷什么！嚷嚷是没有好果子吃的。你要不是不停地上访，也不会有这样的下场。便衣警察砰地把铁门关上了。

房国春旋即扑向铁门上方的窗口继续抗议，同时用脚砰砰地踢门，喊道：放我出去，放我出去，你们这帮无耻的东西！

窗口铁栅栏外面还有一扇小铁门，便衣警察把小铁门也关上了。

房国春顿时陷入一片黑暗之中。

第二天早上，看守给他送饭，刚把铁门打开，房国春就一头冲了出去，把看守手里拿着的一个窝头和半碗面汤冲落在地上，并差点把看守冲击倒。这个看守比较胖，胖得肚皮都坠了下来。胖看守说：干什么干什么，你要作死呀你！来人，把这个罪犯逮住！

迅即跑过来三个警察，把房国春逮住了，并把房国春掀翻，脸朝下摁在地上。

房国春在奋力挣扎，他歪过脸喊：放开我，你们执法犯法，这是犯罪行为！

胖看守说：给他戴上手铐！

一个警察把房国春的双手背在后面，戴上了手铐。

胖看守说：看你还跑不跑，再不老实把脚镣也给你戴上！

房国春说：你们凭什么按敌我矛盾对待我！你们必须给我说清楚！

胖看守说：你是一个不安定分子，是害群之马，对国家的稳定造成了很大危害。你犯下了扰乱社会秩序罪，县检察院已正式批准将你逮捕。

我忠于党，忠于人民，忠于祖国。我遵纪守法，从来没干过任何违法乱纪的事。我向上级反映问题，是一个共和国公民的合法权利，你们不能这样对待我！我冤枉！

警察把房国春从地上揪起来，连推带搡，又把他塞进小黑屋里去了。胖看守没有再给他送饭吃。

这是怎么回事？这算什么道理？这是什么逻辑？房国春上访的目的，是让司法机关追究别人的法律责任，把别人关起来。现在宋建英、杨才俊们没有被关起来，却把他关起来了，这事完全弄反了，黑白完全颠倒了，青天白日，朗朗乾坤，不应该发生这样的事啊！这事要是传到房户营，房守本、宋建英们一定高兴坏了，他们会大肆宣传，说看看看看，房国春错了吧，房国春是一个坏人吧，不然的话，公安局的人怎么把他抓起来了呢，怎么把他关进牢里了呢！听了房守本、宋建英们宣传，村里人也会怀疑他在外边干了违法的事，不然公安局的人不会抓他。房国春知道，村里人判断一件事情，还是习惯以公家的标准为标准，公家的人把他抓起来了，他肯定变成了一个坏人。房国春很看重自己在房户营的良好形象和不可替代的威望，他之所以敢于揭露房守本、房光民的卖地行为，敢于和他们作斗争，正是为了保持自己的良好形象，维护自己在村民中的威望。这一弄，忽喇喇似大厦倾，他的良好形象塌台了，他在村里多少年建立起来的威望也将不复存在。还有，他一被关起来，他的弟弟、妻子、儿女、孙子孙女等，也会受到影响。在他没关起来之前，房光民、宋建英们就敢欺负他们，现在对他们的欺负恐怕会变本加厉。不行，这样万万不行，起来，站起来，昂起头，挺起胸，房国春要抗争，要抗争到底！

双手被铐上了，房国春还有脚，他用脚踢铁门，踹铁门，把铁门踹得隆隆作响，像打雷一样。踹门得不到回应，他就对着小铁门大声喊：你们是强盗，是希特勒，是法西斯，你们实行的是法西斯专政！开门，开门，我有话跟你们说。你们不开门，就是害怕人民，害怕真理。房国春的喊也得不到回应，仿佛他掉进深深的枯井里，狭小的空间里只有一个人。又仿佛他掉进了自己的梦里，踹的是梦脚，喊的是梦话。但英勇的房国春不会停止行动，不会停止呼喊。他把踹门和呼喊的节奏稍稍放慢，踹几下门，停下来，呼喊几声。他这种办法，类似于当地的艺人唱一种名曰打鼓金腔的小戏。艺人敲几下鼓，唱一会儿。再敲几下鼓，再唱一会儿。所不同的是，艺人唱打鼓金腔时，总有一些热心的听众为其捧场，听到动人之处并为之喝彩。在这里，房国春等于是自敲自唱，没有听众为他捧场，更没有人为他喝彩，他的“打鼓金腔”唱得似乎有些寂寞。然而房国春不怕寂寞，他已经做好了打持久战的准备。后来踹过几下门后，他开始喊口号：打倒法西斯！还我公道！还我自由！

其实，对于房国春的“打鼓金腔”，看守所里的看守们是听得到的，他们意识到，所里来了一个强硬派，遇到了一个难缠的家伙。他们才不怕哪个强硬呢，你强硬，我比你更强硬，总有办法把你治得软下来。他们不怕任何难缠的家伙，所里有专门治难缠病的药，到头来定会把你治得服服帖帖。

胖看守把关房国春的铁门打开了，跟进来的一个副所长二话没说，上来就左右开弓，给了房国春两记响亮的耳光。副所长用的是一只手，不是两只手，不能算是鼓掌。

挨了耳光的房国春有些出乎意料似的，愣住了。突然放进小屋的光亮，也让他有些不适应，他的眼睛眯着，看不清抽他耳光的人是哪一个。但他很快反应过来，质问说：你是什么人？你怎么能打人呢！

副所长没有回答他的问话，把自己的动作重复了一遍。这两记耳光似乎比上两记耳光更有质量。

房国春的嘴角流出了血，腮帮子似乎也肿了起来。他下意识地想用手擦一下嘴角，动了动手，才意识到自己的双手还在后面铐着。他把嘴里的血吐在地上，继续向打他的人发出质问。

副所长不承认打了房国春，他说：我没有打你，我打的是日本鬼子。

日本鬼子？这样的回答再次出乎房国春的意料，他说了一句很没有力量的话：你弄错了，我不是日本鬼子，我是中国人。

副所长几乎微笑了，副所长说：你说你不是日本鬼子，我看你比当年侵略中国的日本鬼子还可恶。你说你是中国人，我看你并不了解中国的国情，对中国的规矩一点儿都不懂。你既然是中国人，认识中国的汉字，就应该知道你到了什么地方，就应该知道什么叫只许老老实实，不许乱说乱动，什么叫坦白从宽，抗拒从严。副所长戴着一副金丝边的眼镜，说话轻轻的，声调儿一点儿都不高，与房国春的大嚷大叫形成了鲜明对比。

房国春说：你这是逼供！

副所长说了可笑，就真的微笑了，他仍然轻轻地说：我逼你什么了，我让你供什么了，我什么都不用你供，我只需要你闭嘴，闭上你的大嘴！

你为什么不让我说话？你们既然说我犯了罪，我要求公开审判我。

心急吃不得热枪子儿，该审判你的时候，自然会审判你。我告诉你，不许你再踹门，不许你再大声喊叫。你如果再信口开河，胡说八道，就要赏给你一点儿别的东西吃。我听说你有一定的文化水平，有文化的人应该懂事。既来之，则安之。好了，你大概也累了，好好休息吧。拜拜！

房国春选择了绝食。胖看守给他送来了窝头和白菜汤，打开手铐让他吃。他别过脸去，表示对食品不屑一顾。他不是不饿，他已经三顿没吃饭了，肚子里又饥又渴。他不是嫌窝头不好吃，白菜汤不好喝。若拿起窝头来，他三口两口就会吃下一个。若端起白菜汤来，他一口气就会喝光。但他咬紧牙关，坚决不吃也不喝。他看过一些文艺作品，知道绝食是一种斗争的手段。在那些文艺作品里，宁死不屈的英雄人物只要一绝食，敌人就慌了手脚，就会做出一些妥协。他对自己绝食的效果也有设想，有期望。他设想，只要他一绝食，看守所里的人就会一级一级地汇报上去，就会引起上级领导的重视。领导一重视，就有可能出面跟他谈话，劝他吃饭。人的生命毕竟是重要的，是值得重视的。他期望，当领导劝他吃饭时，他就向领导提出条件，让县里的法院公开开庭审判他，他将在法庭上慷慨陈词，为自己做无罪辩护。

然而，房国春的绝食没有收到应有的效果，他的设想和期望落空了。胖看守见送给他的饭他没有吃，什么话都没说，就把饭收走了。接连两三顿，胖看守都是原样把饭送去，再原样把饭收走，从来不问房国春为什么不吃饭。有一天夜里，房国春做了一个梦，梦见自己来到一块豌豆地里，大把大把地掐吃豌豆的苗子，吃得非常痛快。豌豆苗子把他的手染绿了，把他的嘴也染绿了，他还在大嚼不止。那块豌豆地并不是他家的，是老地主房世雄家的。房世雄质问他为什么偷吃豌豆苗子。他不承认自己吃了豌豆苗子。房世雄派人跟着他，等他拉屎，他吃了豌豆苗子，拉出的屎必定是绿色的。他识破了房世雄的阴谋，收紧屁股，坚决不拉屎。房世雄让人捉住了他，要用镰刀剜他的屁股眼子。剜屁股眼子可不行，如果把屁股眼子剜开，肚子里绿色的秘密就保不住了。于是他奋力挣扎，一挣扎就把自己挣醒了。醒来后，他意识到自己饿惨了，饿得肚皮前墙贴后壁，已经快不行了。还有一个意识，同时涌向了他的脑际，这个意识让他吃了一惊。意识告诉他，看守所里的人这样无视他的绝食，很可能因为他的绝食中了他们的下怀，他们正希望他自己把自己饿死，饿死了就说他是生病死的，就可以不声不响地把他拉出去烧掉。不行，他的绝食不能再进行下去了，决不能让这帮恶魔的阴谋得逞。

胖看守再给他送饭时，他要求一次给他送两份，他要把前两天没吃的饭补回来。

胖看守让他做梦去吧。胖看守还说：真没劲，我们正准备把你送到一个比较暖和的地方去呢，你怎么又不死了！

看来房国春判断对了，看守所的人的确希望他死。他说：你们想让我死，我偏偏不死，我一定要和你们斗争到底！

房国春吃了饭，恢复了体力，重新发出了自己的声音。他曾看过一部红字打头的长篇小说，小说里写到的关押共产党人的地方有一个叫白公馆，还有一个叫渣滓洞。他认为，县里关押他的地方，就是当代版的白公馆和渣滓洞。他把他的看法说了出来：你们这里就是白公馆，就是渣滓洞，你们都是无恶不作的特务，人民最终一定会审判你们！

副所长曾警告过房国春，如果房国春再大喊大叫，胡说八道，所里就要赏给房国春一些别的东西吃。副所长没有食言，当房国春把看守所与白公馆和渣滓洞相类比时，副所长命看守给房国春吃了两样东西，一样是沙子，另一样是大粪。房国春一张嘴，有人就把一把沙子喂进他嘴里去了。房国春此前从未吃过沙子，沙子又涩又碜，很不好吃。他噗噗地往外吐沙子，还吐出了一些骂人的话。宋建英会骂人，房国春也会骂人，他骂姐，骂娘，骂奶奶，骂祖奶奶，骂得辈级越来越高。那么好吧，你嘴里不是不干净嘛，就让你的嘴“干净”些。有人用棍子挑来一些大粪，捏着房国春的鼻子往房国春的嘴里捣。说来房国春真够倔犟的，真够坚强的，真够英勇不屈的，这两样东西都堵不住他的嘴，他的叫骂越来越厉害。那些人用脚踩他的腿，把他的头往墙上撞，直到他昏过去才罢手。

春节前的一天，房国春的四个孩子，还有他的大孙女房小瑞，到县里的看守所去看望他们的父亲、爷爷。不知怎么搞的，房国春已不能站立，不能行走，他是四肢着地，爬着到见面室去的。房国春的头发很长，胡子也很长，披散的头发和胡子全白了，成了一个白毛男。更为可悲的是，房国春的嘴张着，眼睛张着，就是发不出声来，说不出话来，完全成了一种失语状态。儿女喊他爹，爹呀！小瑞喊他爷，爷爷！他像是听见了，但答应不出来。他张着的眼睛里没有流眼泪，眼睛甚至湿都不湿。他的目光有些发呆，像是不大认识他的孩子了。他的孩子们悲从心来，呜呜地哭成一团。哭得最厉害的是房国春已经上中学的孙女儿小瑞，小瑞边哭边喊：爷爷，咱回家吧，咱回家过年吧！咱回家过一个团圆年吧！爷爷，您千万不能死在这里呀！

第十九章

和房国春估计的差不多，自从他被抓进县里的看守所，消息传到房户营村，村里的舆论便呈现出一边倒的趋势，几乎都认为房国春在外边犯下了罪。至于房国春犯下了什么样的罪行，是杀人、放火、抢劫，还是奸污了妇女，他们并不知情。他们并不急于知道房国春犯罪的具体情节，只知道房国春肯定是犯下国家的律条了，不然的话，公家的人不会把他投进大牢。好比麦收之前，突然刮起了暴风，把麦子都刮倒了。人们看到了麦子倒下的事实，知道麦子是被风刮倒的。至于风是从哪里来的？为什么要刮倒麦子？麦子有什么不是？他们无意深究，也没有能力深究。

是的，他们不知道看守所和监狱的区别，把所有关押人的地方都说成是大牢。在他们看来，大牢是很厉害的，有着无可争辩的权威性。一个人只要被投进大牢，这个人就完蛋了，就彻底走向了反面。房户营村更久远的历史他们不了解，他们只知道，从1950 年当地进行土地改革以来，在房国春之前，村里已经有两个人被投入过大牢。第一个是地主房世雄。房世雄当年是何等了得，他一跺脚，全村的土地都乱颤颤。但革命一来，就把他捆绑起来投进了大牢，不久他就死在大牢里了。第二个被投进大牢的人也是地主，是个文地主。文地主的特点是不爱干活儿，爱说评词。在秋后的月亮地里，他立起一条板凳，把一只小铙钹拴在板凳腿上，丁丁一敲，评词就说起来了。他的评辞或说得慷慨激昂，或说得幽幽咽咽，让村里的人很是痴迷。但是，撺掇文地主说评词的是村里人，告发他是二流子、反革命的也是村里人，结果他也被投进了大牢。文地主在大牢里待了一段时间，被送到新疆进行劳动改造去了。送到新疆后，他的家人就再也没有得到他的音信，属于活不见人，死不见尸的那一种。村里人估计，文地主早就死掉了。到了房国春，他是该村被投入大牢的第三人。有前两个例子在那里摆着，村里人猜测，房国春的结果也不会好到哪里去，就算不死，也得秃噜一层皮。房光民曾在大喇叭上宣布开除房国春的村籍，那时村民们还不太认同，因为当时房国春还在活动，还很活跃。听说房国春被抓了起来，关进牢里，他们想，房国春在房户营村恐怕真的要被一笔勾销了。

房国春被关押，对其妻子皇甫金兰的打击是毁灭性的。宋建英说房国春是恶有恶报，罪有应得，把她骂成是犯罪分子的老婆，说她还活着干什么，活着净是丢人现眼！村里别的一些妇女也在躲避她，好像她成了一个瘟神，一跟她说话就会得上瘟疫。皇甫金兰并不认为自己的丈夫是什么犯罪分子，她还保持着对丈夫的信任。她相信丈夫是一个有学问的人，是一个关心国家大事的人，是一个耿直的人。而丈夫的毛病也是因为太耿直，操心太多，太爱管闲事。丈夫这一辈子吃亏就吃在太耿直上。回想起来，丈夫这一辈子对她并不好。丈夫用着她了，就在床上用一下。用完了，丈夫好像吃了亏似的，就不愿意再理她，连话都不愿意和她多说一句。丈夫对孩子也不好，从不和孩子亲近。她清楚地记得，大儿子刚学会爬时，她把大儿子放在地上，让大儿子爬着去找爹。大儿子爬到丈夫脚前，刚要抱住丈夫的脚，丈夫就把脚挪开了。大儿子又爬到丈夫脚前，丈夫再次把脚挪开了。丈夫大学毕业，她一个字都不识，她知道自己配不上丈夫，两家门不当，户不对。嫁给丈夫后，她在丈夫面前一直小心翼翼，低声下气。回到娘家，她多次在娘跟前哭泣过。娘没有同情她，每次都数落她。娘说：你嫁了一个念过大学的人，够你荣耀一辈子了，你还有什么不满足的。人家要是提出跟你离婚，咱不能赖着人家。只要人家不跟你离婚，你就得好好伺候人家。娘还对她提了要求，发了狠话，娘说：不管遇到多大的难处，受到多大的委屈，你都不能自寻短见。娘还没死呢，你要是死了，就是最大的不孝，连老天爷都不容你！她记住了娘的话，娘活着时，她不敢死，好像也没权利死。现在娘已死去多年，她不会再担不孝之名，总可以死了吧。

她的丈夫没被关起来时，她也不能死，好像也没有死的权利。丈夫回来，她还要给丈夫端茶倒水，洗衣做饭，铺床叠被，尽一个人妻应尽的义务。现在丈夫被关押起来了，再也不能想回家就回家了。她深知丈夫是一个眼里揉不得沙子的人，是一个不能受气的人，丈夫在牢里受那么大的气，生气也会把丈夫活活气死。

特别是听女儿和孙女儿对她哭诉了丈夫在牢里的悲惨情况，她更是悲观失望，觉得丈夫活着回家的可能性不大了。既然丈夫活着回来的可能性很小，她还活着干什么呢！还有，她的儿女该娶的娶了，该嫁的嫁了，连第三代人都有了好几个，她这一辈子的任务已经完成了，可以走了。

皇甫金兰死得镇定，从容。她用缺了一根手指的手，把该拆洗的衣服拆洗了一遍。她给四弟蒸了两锅子馍，擀了一锅盖面条。她在仔细回想还欠人家什么东西，死之前必须把东西还给人家。她想了又想，一分钱的东西都不欠人家的。但她陡然想起，房光东的娘曾送给她一件白府绸布衫，她一直没舍得穿，不如还给人家。她马上把布衫给房光东的娘送去了。房光东的娘说：三婶子，这是我送给你的，又不是借给你的，你又拿来干什么！

皇甫金兰说：他大嫂，你的心意我领了。你送给我的布衫，我一直没舍得穿。我老了，这么好的布衫恐怕也穿不着了，我看还是还给你吧。

三婶子，你想开些，不要听别人瞎说。依我说，三叔是一个好人。

他大嫂，你真的认为你三叔是一个好人吗？

我不光自己这样说，我对我的孩子也是这样说的。像三叔这样的好人不是太多了，是太少了。好人太少了，当好人就吃亏些。

皇甫金兰的眼窝子湿了，她低下头，用衣袖搌眼泪。房光东的娘有两个儿子，一个儿子在北京工作，一个儿子在省里工作，都是起来的人。房光东的娘说话是有分量的。皇甫金兰说：他大嫂，听你这么一说，我就放心了。

头天下了些雨，院子里的地还湿着，还有些泥巴。皇甫金兰想到，她死后，她的孩子会跪在院子里的地上哭，给孩子沾一身泥巴就不好了。她拿起铁锨，从灶屋里铲出一些草木灰，撒在有泥巴的地方，并一下一下把地面拍平。

皇甫金兰所选择的死法是传统的方法，上吊。她没把上吊的绳子拴在院子里的树上，她怕小孩子先看见她的死相，会吓着孩子。她也没把上吊的绳子拴在堂屋的房梁上，堂屋当门靠后墙的条几上是放祖宗灵位的地方，她不能让自己的死气冲击到祖宗的灵位。她所选择的上吊的地方是灶屋，她老在灶屋里干活儿，死也死在灶屋里吧。即使是死在灶屋，她也没吊死在门口。吊死在门口是方便的，把绳子往门口上方的门梁头上一搭，脖子往绳套子里一伸，就完了。可是，她觉得吊死在门口还是太显眼了，也显得张扬些。锅灶前的墙上楔有一些木头橛子，那些木头橛子是挂灶具和干菜用的。她挑了一个比较粗的木头橛子，把上吊的绳子拴在了上面。木头橛子离地面不够高，而她的个子比较高，她把头伸进绳套子里，双脚不能悬空。这不要紧，她面朝墙壁，双膝往下一跪，重心往下一坠，绳套子就把她的脖子套紧了。临死的前一刻，她想到的是她的娘，还有她的孙女儿小瑞。她对娘说：娘，我实在活不下去了，你不要骂我。她对孙女儿说的是：奶奶的好瑞瑞，奶奶死了，你不要哭得太厉害。

在皇甫金兰上吊死去的当日，房户营村响起了高亢嘹亮的唢呐声。唢呐声不是响在房国春家的院子里，不是为皇甫金兰举哀。

唢呐声来自房守现家的院子，是在为房守现高明的医术庆贺。

一个妇女接连生了三个女孩儿，很想要一个男孩儿。她听说房守现会换胎，可以把女胎换成男胎，就请房守现为她换胎。赶巧了，这个妇女在第四胎真的生了一个男孩儿。妇女把功劳归功于房守现，几乎把房守现奉为换胎的神仙，对房守现非常感激。孩子满月后，妇女的家人备了丰厚的礼品，准备到房守现家送礼，以表感激之情。

房守现听到了妇女家要送礼的消息，派人来到那个妇女家，要那家人不必给房先生送什么礼了，给房先生送礼的人太多，房先生家的红糖、白糖、鸡蛋、火腿肠、方便面等，都是大堆小堆，吃都吃不完。如妇女家实在想表达感谢之意，请上一支响器班子，到房先生家吹打一番就行了。

此时，房守现家买了一台黑白电视机，他除了在电视里看戏，看电视剧，还看到不少广告。房守现看广告时受到启发，觉得他给妇女们看病的事可以广告一下。要是一广告，找他看病的妇女会更多。看病的等于送钱的，送钱的人一多，他的收入就会大幅度增加。他知道，把他给妇女看病的广告做到电视上，目前来说可能性不大。而通过人嘴帮他广告一下，还是可行的。于是，具有经济头脑的房守现就策划了这场让生了儿子的妇女家给他送响器的好戏。

妇女家是大方的，家里的经济条件大概也允许，他们抬了礼品盒子，不但礼品照送，还一下子请了两支响器班子。他们对房守现想做广告的意图理解贯彻得也很好，送礼的队伍还没到房户营村，两支响器班子的吹鼓手便开始吹打起来。及至吹打到房守现家的大门外，送礼队伍后面已被召唤来了不少大人孩子，还有爱凑热闹的大狗小狗。

房守现早有准备，在大门外面的官路边放了一挂长长的鞭炮，以示欢迎。这天来房守现家帮忙的人不少，房守彬、房守云们都来了。他们在房光金的坐镇指挥下，在大门外的南北两侧各摆了一张方桌，安排两支响器班子的吹鼓手们分坐在两张桌子边。吹鼓手们以对垒之势，很快形成了对着干的比赛局面。你吹一曲《百鸟朝凤》，我吹一曲《抬花轿》；你吹的是《摘牡丹》，我还你一曲《打枣儿》；你换了曲调，吹了一曲豫剧《穆桂英挂帅》，我马上也吹了一曲豫剧《对花枪》。唢呐声此起彼伏，一浪高过一浪。房守现本人并不来回走动。既然被人说成医术高明，有妙手换胎之术，他往堂屋当门的椅子上一坐，做出一副老先生的范儿，只等来人对他行感谢之礼。

在往常，若村里谁家死了人，大家也会去看一看的，一个人，一辈子，毕竟只死一次。但人们生性喜欢笑，不喜欢哭；喜欢人多，不喜欢人少；喜欢娱乐，不喜欢痛苦，今天到房国春家为皇甫金兰送葬就免了。两相比较，房守现家有响器班子，房国春家没有；去房守现家看热闹的人很多，称得上笑声喧哗，房国春家院子里有些冷清，只有皇甫金兰的几个孩子在哀哀地哭；到房守现家可以讨喜，能吸到香烟，吃到喜糖，到房国春家可能什么都讨不到。房国春还在大牢里关着，没的沾一身霉气，还是离他家远一些为好。

但是，村里去给皇甫金兰送葬的人还是有的，比如房光东的娘，还有外号叫织女的张春霞，就去了。她们把皇甫金兰叫成“苦命的三婶子”，都在三婶子的棺木前哭了一阵子。

房守现家的热闹掀起了新的高潮。原来其中一支响器班子里埋伏着一个女歌手，女歌手正为吹唢呐的敲着梆子，却突然放下梆子，拿起麦克风唱起歌来，一曲风吹着杨柳刷啦啦啦啦啦，把众人“刷啦”一下子都吸引过来。女歌手唱了两支流行歌曲后，有在镇上看过脱衣舞的人喊：脱！脱！

脱什么？当然是脱衣服！一个女人，在大庭广众之下脱衣服，这在房户营村可是从来没有过的事啊！人们的兴奋之情无与伦比，有人大声附和，也喊着脱，脱！

大概女歌手也需要做广告，也需要招徕更多的观众，她说脱就脱，有什么了不起的！她把外衣脱下来了，把羊毛衫脱下来了，在人们的阵阵鼓噪之下，竟把里边的衬衣也脱下来了，露出雪白的背，雪白的脖颈，雪白的胳膊，只保留了奶罩没有脱下来。女歌手没有脸红，却振振有词唱道：“不是改了革，哪能这么脱！不是开了放，哪能这么唱！”

宋建英到房守现家看热闹去了，房守本没有去。房守本得了重病，到了晚期，已经卧床不起。就算房守本的身体好好的，他也不会到房守现家里去，不会为房守现捧场。他了解房守现的底细，房守现所谓会治不孕症，所谓能换胎，都是骗人的把戏，是缺德行为。在房守本当支书时，房守现只敢偷偷摸摸骗钱。现在房守现的儿子当了支书，房守现有恃无恐，就大张旗鼓地干起来了。骗子能够大行其道，只能说明社会风气越来越不好。知道了自己的病情之后，房守本颇有些不甘心，房国春还没死呢，他怎么就要死在房国春前头呢！让他略感欣慰的是，房国春被县里抓起来了，关起来了。这很好，说明房国春的捣乱是错的。这就叫捣乱失败，再捣乱，再失败，直至灭亡。

对于妻子的上吊自尽，房国春一点儿消息都没得到。倘若他知道跟了他几十年的结发妻子上吊死了，他也许会反省一下自己，生出一些愧疚之情。是他连累了一向本分老实的妻子，妻子不但受人骂，挨人打，被人掰断了手指，最后还弄到了不自杀不能解脱的地步。不过，房国春也许对妻子有所埋怨，埋怨妻子不够坚强，对他支持不力，没有配合他和坏人坏事斗争到底。

既然房国春的嗓子坏掉了，既然他失去了喊叫的能力，看守所方面对他的压制就稍稍放松一些。胖看守去掉了他的手铐，还把大铁门上方的小铁门打开了。房国春的嘴失去了语言能力，他的背包里放的还有纸，有笔。他悄悄把纸和笔取出来，借着小铁门透进屋里的光亮，开始了秘密书写。谁抽了他的耳光，谁往他嘴里填了沙子和别的东西，谁踩了他的脚，谁撞了他的头，他都一一记录在案。这些事实都为上访提供了新的内容，有朝一日，只要他活着走出看守所，他马上就会带着这些材料到北京上访。

房国春家的悲剧还在继续上演。有一年春节前夕，房国春的大儿子房守良因遭遇车祸死在了打工回家的路上。房守良的死应当说与房国春的巴掌式教育不无关系。前面说过，因房守良的学习成绩不是太好，房国春动不动就抽房守良的耳光，以致伤及房守良的耳膜，使房守良的一只耳朵出现了耳聋的症状。耳聋为房守良的生命安全埋下了隐患，这个隐患也许会隐藏若干年，在没有条件显患的情况下，它一直是一条隐患。一旦条件成熟，它就会以突发性的效果，将隐患变成灾难。离大年三十还有两天，房守良从打工的地方坐上长途客车往家里赶。客车路过一个小城市，司机应乘客的要求，把客车停下来，让乘客下车解手。解完了手，房守良看见路边的小摊上卖的有牛仔裤，一问牛仔裤还比较便宜，就打算给女儿小瑞买一条，作为过年的礼物送给小瑞。在他给小摊贩付钱之际，有人喊他上车，他没听见。客车发动了，他还是没听见。直到客车启动往前走，他才看见了，赶紧一边招手一边向客车追去。这时有一辆大卡车从对面开过来，撞在房守良的肚子上，把房守良撞出好远，仰面倒在地上。房守良的第一个反应是保护他的大头鞋，他的一只大头鞋从脚上掉下来了，而打工数月挣的几百块钱都在鞋舌头里藏着。他抓到自己的鞋，看看钱还在，就穿上鞋，匆匆上了大客车。车开了一会儿，他觉得自己的肚子不大对劲，光想呕吐。他以为自己晕车了，把肚子里往上翻的东西使劲往下压，不让肚子里的东西吐出来。他怕影响客车上的公共卫生，怕司机和售票员不高兴。他甚至想，宁可把东西吐在自己帽兜儿里，也不能吐在车上。然而他还没来得及摘下自己的帽子，脖子一伸就吐了出来。他吐的不是什么污物，而是大口大口的鲜血。他觉得大事不好，喊了一声救命啊，就倒在血泊之中，晕了过去。

房守良死后，他的妻子晏子变得神神道道，精神有些自闭。

晏子听说哪儿有庙会就去赶，见庙就进去烧香，见神就跪下磕头。她只愿跟神说话，不愿再跟人打交道。她再也不到别人家串门，不管看见村里的任何人，她好像不认识人家一样，远远地就把头低下了。她变着法儿地做好吃的，做好了自己不吃，也不给孩子吃，而是摆在堂屋当门的方桌上给神仙当供品。她家的香炉里时常点着香，桌子上摆满了供品。有一天，晏子从一个比较远的地方赶庙会回来，房光东的娘看见她了，喊她：他婶子，你到我家去吧，我跟你说说话。房光东的娘想劝劝晏子，别信了神，误了孩子。晏子大概把房光东的娘也当成了神，突然跪下给房光东的娘磕了一个头，站起来就走了。

房国坤作为一个寡汉条子，多少年来，他过的是依附性的日子。爹娘不在了，他依附的是三哥和三嫂。三嫂做给他穿，做给他戴，做给他吃，做给他喝。他生病了，也是三嫂给他递水煎药。人说老嫂比母，三嫂对他尽的是一个母亲的责任。如今三哥被关起来了，三嫂上吊死了，他像是再度失去娘亲的孩子，变得无所依无所附。因为房国坤是大眼睛，眼珠子又有些鼓，村里人通常认为房国坤是一个粗暴的人。其实在有些时候，房国坤的感情很脆弱，显得很爱哭。三嫂死后，他看见天想哭，看见地想哭，看见锅想哭，看见碗也想哭。他跟人说话，未曾开口，眼珠子上先蒙了一层水雾。放学回家的侄孙女儿小瑞喊了他一声四爷，他的眼泪呼地就下来了。

房国坤所面临的最大的问题是，他自己不会做饭吃，不会蒸馍，不会擀面条，甚至连锅都烧不好。人要活命，饭总是要吃的。

饿得不行了，他就卖粮食换钱，到镇上的饭馆吃一顿。或直接拿小麦换回一些馍，饿了就啃个馍，喝凉水。房国坤的饮食规律被打破，过的是饥一顿、饱一顿的日子。这样的日子没维持多久，在一个下雪天，房国坤连病带饿就死掉了。他死后三天，才被邻居发现。他躺在床上，以被子蒙头，身体已僵硬得像木柴一样。可怕的是，他临死时没有闭眼，他的大眼睛是睁着的。

至此，房国春家已经空无一人，只有一把锈迹斑斑的铁锁在门上悬挂着。房国春家院子门口的大门不知被谁摘走了，从他家大门口一过，就可看见院子里长满了荒草，房坡上也长了草。

曾几何时，房国春家作为房户营村的文化中心、话语中心，甚至是政治中心，是何等的吸引人，房国春是何等的受人推崇。只要房国春一回家，村里去听他说话的人就络绎不绝，他家里就热气腾腾，门庭若市。特别是到了过大年的时节，每年初一一大早，全村的大人孩子几乎都会到房国春家拜年。房国春家烛光闪闪，年画生辉，满堂喜气。叫三哥的拜罢，叫三叔的来了。叫三叔的拜罢，叫三爷的来了。叫三爷的拜罢，叫三老太爷的也来了。房国春是何其风光，何其自豪！然而才几年工夫，房国春家就破败成这个样子。世道沧桑，人间的事情真是难以预料啊！

有胆大的人，穿过房国春家院子里的荒草，来到堂屋门口，把挂着铁锁的房门推开一点门缝儿，往屋里看了看。那人只看了一会儿，赶紧拉上门退了回来。他看到靠后墙的条儿上有两个黑白的人，两个人正大睁着眼睛往门外看。那两个人不是真人，是房国春父母的黑白相片。房国春父母的眼神好像有些疑惑，他们仿佛在问：我们家这是怎么了？人都到哪里去了？三儿子怎么这么长时间不回来？

房国春出路何在？他要长期被关在看守所吗？他难道要在看守所里了此残生吗？他真的要变成一个屈死鬼吗？他有那么多学生，可谓桃李满天下，有的学生还是握有权柄的人，可没有一个学生愿意帮助他，愿意站出来为他说句公道话。房国春的二儿子曾给房光东打过电话，希望房光东能帮助解救他的父亲。房光东对他父亲的遭遇表示了同情，但很快也表示了无能为力。房国春没有想到，在他身陷绝境的时候，得到的竟是孙女儿房小瑞的一臂之力。在他们那里，历来的传统是重男轻女，生了男孩儿，说是生了个中用的，生了女孩儿呢，就是生了个没用的。就是房小瑞这个“没用”的，把爷爷房国春从看守所里救了出来。房小瑞以一个中学生的名义，给《农民日报》写了一封读者来信：《我的爷爷为何惨遭关押毒打》。信里说因爷爷反对村支书挖地烧砖，得罪了村支书的一家人，爷爷从那时起就没有了安宁的日子。信里写到爷爷挨骂，写到奶奶被人打断了手指。爷爷为了坚持真理，维护正义，一步一步走上了上访的道路。问题得不到解决，爷爷上访的次数就多一些。爷爷为上访付出了沉重的代价，不但爷爷预备党员的资格被取消了，爷爷被开除了公职，停发了离休工资，还被县公安局的人抓了起来，关进了看守所。房小瑞在信里描述了她在看守所里目睹的爷爷的惨状。她说她万万没有想到爷爷会被折磨成那个样子，她简直不敢相信那个趴在地上的人就是她的爷爷。爷爷瘦得皮包骨头，比一只最瘦的羊都瘦。爷爷的头发、胡子全白了，头发和胡子都很长。爷爷的门牙没有了，眼睛也没有了以往的光彩。她大声喊爷爷，爷爷，爷爷的嘴张了又张，却不能答应。爷爷太可怜了。她不知道爷爷犯了什么罪，使爷爷受到那样非人的折磨。就算是爷爷真的犯了罪，看守所也应该讲点儿人道，不能把爷爷往死里整。房小瑞在信里提到她奶奶，说她奶奶是世界上最好的奶奶。奶奶听说爷爷被关押，绝望之下，上吊自杀了。房小瑞还说到她自己的家，说她爹外出打工遇车祸死了，娘受到刺激，精神上出了问题。她自己也面临失学的危险。房小瑞在信的最后发出了呼吁，请叔叔阿姨们救救她的爷爷吧！报纸在读者来信栏里摘发的房小瑞的信，被国务院一位分管农村工作的领导看到了，领导在信上做了批示，要求当地省委立即对房小瑞同学所反映的情况进行调查核实，做出正确处理，并把处理情况上报国务院办公厅。国务院办公厅把领导的批示以传真形式发给房国春所在省的省长，省长不敢怠慢，也马上做出批示，要求房国春所在地区的行署专员对房国春一事立即进行调查处理。专员没有把国务委员和省长的批示再往县里批，他让地区组成了联合调查组，直接到县里调查处理去了。调查处理很快有了结果：一、县公安局立即释放房国春同志，并为房国春同志开具无罪证明。二、立即恢复房国春同志的离休教师待遇，并补发所扣发的房国春同志的全部工资。三、一次性给予房国春同志生活补贴费四万元整。四、房国春同志可自主选择医院进行身体治疗，所发生的一切医疗费用由县里负担。

县里把处理结果通知了房国春的家属，是房国春的二儿子和大女儿拉着一辆平板架子车，把爹从看守所里拉了出来。房国春仍不能说话，他像一个哑巴一样，啊啊地指着家的方向，要求回家。爹这样人不人、鬼不鬼的样子，他的儿女当然不愿马上把他拉回家。大女儿拉着他干柴一样的手对他说：爹，咱先去医院给你看看病，等看好了病，咱再回家。大女儿没敢告诉爹，他们的娘已经上吊死了。

把房国春拉到县人民医院门口，房国春像是认出了县医院，突然啊啊地挣扎起来，似乎要从架子车上爬下来。大女儿问他：爹，你是不愿意去医院看病吗？

房国春摇头。

二儿子知道爹失去了说话能力，随身带来了纸和笔，他把纸和笔递给爹，爹有什么意愿，他让爹在纸上写下来。

爹的手哆嗦着，写出的字歪歪扭扭，但二儿子认出了爹写的字，爹写的是：快走，这里有奸细！

二儿子和大女儿只好把爹送到邻县的医院去了。

第二十章

传达室的值班人员给房光东所在的编辑部打电话，说房光东的爷爷找房光东。房光东一听，知道房国春又到北京上访来了。此前，房光东已经看到了房国春寄给他的新的上访材料。新材料还是打印在一种很薄的纸上，但新材料的页数有所增加，内容也丰富许多。材料里把他被抓的过程，关押七百多天的过程，以及在看守所里受到的种种虐待，全写到了。材料里点到一连串人名，从看守所的一般看守，到看守所的副主任、主任；从公安局的便衣警察，到公安局的副局长、局长；从检察院的股长到院长，直至县里的县长、县委书记等，都被他列为状告的对象。他认为，他之所以受到无情迫害，这些人都有无可推脱的责任。他的上访提出四条要求：县里正式发文件为他平反，恢复名誉；恢复他中国共产党预备党员的资格；法院公开对他进行审理，他要在法庭上作自我陈述；追究有关人员的法律责任。县里对房国春一案所做的四项决定，房光东也听弟弟打电话对他讲了。他们认为，县里这样处理，等于县里已经自己打了自己的嘴巴，实际上等于为房国春恢复了名誉。房国春拿到生活补贴，领着离休工资，安度晚年就行了。房国春都那么大岁数了，身体又不是很好，还折腾个什么劲呢，再折腾还能有什么好结果呢！他们还认为，房国春在上访材料里点到的人名太多了，打击面太宽了，等于自我树敌。房国春这样做，只会导致别人对他实行新一轮打击报复。房光东继续选择回避，他让同事对传达室的值班人员说，房光东不在北京，到外地采访去了。房光东想过，回避是他所能做出的最好的选择，只有回避，才不会对三爷造成任何伤害。

房光东说了自己不在北京，还是赶快下到前楼二楼的楼梯口，想看看过去仪表堂堂的房国春现在变成了什么样子。房国春站在传达室门口还没有走，在暗处的房光东看到了站在明处的房国春。房光东对房国春现在的形象有一些预想，及至看到房国春，他觉得还是超出了他的预想。房国春穿着破旧，手里拄着一根用树枝做成的疤疤瘸瘸的拐棍。最让房光东想象不到的是房国春的头发和胡子。从看守所里出来之后，房国春大概一直没有理发，他的白色的头发和胡须都很长，头发披散在肩头，胡须垂在胸前，称得上白发飘飘，长须拂动。这样的长发和胡须，在北京的街头是很显眼的。有位画家送给过房光东一幅国画，画的是老子出行图。画面上的老子李耳就是长发飘飘，胡须垂胸。所不同的是，老子出行骑了一头青牛，而房国春什么都没骑，是执杖而行。房光东想到，房国春这样保留自己的长发和胡须应该是有用意的。古人有蓄发明志一说，房国春留下长发和胡须，大概也是为了表明一种志向，这种志向是斗争的志向，是不获全胜决不停止上访的志向。都到了什么时代了，还用这种办法来表达自己的志向，来塑造自己作为斗士的形象，是不是有点儿可笑呢！

退回到编辑部的办公室，房光东看着窗外的高杨树，愣了好一会儿神。外面下起了秋雨，雨点儿打在杨树叶子上沙沙响。他不知道房国春带伞没有，下一步会到哪里去。房光东突然心生愧疚，他这样对待房国春，这样对待一位老家来的老人，是不是有一点过头呢？房光东心里承认，房国春是一个正直的人，是一个敢于担当、勇于斗争的人，还是一个富有牺牲精神的人。从一个知识分子的角度来说，如果像房国春这样的人多一些，对于民主的进步，国家的发展，肯定是有好处的。房国春的做法，也确实代表了房光东的心愿。比如，他也不赞成房光民接替房守本当支书，对把好好的土地挖成深坑也痛心疾首，但让他站出来明确表达自己的态度，他是不会的，也是不敢的。你说他懦弱也好，自私也好，明哲保身也好，反正他决不会参与村里的任何纠纷。因为他提前看到了纠纷的后果，只能是两败俱伤，并结下世仇。目前的事实表明，房光东的预判是正确的，他为矛盾的双方都感到悲哀。

房光东之所以对村里的事保持沉默，还有一个正大的，到哪里都说得出去的理由，是为了始终保持对母亲的孝，让辛劳了多半辈子的母亲能够在家里安度晚年。是的，他和弟弟都到了城里，并在城里结婚生子，成了城里人。可他们的母亲还在农村老家，母亲不愿离开房户营，不愿到城里生活。房光东理解母亲的心情，母亲要守着老家的老房子是一个方面，更重要的一个方面，她要在老家享受她的荣耀，享受村里人对她的尊敬。母亲也在北京住过，可北京的那些老太太，哪个认识她是谁呢，哪个能跟她说说知根知底的话呢！而在房户营就不一样了，村里人都是望着她的脸跟她说话，无人不夸她的两个儿子有出息。且不说别人，房光东听母亲说，宋建英时常登门到家里找她说话，有时还陪她赶集。在全村，让宋建英看得起的人没有几个，宋建英如此高看母亲，近乎巴结母亲，让母亲觉得很受用，脸上很有光，愿意对儿子提及。试想想，如果房光东和弟弟在房国春与房守本、房光民的争斗中站队，并站在房国春一边，就会得罪房守本一家。宋建英就会和母亲翻脸，说不定还会骂他们的母亲。让他们的母亲为房国春挨骂，那是他们的不孝，是不可以的，一千个不可以，一万个不可以。

其间房光东回老家看望母亲，他既不到房守本家里去，也不到房国春家里去，与两家的人都保持着距离。有人到家里跟他说话，难免说到房国春和房守本的矛盾，房光东是警惕的，嘴门口站了好几道把门的，从不明确表态，只哈哈一笑就应付过去。别人走后，家里兄弟姐妹私下里说话时，才说了一些实话。他们都说房国春是有正义感的人，是敢说敢为的人，但对房国春并不同情。他们认为：别看房国春念过大学，并不是一个有文化的人；房国春看似聪明，其实心眼儿并不多；房国春自以为什么都懂，其实他连起码的人情世故都不懂。他们说到的根据之一，是那年的大年初一发生的事。具体时间是 1971 年的大年初一，那天上午，村里人起了五更，放了鞭炮，互相拜了年，队里的干部就召集全体社员到会议室开会。就是在那次会上，房国春讲了一番话，指出房光东已经去世的父亲当过国民党军队的军官，是历史反革命分子。在此之前，房光东一家被公社树为活学活用毛主席著作的全家红典型，曾到别的大队巡回讲用。按房国春的说法，房光东家是贫农家庭并不假，但同时也是历史反革命分子的家庭。而历史反革命分子的子女属于可以教育好的子女，当学习毛主席著作先进典型是不合适的。当时，房光东的大姐已出嫁，房光东到煤矿当工人去了，二姐、妹妹和弟弟都去参加了会议。听了房国春的讲话，他们都是含着眼泪离开会场的，过年的兴头一扫而光。后来想想，房国春说的是实话，按当时的标准衡量，房光东的父亲的确属于历史反革命分子。但别人都不说，你房国春干吗要说出来呢！房国春的话对他们年轻的心灵造成了严重伤害，他们到什么时候都不会忘记。

又说到这件事时，房光东说了一个意思，是姐姐、妹妹和弟弟没有想到的，他说：这个事也不能全怪房国春。咱们家当了全家红，村里很多人嫉妒咱们，肚子里憋得鼓鼓的，又不好说，就去撺掇房国春，让房国春出面说话。房国春伤害了我们，那些人又在我们面前装好人。我估计，这一次房国春反对房守本、房光民挖地烧砖，也是受到了村里人的撺掇。房国春经不住很多人的反复撺掇，脑子一热，就站了出来。房国春被推到泥坑里，别人就不管了，还站在一边看笑话。这些幕后推手，才是最可怕的。对我们家的嫉妒现在仍然存在着，我们还是小心谨慎，低调做人为好。

姐姐、妹妹和弟弟点头称是。

房光东还说：房国春之所以热衷于管村里的事，是他有乡绅情结。乡绅情结房国春的父亲就有，到房国春身上反应更强烈。他在外面当不上官，管不了别人，就只能回到村里找话语权，希望能当一个乡绅。他哪里知道，乡绅时代已经终结，自古以来形成的乡绅文化已经崩溃，现在的乡下已经不需要乡绅了。房光东见姐妹兄弟对他的这番话像有些懵懂，意识到自己把话说多了，多得有些可笑，没有再说下去。

房国春在省会找到了房光东的弟弟房光熙，房光熙对房国春热情些，抽出时间接待了他。房光熙不但耐心听房国春诉说了自己的不幸遭遇，还请房国春吃了有名的灌汤包子，让司机开车把房国春送到了长途汽车站。房光熙诚恳地劝了房国春好多话，其中突出的主题是劝房国春把保重身体放在第一位。因为房国春的岁数不算小了，年纪不饶人，这样访来访去，吃不好，休息不好，对身体是不利的。在上访的问题上，截至目前，房国春已经是一个胜利者，而不是失败者。房国春反映了房户营村的问题，村支书被撤销了职务；房国春参与反映了吕店乡的问题，乡里书记被双开，还因经济问题被判了五年有期徒刑。什么事情都要适可而止，该收手时就收手。如果牵扯到的人越来越多，级别越来越高，上访对象成了多数，上访者成了少数；上访对象成了集体，上访者只是单打独斗，恐怕很难收到好的效果。房国春没有听从房光熙的劝说。经过在邻县的医院治疗，房国春又恢复了说话能力，他说他的脑袋已经变成花岗岩脑袋，如果他提出的要求得不到满足，他一定要斗争到底，宁可带着花岗岩脑袋去见马克思。

房国春终于又回到了房户营村。

房守本去世了，在村南的地里变成了一个坟堆，永远失去了阻止房国春回房户营村的能力。房光民和妻子杜兰妮一直在外打工，一年到头都难得回家一趟。房光民大喇叭上宣布的开除房国春村籍的话，因无人监督落实，变成了一句空话。宋建英因骨头出了问题，躺在床上已不能行走。她骂人还能骂，但骂人的能力已大大减弱，而且只能在自家床上骂，不能送达房国春的耳朵。听说房国春回来了，她切齿道：这个老不死的，他怎么还不死！她欲起身，只抬起了上半身，很快又躺下了。这一动她的病情似乎又有所加重。

房国春还是长发披肩，白胡子拂动，执杖而行。他这样回家，不算是衣锦还乡吧。他没穿什么像样的衣服，身上披裹着一块东西。那块东西不像是雨衣，也不是得了冠军的运动员所披的国旗，而是一块一面涂胶的白布。一走到村头，房国春就把白布从身上取下来，展示给人看。白布上写着十六个大字：为民请命，血战到底！牢底坐穿，在所不惜！下面的署名是某某省某某县第一高中高级教师房国春。

先看到房国春的是走在放学回家路上的孩子。房户营村的小学早就停办了，教室已被扒掉，荡为平地。村里的孩子，小一点的，到邻村去上学，年级高一点的，到吕店镇去读书。先看到房国春的是从吕店镇中学放学归来的几个孩子，其中有房守现的孙子小泉和孙女儿小雨，他们都不认识房国春。当然，房国春也不认识他们。这应了古诗《回乡偶书》里的那句：“儿童相见不相识”。只不过，房国春的鬓毛衰是衰了，他可不是“少小离家老大回”。一看到学生，房国春意识到自己是一个教师，很快有了优越感，他以教师的口吻对学生们说：同学们，你们好，你们认识我吗？

学生们有些害怕似的站在一起，只是上下打量他，没人回答他的问话。

你们怎么不说话？我就是咱们房户营村的人呀！

小泉说话了：你说你是房户营村的人，我怎么没见过你？你叫什么名字？

你说你不认识我，我有可能知道你。你告诉我你爷爷的名字叫什么，我就知道你是谁家的孙子了。房国春往前走了走，走得离学生们近一些，口气仍很温和。

学生们往后退了退，几乎想跑。见小泉没有带头跑，他们才继续壮着胆子和房国春对峙。小泉说：那不行，你不说你的名字叫什么，我就不告诉你我爷爷的名字。我看你是一个外星人。

我不是外星人，我是地球人。

小雨小声说了一句：他是鬼。

小雨的话被学生们听见了，有个学生喊了一声：鬼来了，快跑！学生们拔腿向村里跑去，他们边跑边喊：鬼来了，白毛鬼来了！有的学生一边跑，一边又回头看了房国春一眼。有的学生再也不敢回头，像是生怕被古怪的白毛鬼捉住。

房国春摇了摇头，想笑一下，没笑出来，他不知道自己什么时候变成鬼了。

太阳落，鬼下坡。一时间，房户营村传得沸反盈天，都知道村里来了一个鬼，鬼的形象越传越可怕。或说来鬼尖头顶，暴眼睛，嘴像血盆一样大。或说鬼头上长白毛，脸上长白毛，全身都长满了白毛。或说鬼的手里捏着一块白布单子，鬼把白布单子哗地一抖，白布单子就会飞起来，鬼乘坐着白布单子可以到处飞。当地有一个说法，说人死亡后，哭丧的亲人泪水不能落在死者身上，要是落在死者身上，躺在棺材里被埋入地下的死者身上就会长满白毛，变成旱毛桩。每到深夜，旱毛桩都会从坟里出来，坐在自己的坟头上，守望着天空，阻止下雨。只要旱毛桩存在着，当地就会大旱，以致赤地千里，庄稼绝收。村民们把来鬼与旱毛桩联系起来，以为村里来了一个旱毛桩一样的鬼怪，纷纷把门关上。

房守现历来不信神，不信鬼。听孙子和孙女儿一说鬼来了，他就说瞎说，哪里有什么鬼！

小泉夸张地比画，说鬼这样，鬼那样，鬼的样子好可怕哟！

小雨补充说：爷爷，鬼还问你的名字叫什么呢？

你告诉他了吗？

小雨摇头，说没有。

你怎么不告诉他呢？

小雨看着哥哥小泉。

小泉说：我怕他到咱家里来，吸你的血。

房守现猜到了，可能是房国春回来了。他笑了一下，对孙子和孙女儿说：你们怕鬼，鬼怕爷爷，不管什么样的鬼，到了爷爷这里，就鬼不起来。好了，都踏踏实实写作业去吧。

房守现在脑子里把房国春勾画了一下，没有勾画出房国春现在的样子，与传说中的鬼的形象相去甚远。一些房国春的形象相叠加，他使用的蓝本还是以前的蓝本。一晃，房国春端坐在他家的椅子上，手中的折扇啪地打开了，啪地合上了。一晃，房国春一步一步走在村街上，狗看见他夹起了尾巴。一晃，房国春在村里的会议室讲话，脖子里的长围巾忽地甩到左边，忽地甩到右边。人说画鬼容易画人难，到了房守现这里反了过来，他觉得画鬼并不那么容易。

其实事情很简单，房守现到村里找到房国春，把“鬼”的样子看一看，不就有了整体印象嘛！比如以前，只要房国春回到房户营村，他都要登门到房国春家里看一看，跟三叔说说话。然而时过了，境迁了，树倒了，鸟散了，房守现不会再到房国春家里去了。没错儿，他曾和村里的其他人一块儿抬过房国春，房国春在拿掉房光民支书的事情上也确实发挥过一些作用，但那都是过去的事儿了。一块红薯只能挡一顿饥，挡了饥就变成了屁，变成屁把它放掉就算了，再抬就没价值了，再抬就显得可笑了。

作为房户营村的当家人，房光金也不会去看望房国春。房国春的户口不在房户营，不是他的管理对象，房国春回来不回来，跟他没什么关系。有去看望房国春的时间，他还不如到镇上跟朋友喝酒呢，还不如到小型放映室里看人与畜交合的录像呢，还不如和村里不拘谁的老婆把录像上的内容实践一下呢！当然了，如果房国春到家里找他，他并不拒绝喊房国春一声三爷。房国春和他爷爷是一辈，辈数是改变不了的。他不像房光民，房光民和房国春有怨有恨，有冤有仇，他和房国春是井水不犯河水。

如果老队长房守成还活着，听说房国春回来了，他有可能去看望一下房国春。在人们都去看望房国春的时候，他不愿意去。在人们对房国春避而远之之时，他会反其道而行之。他有可能会跟三叔聊聊房户营村的历史，并聊聊历史中的一些笑话，让三叔开开心。可惜房守成死了。他死了，他的羊也不知到哪里去了。没有了牧羊人，就没有了羊。

张春霞也死了。她死得有些早。她丈夫常年病病歪歪，丈夫没死，她却死了。临死前，张春霞提出的两个要求都没能实现。一个要求是，希望房守现去看看她，房守现没去。另一个要求是，她死后，把她穿纺织服的照片放到棺材里，家里人没有放。

房国春没有在自己家里住，到二儿子家里住着去了。二儿子原来在县里的化肥厂当临时工，厂里一裁员，他就下岗回到村里。到房国春的二儿子家看望房国春的人还是有的，高子明就去了。高子明当年和村里人一起撺掇房国春告房守本、房光民的状，致使房国春如今落得这般情状。对于房国春的一系列遭遇，高子明都听说了，但他并不感到愧悔。高子明认为，每个人有每个人的命，有命像虎一样在那里赶着，不倒在这里，就倒在那里，谁都拿命没办法。拿房国春来说，如果房国春只管管房户营的事，不参与田楼村的上访，他的命运就不会走到如此地步。别说房国春了，拿他自己来说，如果当初自己不急着谝能，不用漫画讽刺这个，讽刺那个，他就不会被打成右派。说来说去，好多事情怨不得别人，归根结底是怨自己。怨自己个性不好，怨自己想法太多，怨自己修行不到家，怨自己管不住自己。高子明跟房国春说话，尽量避开房国春的遭遇。房国春曾经是教师，高子明也当过教师，高子明拿他们的共同点说事儿，他问三爷：现在一个月拿多少退休工资？

房国春纠正他：我不是退休，是离休。

对对对，三爷是老革命，我说错了。

房国春这才告诉高子明，他一个月的离休工资是三千二百多块。

嗬，三爷的离休工资这么高！我一个月的退休工资才一千四百多块，连三爷离休工资的一半都不到。

那是的，我教了一辈子书，你才教几天书！

高子明说：在农村住着其实花不了多少钱，吃粮不花钱，吃菜不花钱，吃鸡蛋不花钱，哪里花得着什么钱呢，有一千块钱就可以花得满鼻子满眼。像三爷您这样的，拿着这么高的离休工资，自己花一点，花不完的分给孩子一点，让儿子、儿媳伺候着您，孙子辈的围着您转，您只管享清福就是了。咱们这里空气也很好，一点儿污染都没有，您在村里长期住着，一定会长寿。

房国春听出高子明在劝他，他不爱听，他说：我要那么长的寿干什么！

长寿不好吗，我认为人人都想长寿。人与人之间最后比赛的也是看谁活得岁数大，长寿就是最大的成功。

房国春手里早就不拿扇子了，变成了拐棍，他把拐棍在地上捣了一下，明确说：我不同意你的看法，乌龟活得年头长，难道乌龟就最成功吗！

高子明笑了一下，说：三爷，我不是跟您来抬杠，我是出于对您的同情，想劝您能够认清形势，不要老是拿鸡蛋往石礅上碰。

谁是鸡蛋，你这孩子怎么跟我说话呢！我不需要任何人的同情，我对形势也认识得很清。

我听人说，因为你们联合起来抬了我，我才出面管村里的事。这完全是胡说八道，你们太小瞧我了。你们抬不抬的，我根本不在意，你们不可能左右我的行动。我的所作所为凭的是自己的良心，听从的是良心的指引，维护的是社会公平，伸张的是社会正义！

好好好，您高瞻远瞩，心明眼亮，泾渭分明，行了吧。那，您留这么长的头发和胡子干什么呢？

头发长在我自己头上，胡子长在我自己脸上，我想剃就剃，想留就留，你管得着吗！

这是你的自由，我当然管不着。我只是觉得，这对你的个人卫生不好，洗起来不方便。同时，也会造成别人对你的误解。

误解什么，有什么可误解的！

这个你心里明白，我心里也明白，说白了就不好了。

房国春以长辈的口气骂了高子明一句，说：你少在我跟前耍小聪明，中国的很多事情就坏在你们这些爱耍小聪明的人手里。

这话让高子明听来有些重，像是打到了他的痛处，并勾起了他往昔的伤痛，他在心里说了一句自作自受，不可救药，就起身走了。

回到小卖店，高子明对前去买东西的人说，他好心好意去看望房国春，房国春不知好歹，让他碰了一鼻子灰。高子明劝所有的人都不要搭理房国春了，房国春不懂情理，脑子确实有问题。高子明不惜用当地的一句土话为房国春命名，说房国春是一个典型的信屎。

高子明说了不让别人再去搭理房国春，房守彬和房守云偏要去。要是不知道高子明去看了房国春，房守彬和房守云还不一定去。高子明自己去过了，为啥不想让别人再去呢？这里头有什么蹊跷呢？为了弄清其中的蹊跷，他们也要去把房国春看一看。

在联合起来反对房守本、房光民时，房守彬、房守云和房守现是一条战线，现在二人从房守现那条战线上分离出来了，站在了房守现的对立面。他们认为，在搞倒房光民的事情上，他们是立了功的。既然房守现的儿子房光金坐了房户营的江山，房光金就要对立功者论功行赏。他们也不要太高的赏，给他们每家一块宅基地就可以了。他们分头找到房光金，以房守现的口气，把房光金叫成孩子，让孩子批宅基地。不料房光金根本不买他们的账，说那不可能。他们回头找到房守现，让房守现在房光金面前替他们说情。房守现一推六二五，说儿大不由爹，房光金哪里会听他的！房守现跟他们打开了官腔，说把好好的土地都盖成了房子，种不成庄稼，以后的子子孙孙吃什么，喝什么！房守现还搬出了房国春，说村里的猪可以动，羊可以动，人也可以动，最好别动土地，土地动多了，让房国春知道了，告上去，村里又得闹地震。

闹地震当然好，不怕地震，就怕不地震。光脚的不怕穿鞋的，房守彬和房守云怕什么！他们找到房国春，也不管房国春目前的处境如何，一上来就说了房光金许多坏话。他们的看法是，房光金比房光民还要坏。房光民卖地是明打明，村里人都知道。房光金卖地是来暗的，是以批宅基地的名义，今天卖一块，明天卖一块。房光金的作风也很坏，见谁家的男人外出打工不在家，他喝了酒，就去睡人家的女人。人家的女人不开门，他跳墙也要把人家搞到手。现在的房户营，是公鸡戴上了马鞍子，黄瓜戴上了避孕套，整个一个大乱套。他们像若干年前那样叫着三叔，三叔啊，房户营村的事你还得管啊！

房国春想起了房守现，问：守现呢，怎么没看见守现？

房守云说：房守现只顾看小妇女的光屁股呢，除了看光屁股，就是数钱，他现在可是个大忙人儿。

看什么光屁股，难道他还在非法行医吗？

房守彬说：他不但非法行医，而且比以前行得还厉害。现在他儿子当了支书，没人镇他了，他想怎样就怎样。他说是给人家小妇女治不孕症，掰开人家的大腿，自己给人家配上了。房守彬往门外看了看，突然压低声音说：三叔，我向你汇报一个情况，你可能还不知道。那一年房光民接替房守本当了支书后，就是房守现四下里活动，发动我们来找你，让你出面，把房光民拉下台。他的目的是让他的大儿子房光金当支书，房光金一当上支书，他一抹脸，就不认我们了。说实话，三叔，我们都上了房守现的当了。

房国春摆摆手，不承认上了房守现的当。他对房守彬和房守云说：你们见着房守现，让他抽空到我这里来一趟。

房守彬问：三叔，你还去北京上访吗？

当然要去，只要我不死，就要斗争到底。

你到北京见到房光东了吗？听说那孩子滑头得很，不愿伸头管村里的事。

话不能这么说，房光东到处采访，很忙。

房守云问：三叔，你有那么多学生，他们怎么不出来帮帮你的忙呢！

不靠神仙皇帝，我不需要他们帮忙。

房国春又到北京上访了两次，他提出的四项要求仍未得到解决。比如他要求县里的法庭公开对他进行审理，上方认为他的要求是可笑的。既然县公安局对他进行了无罪释放处理，对一个无罪的人谈何开庭审理。有关方面甚至认为他在无理取闹，不必再搭理他。

此后，房国春就不再上访了。是房国春死了吗？没有，他能吃能喝，思维还很活跃。是房国春灰心了吗，没有，他胸腔里跳动的还是一颗抗争的心，仍雄心勃勃。那么，他为什么就停止了上访的脚步呢？那是因为，他的一条腿出了毛病，右腿的小腿从膝盖下方锯断了。锯掉小腿之前，医院以杀菌消毒的名义，把他的长头发和长胡须也剃掉了。缺了一条腿，房国春走不成路了。

双木桥好过，独木檩难沿。他迈不成脚步，怎么还能上北京上访呢！

这年秋后，房光东回老家为过世的母亲烧纸时，到房国春的二儿子家看望房国春。房国春在一张小床上侧身躺着，旁边的高脚凳子上放着一把搪瓷尿壶。房光东叫了两声三爷，房国春反应冷淡，只嗯了一下，好像不认识房光东了。房光东想到，他两次躲避房国春，房国春可能对他有意见了。

这时房国春的二儿子说：爹，光东来看你了，房光东。

房光东注意到，房国春的眼睛突然亮了。他的眼睛本来像蒙上了一层云雾，此时云开雾散，一下子变得晴朗起来。又好比，房国春的双眼如两只灯泡，刚才没有通电，灯泡是暗淡的。此刻像是打开了开关，通上了电，房国春的双眼顿时变得明亮起来。房国春掀开被子，挣扎着坐了起来。

房光东看见了，房国春上身穿一件灰色的秋衣，下身完全赤裸。房国春的一条小腿没有了，截肢处光秃秃的，像一块永远不会发芽儿的红薯。过去那么高大的一个人，如今变得这样弱小，让房光东心生悲凉，眼睛差点湿了。他赶紧上前拉住房国春的手，连声叫着三爷三爷，您不要起来，要保重身体。

房国春说，这些年他写了一些东西，让房光东帮他看看，能不能出一本书。

写东西的事，房光东以前也听房国春说过，但房国春从来没有拿给他看过。这一次房国春大概要拿给房光东看了。房光东满口答应：可以可以，没问题。可是，房国春说罢就放下了，这一次仍没有把他所写的东西拿给房光东看。房光东想，房国春可能对自己写的东西特别珍视，不愿轻易示人。

又一年秋风萧瑟时，房光东回到老家，听说房国春已离开人世。房光东记起房国春多次说到写过一些东西，不知那些东西现在在哪里，房国春的子女不会把那些东西烧掉吧？或者放到棺材里吧？房光东找到房国春的二儿子，问三爷写的东西还存在不存在？房国春的二儿子说，好像没扔。他里里外外找了一会儿，找到了三本带塑料皮的小笔记本，说他记得是四本，现在只找到三本，还有一本找不到了。房光东说：这些东西可能是三爷一生心血的结晶，三爷非常看重。丢失的那一本最好能找到，不然的话就不完整了。这三本先借给我看看吧，看完就还给您。

说来房光东是有私心的，他想看看房国春记录的是不是和人争斗的过程，流露的是不是心路的秘密，如果有价值的话，看看能否以房国春写的东西为素材，写一篇虚构性的文学作品。房国春写在小本本上的钢笔字密密麻麻，但字体还算工整，不难辨认。房光东看了一会儿就失望了，房国春没写现实，没写自己，写的是房户营村的村史。说是村史吧，其中也看不到关键性的人物，没有重大事件，不见精彩细节，只是一些概括性的一般化的叙述。房国春的语言也不好，干巴，呆板，毫无吸引力。唯一让房光东感兴趣的地方，是房国春在行文中提到了房光东的爷爷，说房光东的爷爷装了一肚子房户营村的历史，房国春是根据房光东爷爷的口述，对房户营村的历史做了记录整理。噢，原来所谓房户营村的历史，是自己的不识字的祖父炮制的，房国春得到的只是二手材料，房国春不过是一个转述者。

房光东很快把三个笔记本都还给了房国春的二儿子，他说：三爷写的这些东西很宝贵，很有价值，你们一定要好好保存。

房光东回到北京，偶尔看见有人在互联网上为房国春虚设了一个灵堂。虚设灵堂的人，自称是房国春的学生，姓国。国学生简要介绍了房国春的生平，希望大家都进灵堂悼念一下他的老师房国春。去灵堂的悼念者大都是房国春教过的学生，也有一些社会上的过路网民，悼念队伍称得上浩浩荡荡。他们都送了闪着光点的“花圈”，说了不少带有悼词性质的对房国春评价的话。有人说房国春是中国知识分子的优秀代表。有人说房国春是中国的最后一位乡绅。有人说房国春是人民教师的光荣。还有人说，房国春具有硬骨头精神，是真正的民主斗士，民族英雄。像房国春这样刚正不阿的斗士多了，会大大推进和加快中国的民主化进程。当然，也有人在网上跟帖拍砖，说你们这些犬儒，这些跟屁虫，在房国春受苦受难的时候，你们都缩着脖子，瞪着绿豆眼看笑话。房国春死了，你们再瞎起哄有什么鸟用！

2013年5月19日至8月30日于北京和平里
（从春写到秋。一场秋雨后，秋意渐浓）

图书在版编目(CIP)数据

黄泥地 / 刘庆邦著. —北京：北京十月文艺出版社，2014. 11
ISBN 978 - 7 - 5302 - 1414 - 5

Ⅰ. ①黄… Ⅱ. ①刘… Ⅲ. ①长篇小说—中国—当代
Ⅳ. ①I247. 5

中国版本图书馆 CIP 数据核字(2014)第 175777 号

黄泥地
HUANGNIDI
刘庆邦 著
*
北 京 出 版 集 团 公 司
北 京 十 月 文 艺 出 版 社 出版
(北京北三环中路 6 号)
邮政编码：100120
网址：www. bph. com. cn
新经典发行有限公司发行
新 华 书 店 经 销
三河市三佳印刷装订有限公司印刷
*
890 毫米 ×1270 毫米 32 开本 10 印张 198 千字
2014 年 11 月第 1 版 2014 年 11 月第 1 次印刷
ISBN 978 - 7 - 5302 - 1414 - 5
定 价：29. 80 元
质量投诉电话：010 - 58572393